作家的劳动绝不仅是为了取悦于当代
而更重要的是给历史一个深厚的交代

路遥

纪念路遥先生诞辰七十周年

路遥

1949.12.2—1992.11.17

1949年生于陕北，1973年进入延安大学中文系，开始文学创作。1982年发表《人生》，轰动全国。1988年完成《平凡的世界》全三部，1991年获第三届茅盾文学奖。

路遥全集

·典 藏 版·

中短篇小说卷

一生中最高兴的一天

北京出版集团公司
北京十月文艺出版社

目 录

风雪腊梅

她用手绢在模糊的玻璃窗上擦出明净的一块来，身子伏在窗台上，两只圆润小巧的手托住很俊的脸蛋，傻呵呵地望着窗外，她的美丽加上这种娇憨的姿态，是极其动人的。不过，从她的脸上可以确切地看出来，这是一个心绪不佳的人。大凡人的忧伤很难埋藏的时候，常常就明显地挽结在双眉之间。

这的确是一个有苦难言的人——我们会慢慢知道一切的。

现在，她伏在那窗台上，一动不动，只是专心致志地瞅着外面。外面，密集的雪花儿，正轻飘飘地飞着，转着，颤悠悠地降落在地上，院子里已经白茸茸的，像铺了一层羊毛毡。远处，城市的建筑物和建筑物后面无穷无尽的山峦，也已经白了；白得模模糊糊的。白花花的雪，又把北方冬季里丑陋不堪的大地覆盖了。

可是，在这样的风天雪地里，大地上也并不是没有任何赏心悦目的东西。现在，就在这姑娘视线所及的院子南墙根儿下，那丛枝条灰白、没有一片绿叶的腊梅树，碎金一般黄灿灿的花朵开得正繁。

此刻，她正是在看那花的。这已经不知是今天第几次站在这里了。透过玻璃，在一片迷蒙中看那花，她觉得每一朵花都好像是一个意味深长的微笑——而这无数灿烂的微笑似乎都对着这块玻璃，对着她。于是，她自己也莫名其妙地冲那花一笑。笑完了，脸色却变得像要哭一般。

她记得前几天，那树上还只是一些玉米粒一般大小的花苞，想不到今天竟然在这风天雪地里，赌气似的绽开了花瓣儿，多好强的花朵啊！

不一会儿，她已经不由自主地转身开了房门，踩着软绵绵的雪地，飞跑过院子，站到了腊梅树跟前。她轻轻折下一枝来，把枝条上成串的黄花凑到鼻子尖儿上拼命嗅了一下。然后，又在冻得红艳艳的脸蛋上亲昵地偎了偎。雪很快染白了她乌黑的头发。她甩了甩头，手里举着这枝花，像举着一面旗帜似的向自己的屋子跑去。

她拉开自己的房门，愣住了，她看见，就在她出去的这一会儿的时间里，屋子里已经进来了两个人，他们现在正坐在她的床铺上。

愁云立刻又笼罩在她的脸上。多少天来，她竭力想躲避这两个人，可是现在看来她已经无法脱身了。靠桌子一边的床头上，坐着她的领导，这个招待所的女所长。她穿着短呢大衣，那张看来很慈祥的脸上，仍然带着那种令人畏惧的宽宏大量的笑容。另一个是所长的儿子，正靠着她的铺盖卷儿，大大方方地抽着烟。

见她回来，母子二人都站起来，所长亲切地笑着说：“哟，这么好看的花，专拣这风雪天里开哩，心疼死人了！”说着就走过来，一只手亲昵地在她肩上捏了捏，又抚摸了一下，关怀地说：“琴，你穿得太单薄了，可千万小心着凉啊！听说这几天正闹流行性感冒哩……”

所长的儿子看来急忙找不出合适的什么话，只是直挺挺站在他妈身后，一只手在头上轻轻揉搓着几根不服帖的头发。

她对所长的关怀报以淳朴的一笑，说：“不要紧……”

她把手里那枝腊梅花匆忙地插在一个早已准备好了的水瓶里，然后给两个客人倒了两杯开水，放在床头边的桌子上。她现在不知道做什么是好，随手拉开桌子的抽屉，想找那件没有打完的毛衣，但没找见，她一时也记不起放在什么地方了。于是，她只好又局促地站在窗前，两只手揉搓着衣角，心慌意乱地望着窗外。刚才揩净的那一小块玻璃又变得模糊了。外面像是起风了，影影绰绰看见雪片儿在窗前狂飞乱舞，更远的地方却是什么也看不见了。她的眼光在那一片纷沓迷离中寻找亲爱的、黄灿灿的腊梅花，但终于没能瞧见。房子里，暖气管发出一阵阵叫人瞌睡的咝咝声。一阵很难堪的沉默后，她凭感觉，知道所长已经站在她的身边了。

是的，所长已经满脸带笑地看着她了。沉甸甸的胳膊像往常一样搭在了她的肩膀上，轻轻地带着一种疑问的口气问她："琴，给阿姨说，这几天想得怎样？不好意思说？这有什么不好意思的！你呀，真是个乡里娃娃！而今的年轻人，谁还在这号事上羞羞答答的！不过，话又说回来，阿姨也正是看上你的这点了。别看城里那些时髦女子，尽是些骚货！怎么，还是不愿意？琴呀，阿姨不知道你是嫌阿姨家什么不好！怕跟了我广前吃不上喝不上穿不上？还是……"

她转过身来，尽量不使她的领导看见她眼睛里旋转的泪水，说："吴所长，阿姨，您对我的好意我知道，可是，我……我已经给您说过，我……有了。"

这时候，所长的儿子像喉咙上卡了什么东西似的，用劲地咳嗽了一声。所长扭头狠狠瞪了他一眼，接着回过头又恢复了脸上的笑容，说："就是你说的你们村那个……那后生叫什么来着？"

"康庄。"她抬起头，认真地对所长说。

"噢，康庄！"所长也带着一种认真的理解和同情，宽宏大量地说，"这我完全理解，从小在一起长大，石头都能焐热哩，何况人……"她略微停了一下，转而用饱经世故的眼光看着她，手继续在她肩上抚摸着，开导她说："琴呀，你实在是个憨女子！你还年轻，阿姨过的桥比你走的路还长，你不妨听阿姨给你说，感情，就是那么绝对吗？世界上，可有比感情更强大的东西哩。是些什么东西，阿姨先不给你说，你活一回人，会慢慢体会到的。我现在只是给你说，一切都可以变的。你可以变，你那个康庄也可以变。旁的不说，就说我广前他爸吧，他原来也和一个农村女子成了亲，可解放了，进了城，生活不在一起啦，后来还不是跟我结了婚吗？这情况也不是广前他爸一个人，比他大的领导都有这情况哩。我也是一样，原来的男人没本事，后来找了广前他爸，我才真正找到幸福啦！人活一世……”

“吴所长，您已经给我说过几次这话了，我也考虑过，但不管怎样，我绝不能这样，我在良心上过不去。再说，我和康庄一起长大，虽然他现在还在农村劳动，但我心里……爱他。”她现在已经抬起头，也不怕所长看见她眼里的泪水了，她觉得她从来也没这么胆大过，并且第一次从自己的嘴里说出“爱”这个字！爱，是的，在她看来，这是什么力量也改变不了的。吴所长说世界上还有更强大的力量能改变这东西，但她现在无论如何也明白不了这“更强大的力量”是什么。就是有这种力量吧，它可以改变别人，怎能改变了她冯玉琴呢？

“妈，走吧！烦死人了，你真能啰嗦！我晚上还要看《三笑》哩！”女所长的儿子从床上下来，把烟头轻轻往墙角丢去，不偏不倚，正好落进痰盂里。这个小小的成功暂时看来压过了他妈的巨大失败给他带来的不愉快，自鸣得意地把头一扬，嘴里轻轻弹了一下舌。

所长没理睬儿子，脸上带着顽强的笑容，发动了最后一次攻势：“琴娃，你再好好想一想。阿姨三番五次对你说这事，难道不是为了你好吗？说实话，我广前也不是找不下对象，这城里可以说要挑哪个就是哪个，可我们都看不上眼。我广前性格上有点慌，不能再找个慌慌对慌慌。因此，我们全家就瞅下个你，你跟了我广前，我们能亏待了你吗？你再好好想想吧！广前他父亲前几天还一再打问这事哩，你知道，广前他爸是咱地委的第一书记，眼下正国民经济调整哩，工作实在是忙，平时家务事一概不管。上次他来招待所见了你一面，喜欢得不得了，一再对我说：‘咱广前就得这么个俊女娃娃才相配！’你不知道，阿姨当初一见你，就动了心，因此……你再好好想想，想好了，阿姨和你再慢慢说……广前，咱走，我听见你爸爸的汽车来了。”

所长的儿子认为在她面前要点聪明的机会到了，用干部子弟那种漫不经心的神态冲她这面一笑，头潇洒地一扬，说：“得，看我妈！对我爸的汽车比对我爸还熟悉！”

他妈对这种不合时宜的愚蠢玩笑苦笑了一下，无可奈何地摇摇花白的头：“你呀，总是爱说这种怪话……”说着把呢大衣的扣子扣上，和儿子一前一后出了门。

她呆呆地立在窗前，叹了一口气，过来在水瓶里取出那枝腊梅花，久久地看着，两颗泪珠不知在什么时候已经挂在了脸蛋上。生活啊，生活，你把人逼到了这样一种地步！记得半年前，她冯玉琴还在那个贫穷的小山村里劳动。当然，生活是苦一些，一年半载，见点白面星儿都难。可是，精神是自由的，畅快的。她和她幼年时一起长大的康庄哥一块出山劳动，一块谈天说地，生活有一股子说不出的甜味。现在，整天白米白面，肉上肉下，但她觉得心情一天比一天沉重，不痛快。

她记得，是那件意外的事使她的命运发生了如此的变化。那天，就是吴所长，来到了他们村，说是什么部有个领导人要来这地区检查工作，她亲自出动来他们这里寻找当地出的一些土特产，结果发现她长得漂亮（她自己也怀着骄傲的心情承认自己这个天生的优点）。于是，她就和他们那里出的土特产一起被吴所长带回了这个城市。所长说地区招待所是全地区的门面，需要相貌好的姑娘来当服务员。当时，她自己对这事倒也不是那么热心。这也不是说她不愿意来城里工作，而主要是觉得利用自己的“好相貌”来参加工作，心里感到很不美气。但她亲爱的康庄哥竭力支持她来。他对她说:“咱高中毕业，大学考不上，又没靠山和后门，什么出路也没了。你好不容易碰上这么个机会，千万不敢耽搁了。否则，咱就得一辈子呆在咱这穷山沟里！你先去。等你转正了，想方设法再往出拉扯我！听说人家吴所长的爱人是地委一把手，权大着哩！只要人家看得起，咱们的前途就无量。再说，你父母年老多病，不能出山，家里又没其他指靠，就你一个女娃娃家挣那点工分，怎能糊住一家三口呢？你参加了工作，就挣上工资了，虽然钱不多，但是长流水不断，维持个穷家薄业总比你在队里劳动强。至于你走后，你家里两个老人，暂时有我哩……”

康庄哥的话说动了她的心，她就来了。可是不久，她就明白了，所长这么热心地把她带来当服务员，并不单是要拿她的“好相貌”来为这个地区“撑门面”，而是给她的儿子找媳妇哩！所长对她好，平时在生活上也非常关心，关心得已经被另外的服务员背后骂上她了。可这种关心是多么地令人不舒服。是的，别人要是抱着个人自私的目的关心你，比打你骂你都使人更难受。她明白了所有的这一切之后，就像饭碗里吃出来苍蝇一样不舒服。再说，亲爱的康庄哥虽然是个农民，但她爱他。这爱，是那熟悉的土地、熟悉的山路、熟悉的小河和熟悉的村庄长期陶冶出来的、和生命一样珍贵的感情结晶。对她来说，要割舍这种感情，就像要割舍她的胳膊腿一样。她决不能再接受另外一个人的感情了。尽管她和康庄哥从来也没说出过“我爱你”，但他们心里明白他们的事情。再说，话说回来，即使是没有康庄，她也不会爱所长的儿子的。她，一个普通的农村姑娘，享受不了这种荣华富贵。她要是跟了地委书记的儿子，她将是这个家庭和她丈夫的奴隶——尽管物质上她一生可能会富有，但精神上她肯定将会是一个奴隶。抛开这些不说，她也根本不喜欢所长的儿子——别看他爸是地委书记！她找的是女婿，而不是女婿他爸。

看他是什么派头嘛！架上他爸的势，经常不掏钱住在招待所的特级房子里，一住就是许多天。晚上，三朋四友，喝酒吃肉，吆五叫六，醉得吐一床。他一有空就到她房间来，二郎腿一跷，一坐就是大半夜，说香港，道美国……后来，所长便直截了当在她面前提亲了，她也就直截了当说不同意。为了让他们母子二人彻底歇心，她还鼓起勇气把她和康庄的关系也给所长公布了。

可是，这母子俩却不歇心，甚至专门把地委书记拉来看了她一回。所长还给旁人话言话语说，她的合同期到年底就要满了，能不能转正还是个问题。所长说她“很急”，因为地委最近有了“新精神”，说马上要精减一批合同工哩。她知道这是所长捎话给她听，威胁她哩。另外，所长的儿子广前也越来越不像话了，竟然对她纯粹骚情起来了。今晚，在这大风大雪里，他们母子又不辞劳苦地做她的工作来了。此刻，她的胸口像塞了一把猪毛，扎烘烘地难受。一种羞耻和恼怒的情绪像烘红的铁一样烫着她的心。她决定很快和这种可怕的生活告别，她再不愿意忍受这种折磨了。她不会屈服的！别看他们有钱有权，她并不爱这种荣华富贵。俗话说，千块块金砖万两两银，买房买地买不了人……

窗外已经听见风的吼叫声了，雪粒像沙子似的敲打着玻璃窗。她仍然站在灯前，脸上挂着两颗亮晶晶的泪珠，出神地看着那一枝金黄色的、放着凛冽清香的腊梅花。花呀，它怎敢在这冰雪里开放得这么娇艳呢？她猛然想道：人，难道不可以和这花一样吗？不畏强暴，不怕艰险，就是在极度恶劣的环境中也能保持住自己高贵的品质。冯玉琴！你难道不应该这样吗？

想到这里的时候，这个不幸的农村姑娘忍不住热泪盈眶，竟用那两片绯红的嘴唇在这枝金黄的花朵上轻轻吻了一下。

现在，她很快把这亲爱的花朵放回到那个水瓶里，情绪激昂地坐在了桌前。

她铺开几张白纸，开始给康庄写信。她将在信上要求亲爱的康庄哥赶快来接她，说她将要和他很快地建立家庭，在他们那穷乡僻壤创造他们的幸福生活；她还要对他说，只要人活得正派和问心无愧，他们就是一辈子当农民，也照样会很幸福的；当然，她还要告诉他，在这个地方有一棵腊梅树，它怎样在冰天雪地里开放着金灿灿的花朵……

她刚在纸上写上“亲爱的康庄哥”几个字，就听见几声轻轻的敲门声。她的心立刻缩成了一团。她惊骇地想：是不是所长和她儿子又来了！或者仅仅是所长的儿子一个人来了？如果光是所长儿子一个人来，那可是多么叫人害怕的事啊！天这样晚了，又刮风下雪的，院子里没有一个人……可她细细一想，觉得不像是所长的儿子，因为他进她的房间从来都不敲门，常常猛不防就闯进来了。

她于是把写了几个字的信纸又放回到抽屉里，怀着一种忐忑不安的心情，站起来去开门。

随着打开的门板，风雪裹进了一个人。她定眼一看，不觉大吃一惊，原来这竟然是她想着和盼着的康庄哥啊！

这的确是康庄。她看见他带着很不自然的笑容站在她的面前，两只手互相局促地搓着。原来很消瘦的他，现在居然脸盘胖胖的，有点城里人说的发福的样子。头发也理得整整齐齐，似乎比原来也黑亮了一些。身上穿着一身深蓝色的涤卡衣服，新倒是很新，但上面似乎沾着许多油腻，显得很污脏。

她半天才从一种巨大的惊喜中反应过来，赶忙问他：“你什么时候来的呀？今天？刚才？是不是家里出了什么事啦？我们家？我爸？我妈？你们家？谁？……噢，先不说这些！你一定跑累了，我给你弄饭去，你肯定饿得不行了！”说着她便转过身，手忙脚乱地在柜子里寻起了碗筷，喜悦、激动，使她浑身微微地有点发抖。

康庄走进来，站在屋当中，把两只糊满雪粉的脚在地上跺了跺，说："别忙了，我早已经吃了。"

"你在什么地方吃的饭呢？"她惊奇地转过身来问他。她可从没听说他在这城里有熟人。

康庄略微犹豫了一下，坐在了椅子上，说："到什么时候还能少了我的一口饭呢……你大概不知道，我早在地区粮油公司当了炊事员，快两个月了……"

她登时惊讶得半天说不出话来，只是怔怔地看着他。好久，她才在乱麻一般的思绪中理出一个最主要的问题来：他已经到这城里两个月了，为什么不来找她呢？

还没等她发问，康庄已经说开了：

"琴，自从你和地委书记的儿子订婚后，你们所长就打发人把我从村里叫上来，给我找了这么个工作，所长说是你吩咐他们一定要照顾一下我……"

"骗人！骗人！这完全是骗人！"她没等他说完，便发疯似的喊起来。

"这我很快就知道了，你们实际上还并没订婚哩。"康庄平静地接着说，"可我反复想了，不论怎样，归根结底，你是不可能和我结合了，你那么漂亮，现在又有工作，又被人家地委书记的儿子看上了，我是个平民老百姓，怎能争过人家呢？所以后来也就向现实低了头，彻底低了头。唉！不管怎说，我现在也算吃上公家一碗饭了。炊事员听起来不高雅，可工资还不少，连补贴下来，一月七十多块钱哩……"

"不！"她的眼泪在脸上刷刷地淌着，走近他的身边，大声喊着说，"不！咱们都把这烂脏工作辞退了！明天就回咱村子里去！"

康庄抬起头，一丝激动的情绪涌上他胖胖的脸蛋，可是很快就又消失得一干二净。他重新把头倒倾下来，一只手抠着另一只手的指甲缝。半天，他才又抬起头，脸上带着一种麻木的表情，吞吞吐吐地说：“好琴哩，你先不要太冲动了，咱慢慢商量这事嘛……唉，老实说，我当初也不知道为这事痛苦了多少回，眼泪流了几大桶。就是现在，我心里难道就好受？可是，感情是感情，现实是现实。我把一切也都看破了……我知道，我个平民老百姓，是不会让你幸福的。就是和你结了婚，你那么漂亮，以后别人欺负上你，我这点可怜的地位，连一点点保护你的力量也没有啊……”他平静地说着，眼睛时不时看看她——神情是那样的漠然，似乎那过去的一切，对他来说，已经画了句号，变得遥远而模糊了。

这一切她都眼睁睁地看见了，感受到了！一阵巨大的震惊压过了悲痛，她甚至连眼泪都顾不得流了。心像什么东西猛拉似的往嗓门眼上提，头，一阵又一阵地眩晕起来，一双眼睛顿时变得无光没彩。她吃惊地望着她小时候一同长大的伙伴——她一直在心里亲着和爱着的这个男人，他原来是这么懦弱的一个人啊！她为什么以前没有看出他身上有这么大的缺点呢？她脑子里很快闪过什么书上的一句话：人爱人，往往只从好的方面看……

她看着他那颗胖了的头，看着他平庸的脸上那麻木的表情，看着他那一身工不工农不农的肮脏的衣服，一种悲哀和绝望的感情使她感到天旋地转，几乎要栽倒在地上！

她一只手托住桌边，开始痛苦地想：他也许是被所长和地委书记的权势压垮了！她觉得她用自己爱情的力量也许会把他重新唤醒的！她要夺回他的——不，也是她的那被剥夺了的一切！

于是她满面流泪地说：“康庄哥，咱一块回咱村去吧！再哪里也不去了！咱就在咱的穷山沟里过活一辈子！天下当农民的一茬人，并不比其他人低下！咱吃的穿的可能不富足，可咱的精神并不会比别人穷的！康庄哥，咱一起回去吧！而今农村的政策也宽了，咱们的日子慢慢也会好起来的……康庄哥，你答应我吧！咱明天就动身回去！”

她的这些从心窝里掏出来的话，她的这些使石头也会落泪的话，竟然仍没有打动这个炊事员的心。他坐在椅子上，像黑霜打了的冬瓜花，蔫头耷脑。当然，看来他精神上并不是没有痛苦，脸上的肌肉抽搐着，牙齿咬着嘴唇半天不说话，沉默。房子里暖气管的咝咝声和窗外风雪的吼叫声组成了一种奇妙的交响乐，在这个空荡荡的房子里，在这两个沉默着的、农村来的青年人的心灵里回荡着，空气紧张得就像等待着某种东西的爆炸……

过了一会儿，康庄抬起头，带着一种哭音拉调，说："好琴哩！你的话像刀子一样扎人心哩……可是，我思来想去，咱可再不能回咱那穷山沟啊！我再过一个月就要转正哩！说心里话，好不容易吃上公家这碗饭，我撂不下这工作！实说，我爱你着哩！但一想回去就要受一辈子苦，撑不下来啊！没来城里之前，还不知道咱穷山沟的苦味；现在来了，才知道咱那地方根本不是人住的地方……"

"放屁！"无比的愤怒一下子淹没了所有其他的感情，她眼里像喷着火似的望着这个没有骨头的人，大声叫着说，"咱们的先人祖祖辈辈都住在那里，你爹你妈现在还住着，难道他们都不是人吗？我看你才不是人，是一条狗！"

她说完后，大口大口地喘着气。可是，那刚才一直像烧着火似的脑子被一盆子凉水泼灭了，冷却了。她一下子感到身子软绵绵的，于是就扑倒在床上，放开声哭起来了。窗外的暴风雪叫得更猛了，将大把大把的雪扬在窗房上，啪啪直响。远处的街道上，传来了风吹电线发出的尖锐哨音。

她伏在床上忘情地、伤心地号啕着。她现在并不是为了和这种不再值得留恋的感情告别而哭；她是在哭她自己的命苦，哭她竟然瞎了眼，多少年就把自己纯洁的感情交给了这么一个人！

"哭什么哩！甭哭咧！我看咱两个而今就算闹腾好了，我过一个月就转了正，成了正式工了；你要跟人家地委书记的儿子，也还愁没个工作吗？唉，咱们两家祖祖辈辈还没出一个吃官饭的人呢！琴，咱好歹已经快端上这碗饭了，一转正，就是铁饭碗，再不怕遭年馑了！咱要是现在回去，就再没指望了，这辈子也别想……咦？这寒冬腊月还有开花的东西哩？水瓶里插的那是什么花？还没见过哩？像年画上画的梅花嘛！叫我看这是真的还是纸做的假花……”这个乡巴佬说着便带着惊异而稀罕的神色，向桌子这边走来。

她听见他走近了，猛一转身，大声吼道：“别动！你的手，脏！”她的眼光喷着火似的射在这个已经死了的活人脸上，指头像锥子似的指着他的鼻子问道：“你说！是不是人家给你找了工作，你给人家答应的条件就是和我断绝关系？你再说！你今天晚上跑到这里干啥来了？是不是所长叫你来做我的工作，让我跟她那个不要脸的儿子成亲哩？你说！你说！你说呀！”她发疯似的喊着，一步步逼近了他。

他怯懦地、乞求地瞄了她一眼，头深深地低下了。

她愤怒地扬起手，在那张吃喝得油腻腻、肥乎乎的脸上狠狠打了一记耳光，咬牙切齿地说：“你滚出去！”

他没有看她，仍然像一截木桩似的钉在那里。半天，他才笨拙地转过身子，跌跌撞撞摸到门口，走了。门外传来一声深深的叹息，扑踏扑踏的脚步声渐渐地消失在黑暗的雪夜里……

现在，她坐在了椅子里，目光静静地盯着桌子上的那枝腊梅花，思绪像洪水一样在脑子里奔涌起来，她此刻明白了吴所长所说的“世界上还有更强大的力量”是什么了。她谛听着窗外猛烈的暴风雪的吼叫声，心里想：这严酷的暴风雪不就是一种强大的力量吗？它把世界上多少生机勃勃的绿色的生命都杀死了！但是，它奈何不得梅花啊！亲爱的腊梅花，你就是在这样的时候，金灿灿地开了！

她鼻子里“哼”了一声，站起来，开始收拾房间和整理东西。她先打开自己那个小提包，一眼便看见了那件没有打完的、铁灰色的男式毛衣。一缕淡淡的哀伤又涌上了她的心头。这是她用省吃俭用积攒的钱，买了最好的毛线，准备给刚才走了的那个人织的，已经织了一半。

她怔了一会儿，便取出这件没织完的毛衣，一只手扯住线头，狠狠地扯开了。她扯着，扯着，那织着美丽图案的毛衣片很快就变成了乱麻一般的线团，被她抛在了身后……

第二天黎明，骚动了一个晚上的暴风雪完全静了下来。但天阴得仍很重，雪花儿照旧轻悠悠地飘落着。大地被厚厚的积雪包裹起来，显得洁净而庄重。喧嚣的城市变得静悄悄的了。

这时候，只见大街上蹒跚着走过来一个背铺盖卷的姑娘。她穿着一身洗得发白的蓝劳动布工作服，围着一条鲜红的粗毛线围巾，独个儿在齐膝深的厚雪里吃力地向长途汽车站走去。她冻得通红的手里捏着一枝金灿灿的腊梅花，走一会儿，便凑到鼻子上闻一闻，或者在脸蛋上亲昵地偎一偎。这正是冯玉琴。她已主动辞退了地区招待所服务员的工作，准备在车站附近的旅社里住上几天，等天一晴，路一开，她就回家去呀！

* 原载《鸭绿江》1981 年第 9 期。

附：冬天的花朵

她用手绢在模糊的玻璃窗上揩出明净的一块来，身子伏在窗台上，两只小巧的手托住很俊的脸蛋，眉头微微皱起，痴呆呆地望着外面。

外面，密集的雪花儿像一群群白蝴蝶，正飘飞着，旋转着，颤悠悠地降落在地上；院子里已经白茸茸的像铺了一层羊毛毡。远天远地，白茫茫一片——晶莹洁白的雪花把冬季里丑陋不堪的大地轻轻地覆盖起来了。

院子南墙根下，不正是那一丛腊梅吗？

是的。那灰白的，没有一片绿叶的枝条上，碎金一般黄灿灿的花朵开得正繁。她记得前几天，那树上还只是一些玉米籽一般大小的花苞哩，想不到今天竟然在这风天雪地里，赌气似的绽开了花瓣。多好强的花朵！

透过玻璃，在一片迷蒙中看那花，每一朵都好像是一个意味深长的微笑——这无数灿烂的微笑似乎都对着这块玻璃，对着她。她的眉头舒展开来，不由得也向风雪中那一树繁花投去会心的一笑。她觉得，此时此刻，那树，那花，都通灵性，都深深地理解她。

她不由得转身开了房门，怀着一种难言的激动，踏着软绵绵的雪地，穿过院子，走到腊梅树跟前，轻轻折下一枝来。她把这花举到鼻前闻闻，清冽冽的香气立刻泌透了她的肺腑；她把这朵花在脸上偎一偎，一种冰凉清雅的气息使她乱糟糟的心情变得恬静了一些。

她呆呆地在树前立了一会，便折转身，带着这一枝黄灿灿的花朵向自己的屋子走去。

她拉开自己的门，不觉一怔：多少天来她竭力想躲避的那两个人，现在正坐在她的床铺上。一个是她的顶头上司，这个招待所的女所长，穿一身呢大衣，胖胖的脸上仍然带着那种令人畏惧的宽宏大量的笑容；另一个是所长的儿子，米黄色的风衣裹着不穿棉衣的瘦身板，刚抹过油的长头发黑得发亮。

见她回来，这母子二人都站起来。所长笑着开口说："哟，这么好看的花！李冬花，这花和你的名字正合着呢！"她急忙弄不明白所长说的"正合着"是一句什么话，只对这话报以惨淡的一笑。所长的儿子一只手在头上轻轻揉搓着几根不服贴的头发，说："人面梅花相映红嘛！"

她默默地走进屋子，把那一枝腊梅花插在一个空水瓶里，然后给这两个来客倒了两杯开水，放在他们面前的桌子上。接着，她又侧着身子，默默地站在玻璃窗前，不知所措地揉搓着衣角，精神恍惚地看着窗外。窗外，像是起风了，雪花儿狂飞乱舞，搅得天地间一片纷瓣迷离；迷蒙中仍然看得见南墙下那一丛黄花。

房子里，暖气管发出一阵阵令人昏睡的咝咝声。一阵很难堪的沉默后，女所长先吃吃地笑了两声，然后站起来走到她身边，很亲切地说："冬花，你是嫌我们家的什么不好？怕跟了我广前吃不上喝不上穿不上？还是……"

她没有看所长，只是轻轻说："不。我已经给您说过，我……有了。"

"就是你说的那个康庄吗？噢，从小在一个村里长大，可能有感情着哩！"所长诡秘地一笑，"可感情也不是绝对的嘛！人，可是个怪物，常变哩；你可以变，你那个康庄也可以变！就拿我丈夫说吧，他原来也和一个农村女子成了亲。可解放了，进了城，生活不在一起啦，后来还不是跟我结了婚吗？我也是一样，原来的男人没本事，后来找了广前他爸，才找到幸福啦！人活一世，谁不攀高结贵！"

"你们是你们，我们是我们，不一样。"她的语气稍微有点不客气了。

"那可说不定呢！爱情可常闹悲剧哟！"所长脸上带着一丝嘲讽的表情说。

"妈，走吧！烦死人了！我晚上还有一场电影哩！"女所长的儿子广前站在地上，一条腿晃荡着，带着一种不高雅的观赏神色斜眼看窗前立着的她，就像看餐桌上的一盘好菜一样。

所长走近前来，一只手亲切地搭在她的肩膀上，声调很甜地说："冬花，再好好想一想。你不知道，我们全家都太喜欢你了。这么大个城市，我广前谁也看不上眼，就瞅下个你。他父亲前几天还一再打问这事哩。你知道，广前他爸是咱地委的第一书记，工作实在是忙，平时家务事一概不管。上次他来招待所见了你一面，喜欢得不得了，一再对我说：‘咱广前就得这么俊个女娃娃才相配！’，你不知道，街上的人都说你漂亮得‘盖满城’哩！冬花，你就情愿找个农民家的后生吗？你……再好好想想，想通了，阿姨和你再慢慢说……广前，咱走，我听见你爸爸的汽车来了。”

女所长的儿子对他妈嘲弄似的一笑，说：“妈，你对我爸的汽车比我爸还熟悉！”

“少敲怪话！”女所长把大衣钮扣扣上，和儿子一前一后出了门。

她仍然呆呆地立在窗前，一动也不动，像一尊塑像。

好久，她才转过身来，走过去从水瓶里小心翼翼地取出那枝腊梅花，举在眼前，痴呆呆地看着，两排洁白的牙齿狠狠咬着嘴唇；不知是什么时候，两颗泪珠已经从眼角里静静地淌了出来……

半年前，她还在那个贫穷的小山村里劳动。虽然生活苦一些，精神倒也还畅快。她和她幼年时一起长大的康庄哥一块出山，一块说天说地，生活有一种说不出的甜蜜。

可是，一件意外的事却使她的命运发生了变化。那天，地区招待所的这个女所长说是为了招待中央来的一个什么领导，专门到她们那里来寻找当地出的一些土特产，发现她长得漂亮，结果便把她和土特产一起带回了这个城市。所长说地区招待所是全地区的门面，需要相貌好的姑娘来当服务员。当时她对这事倒也不热心，主要是觉得利用自己的“相貌”来参加工作，心里觉得不美气。但她亲爱的康庄哥支持她来；他对她说：“咱大学考不上，又没靠山，什么出路也没了，好不容易有这么个出路，千万不敢耽搁了，否则，咱就得一辈子呆在咱这穷山沟里！你先去，等转正了，想法再往出拉扯我！听说所长的爱人是地委一把手，权大着哩！只要人家看得起，咱们的前途就无量。再说，你父母年老多病，不能出山，家里又没其他指靠，就你一个女娃娃家挣那点工分，怎能糊住一家三口呢？参加了工作，就挣上工资了，虽然钱不多，但维持个穷家薄业总比你在队里劳动强。至于你走后，你家里两个老人，有我哩……”

康庄哥的话说动了她的心，她就来了。

可是不久，她就明白了，所长这么热心地把她带来当服务员，并不单是要拿她的“好相貌”来为这个地区“撑门面”，而是给他的儿子找媳妇哩！

当她明白了这点后，就像饭碗里吃出来苍蝇一样不舒服。亲爱的康庄他虽然是个农民，但她爱他。她不能再接受另外一个人的感情了。话说回来，即就是没有康庄，她也不会爱所长的儿子的——别看他是地委书记的儿子！她找的是女婿，而不是女婿他爸。看那小子是个什么人嘛！头发留得老长，像个女人；穿件花衫子，真叫人恶心。他经常不掏钱住在招待所的特级房子里，一住就是许多天。到了招待所的餐厅，不出钱，不出粮票，炊事员和服务员像伺候外宾一样伺候他。他一有空就到她房间里来麻缠她，二郎腿一翘，下流话不断，一坐就是大半夜，整得她实在没法。

后来，所长便直截了当在她面前提亲了。她也直截了当地说不同意；为了让他们母子二人再不麻缠她，她还把她和康庄的关系也给所长说了。

可是，他们母子俩麻缠得更凶了。所长给旁人话言话语露风说，她的合同期到年底就要满了，能不能转正还是个问题；说地委最近有了新精神，马上要精简一批合同工哩。她知道这是所长捎话给她听，威胁她哩。另外，所长那个死皮赖脸的儿子却用纯粹骚情的手段比以往更起劲地来麻缠她了。

羞耻和愤怒使她的心像红铁烫着一般。她决定很快和这种可怕的生活告别。她不会屈服的！别看他们有钱有权，她并不爱这些荣华富贵。俗话说，四块块金砖万两两银，买房买地买不了人！……

窗外已经听见风的吼叫声了，雪粒像沙子似的敲打着玻璃窗。她仍然站在灯前，脸上挂着两颗亮晶晶的泪珠，久久地看着那一枝金黄色的、放着清香的腊梅花。此刻，她越发爱这花了：它竟然敢在这冰雪里开放得这么娇艳！她想：人难道不可以和这花一样吗？不畏强暴，不畏艰险，在任何恶劣的环境中保持自己高贵不屈的品质。她感谢这腊梅花！它给了她生活的一个重要启示！

她很快地把这亲爱的花朵放回到那个水瓶里，情绪激昂地坐在了桌前。

她铺开几张白纸，开始给康庄写信；她要让他赶快来接她；说她将要和他一块建立家庭，在他们那穷乡僻壤创造他们美满的生活；说只要人活得正派，他们即就是一辈子当农民，也照样会幸福的。当然，她还要告诉他，在这个地方有一棵腊梅树，它怎样在冰天雪地里开放着金灿灿的花朵……

她刚在纸上写下“亲爱的康庄哥”几个字，就听见几声轻轻的敲门声。她的心一紧：是不是那个花花公子又麻缠她来了？可她细细一想，不是的，所长的儿子还不懂得进别人的房子要敲门哩。

她于是把写了几个字的信纸又放回到抽匣里，站起来去开门。

随着打开的门板，风雪裹进来了一个人。她定睛一看，吃惊得几乎站立不住了——啊，原来这竟然是她想着和盼着的康庄哥！

这的确是康庄。她看见他带着很不自然的笑容站在她的面前，两只手互相局促地搓着；原来很削瘦的他，现在居然脸盘胖胖的，有点发福的样子；头发也理得整整齐齐，似乎比原来也黑了一些。身上穿着一身蓝色的“的卡”衣服，新倒是很新，但上面似乎沾着许多油腻，显得很污脏。

她赶忙问他：“你什么时候来的？是不是家里出了什么事啦？噢！先不说这些，快叫我给你弄饭去！你一定很饿了！”说着她便手忙脚乱地在柜子里寻碗筷。

康庄把糊着雪粉的脚在地上跺了跺，说："别忙了，我早已经吃了。"

"你在什么地方吃的饭呢？"她惊奇地转过身来问他。她可从没听说他在这城里有熟人。

康庄坐在了椅子上，说："到什么时候还能少了我的一口饭呢……你大概不知道，我早在地区粮油公司当了炊事员，快两个月了……"。

她顿时惊讶得半天说不出话来，只是怔怔地看着他。好久，她才在乱麻一般的思绪中理出一个最主要的问题来：他已经到这城里两个月了，为什么不来找我呢？

还没等她发问，康庄已经说开了：

"冬花，自从你和地委书记的儿子订婚后，你们所长就打发人把我从村里叫上来，给我找了这么个工作；所长说是你安咐他们一定要照顾一下我……"

"骗人！骗人！这完全是骗人！"她没等他说完，便发疯似的喊起来。

"这我很快也就知道了，你们还并没订婚哩。"康庄平静地接着说："可我知道，不论怎样，归根结底，你是不可能和我结合了。你那么漂亮，又有工作，又被人家地委书记的儿子看上了，我个平民老百姓，怎能争过人家呢？所以后来也就向现实低了头，彻底低了头。唉，不管怎样说，我现在好孬也算吃上公家一碗饭了。炊事员听起来不高雅，可工资还不少，连补贴下来，一月七十多块钱哩……"

"不！"她的眼泪在脸上唰唰地淌下来，走近他身边，大声喊着说："不！咱们都把这烂脏工作辞退了！明天就回咱村子里去！"

康庄坐在椅子上，没有显出多少激动来。他头低了老半天才抬起来，脸上带着一丝麻木的表情，说："冬花，你先不要太冲动了嘛，咱慢慢商量这件事嘛……唉，老实对你说，我当初也不知为这事痛苦了多少回，眼泪流了几大桶！就是现在，心里也不好受……可是，感情是感情，现实是现实。我把一切也都看破了……我知道，我个平民老百姓，是不会让你幸福的。就是和你结了婚，你那么漂亮，以后别人欺负上你，我这点可怜的地位，连一点点保护你的力量也没有啊……”

一种巨大的震惊使得她猛然失去了悲痛的感觉，甚至连眼泪都顾不得流了。她睁着一双吃惊的眼睛望着她小时候一同长大的伙伴——她一直在心里亲着爱着的这个男人：他原来是这么懦弱的一个人啊！她为什么以前没有看出他身上有这么大的缺点呢？唉，人爱人，往往只从好的方面看呀！

她看着他那颗胖了的头，看着他平庸的脸上那麻木的表情，看着他那一身工不工农不农的肮脏的“的卡”衣服，一种悲哀和绝望使她感到天旋地转！

她一只手托住桌边，开始痛苦地想：他也许是被所长和地委书记的权势压垮了！她觉得她用自己爱情的力量也许会把他重新唤醒的！

她于是满面流泪地说：“康庄哥！咱一块回咱村去吧！咱一辈子再哪里也不去了！咱就在咱的穷山沟里过活一辈子！天下当农民的一茬人，并不比其他人低下！咱吃的穿的可能不富足，可咱的精神并不会比别人穷的！康庄哥，咱一起回吧！而今农村的政策也宽多了，咱的日子慢慢也会好起来的……”

她的这些从心窝里掏出来的话，仍然没有使这个炊事员激动。他坐在椅子上，像霜打了的瓜花，蔫头搭脑。但看来他精神上并不是没有痛苦。他脸抽搐着，带着一种哭音拉调，说：“好冬花哩！咱可再不能回咱那穷山沟啊！我再过一个月就要转正哩！我撂不下这工作！说心里话，我爱你哩，但一想回去就要受一辈子苦，撑不下来啊！没来城里之前，还不知道咱穷山沟的苦味；现在来了，才知道咱那地方根本不是人住的地方……”。

“放屁！”无比的愤怒一下子淹没了所有其他的感情，她眼里像喷着火似的望着这个没有骨头的人，大声说："咱们的先人祖祖辈辈都住在那里，你爹你妈现在还住着，难道他们都不是人吗？我看你才不是人，是一条狗！"

她一下子扑倒在床上，放开声哭起来了——忘情地，伤心地号啕着。她并不是为了和这不值得留恋的感情告别而哭；她是在哭她自己的苦命；哭她竟然瞎了眼，多少年就把自己纯洁的感情交给了这么一个人！

"……哭什么哩，我看咱俩个而今都算闹腾好了！我过一个月就转了正，成了正式工了；你要是跟了人家地委书记的儿子，也还愁没个工作吗？唉，咱们两家祖祖辈辈还没出一个吃官饭的人呢！冬花，咱好歹已经快端上这碗饭了，一转正，咱就把铁饭碗端上了，现在一回去就不顶事了，这辈子也别想……咦？这寒冬腊月还有开花的东西哩？水瓶里插的那是什么花？还没见过哩！像画上见过的梅花嘛！叫我看这是真的还是纸做的假花……"

她听见他走近了柜子，猛一转身，大声吼道："别动！你的手脏！你说！是不是人家给你找了工作，你给人家答应的条件就是和我断绝关系？你再说！你今天晚上跑到这里干啥来了？是不是所长来叫你做我的工作，让我跟她那个不要脸的儿子成亲呢？你说！你说！"她发疯似的喊着，一步步逼近了他。

他懦怯地瞄了她一眼，头深深地低下了。

她愤怒地扬起手，在那张吃喝得油腻腻胖乎乎的脸上狠狠打了一记耳光，咬牙切齿地说："你滚出去！"

他没有看她，仍然低着头，转过身走了——门外传来一声深深的叹息，扑踏扑踏的脚步声渐渐地消失在了黑暗的雪夜里……

第二天黎明，骚动了一个晚上的暴风雪完全静了下来。但天阴得仍然很重，雪花儿照旧轻悠悠地飘落着。大地被厚厚的积雪包裹起来，看起来洁净而庄重。喧噪的城市变得静悄悄的了。

这时候，只见大街上走过来一个背铺盖卷的姑娘，穿一身洗得发白的蓝劳动布工作服，围一条鲜红的粗毛线围巾，独个儿在齐膝深的厚雪里吃力地向长途汽车站走去。她手里捏着一枝金灿灿的腊梅花，走一会，便凑到鼻子上闻一闻，或者在脸蛋上亲昵地偎一偎。这正是李冬花。她已经主动辞退了地区招待所服务员的工作，准备在车站附近的旅社里住上几天——等天一晴，路一开，她就回家去呀！

一九八〇年九月，于陕北

*原载汉中市《衮雪》文学杂志1980年第2期。

痛苦

痛苦难道是白忍受的吗？

——托马斯·曼

爱情在不知不觉中产生了。什么时候开始的？连他们自己也不知道。一般而论，这件事对他们来说，出现得是有点过早了，因为他们都才十九岁。不过，仔细一想，也情有可原。因为他们一同出生在高家村，从光屁股一块玩到懂得害羞的年龄，一起背着书包上村小学，又一起背着铺盖卷进城上中学，直到眼下高中毕业，并且报考了同样的大学和专业。现在他们正处在一种焦躁不安的等待中。十几年的朝夕相处，加上这几年洪水一样的爱情电影的熏陶，少男少女心灵中那根神秘的琴弦终于被拨动了，并且弹出了第一组不那么熟练的、然而是异常美妙的和音。

大年是前村高仁山的二小子。他和他那老实巴交的父亲一样，带着一身淳朴的、倔强的憨气，就像黄土地里长出来的一棵高粱。当然，这种人往往有一种别人很难比得上的品质，那就是非常有耐力，能经受得住摔打，这一点也像田野里的高粱。如果各位有机会在大旱之年，到中国北部的山地里走一走，就会看见，当许多植物被烈日烤晒得蔫头耷脑时，唯有高粱却倔强地挺着它的腰杆，并且会在秋后捧出一穗红艳艳的颗粒来。

就说大年的父亲高仁山吧，虽然岁数已经不小，但硬是一个人强撑着，用辛勤的汗水供两个小子上学，非让他们求得“功名”不可。大小子前年考大学名落孙山，已经收心务农了。可他并不灰心，继续向乡亲们发誓，要把他的大年送进大学门。大年这孩子虽然并不特别聪敏，倒也像他父亲一样有股牛劲，靠着勤奋，学习一直也还是很出众的。

小丽却是另外一种孩子，聪明，伶俐，活泼得像一只小山羊。她虽然也是土生土长的农村娃，但非常富于幻想。就说她和大年的爱情（姑且这么说）吧，也是她首先主动表示的，并且有一次在星期六回村的路上，还逗得大年像电影里那些恋爱的人那样，在后面追着她跑。她呢，一边跑，一边嘻嘻哈哈表演了一些淘气的所谓“慢镜头”动作……

在这些日子里，憨厚的大年已经感觉到自己成了一个真正的男子汉。他恋爱了，这就意味着孩子时代的结束。他爱小丽，如同爱明丽的太阳。可惜他爱得太认真，太迷恋了，以致影响了他最后一年的学习。不久他就将知道，他为此将付出什么样的代价。当然，就我们来说，是可以原谅他的：因为我们在他这样年龄的时候，也往往不能完全把握住自己的感情和行为。但一个人的痛苦和不幸，往往就在这时候开始，真正的人生也可能才在这时候开始。

一声霹雳击倒了高大年：他没有考上大学！他落榜了！

这天，当确切的消息传来以后，他一个人跑到村前的打麦场上，痛苦而麻木地躺倒在一堆乱草里。他爸，他妈，他大哥，都先后跑来了。他们怕他寻短见。三个亲人围成一圈，一个个满脸晦气蹲在他面前，不知该说什么好，只是一个接着一个叹气。这更使他的痛苦加深了。

唉！他辜负了眼前这三个人对他付出的辛劳和寄予的厚望。

“我早看出来，你让小丽把你耽搁了……唉！你这糊涂小子！本来就应该先立业，后成家！再说，你还是个娃娃嘛，不好好学习，能出息吗……”父亲两只粗糙的手互相搓揉着，诉说着心头的怨恨。

“那是个妖精！”他大哥咬牙切齿地说。

“不怨她！”他一下子坐起来，脸上带着一种愤怒的表情。他不能容忍他们用这样一种轻藐的态度对待他视为神圣的小丽。他虽然因此而没有考上大学，但他并不后悔他的爱情。这倒决不是一种孩子气；因为我们知道，他一直是非常认真地看待这件事的。

他父亲也愤怒了，一闪身站起来，激动得两片厚嘴唇直颤。看来他真想破口大骂，但气极了反倒找不出一句话来，他只用长满老茧的手狠狠摸了一把胡楂脸，拧转身就走。仁山老汉一边走，一边叹息，往日倔强的头颅低低地垂到胸前。那神态等于明白地向乡亲们宣告：他望子成龙的梦想已经彻底破灭了！

这时，时光正值中午，夏末初秋的阳光仍然热辣辣地照耀着大地。大年呆坐在土场上，汗水在那张像高粱一样红扑扑的脸上流淌，两只手在泥地上抠来抠去。他妈坐在他一边流泪。

他硬劝说他妈回了家。他让她放心：他决不会自寻短见；他只是想一个人在这里静静地呆一会。

当然，他让他妈离开这里还有一个更主要的原因，因为他看见小丽正从县城那边的公路上走回来。她要回家，必然要经过这个土场。

他眼前升起了另一颗太阳。痛苦暂时又被一种莫名的激动所淹没。他等着她向他走来。

她走来了。她显然没料到会在这儿碰到他，脸上明显地带着一种惊讶——也许这样说不准确。但这种难以描述的表情很快就消失了。她立即兴奋地掏出了一张纸片在他眼前晃了晃，用颤抖的声音说:“我的录取通知书！省师范大学化学系，是报考的第二志愿……”她也才十九岁，根本不能在一个遭受巨大痛苦的人面前掩饰自己的欢欣。当她明白过来她这一举动的不妥当的时候，已经为时过晚。她可怕地发现，她面前这个人的脸一下子变得像死灰似的惨白，接着，跌坐到地上，双手抱住了脑袋。

“我过几天就得走，报到时间很紧……”她开始尽量掩饰她的激动，但声音仍然在颤抖着。

“那咱们？……”他痛苦地抬起头，望着他眼前的太阳。

“咱们将永远是好朋友。”别看她年龄小，倒也学会了一点世故。她这句话实际上暗示了一种明确的思想。

可惜老实巴交的他，听不懂这句话里的真实含义，反而被激动了；但她不等他开口，马上又补充说:“我们年龄都小，以前是闹着玩的哩。本来，我真盼望我们一起上大学，将来……我心里很为你难过。大年，你想开些，你的学习本来不错，可人的命运难说。当然，我们将永远是好朋友！……”

唉！原来是这样。这一回他算真听懂了。他感到眼前的太阳一下子失去了那耀眼的光辉。他用惨重的代价换来的竟是这么轻描淡写的几句话！

在这短暂的一刻里，就把高大年从童年保持到现在的所有天真都永远地扫除干净了。是的，他第一次知道：人生实际上是多么严峻啊！

他什么话也没说，用袖口揩去脸上的汗水，像他父亲刚才那样，拧转身就走了。不过，他不像他父亲那样把头垂在胸前，而是尽量地抬起来；那神态等于明白地向全世界宣告：他高大年现在才真正成为一个男子汉了。

痛苦……这是不言而喻的。这样双重的打击就是搁在饱经世故的成年人身上，也够沉重的了，何况他才十九岁——严格说来，还是一个孩子哩。

他原来就不多说话，现在完全沉默了，像个哑巴，一声不吭地跟着父亲和哥哥，开始了艰辛的劳动生涯。好在村里已经包产到户，大家不在一块干活了，他的不快也只有家里人才知道。他尽量躲避着外人。

黑夜，他大睁着眼睛睡不着觉。于是就披上冬天才穿的棉袄，偷偷从家里溜出来，独自一个人在村前的河湾里漫无目的地走动，活像一个夜游神。小丽的影子无时无刻不在纠缠他。他想恨，但又恨不起来，因为过去那些无限美妙的感情仍然在他心头温柔地盘缠着，一丝儿也剪不断。

但是，更痛苦的是，他觉得他愧对了一个好时代。眼下国家正需要有知识的人才，而他又多想为祖国做一番大事业呀！四个现代化对有些人来说，只不过是个口号罢了，但对他这样的热血青年来说，却是一件实实在在的事。他知道，未来一个极其重要的时期，需要他们这一代人充当祖国的脊梁，可是他却在这个时候遭受了不幸！

“我太痛苦了……”他想。

“但是，”他又想，“难道我就这样甘愿让痛苦的火焰把自己给毁了？不该啊！正因为我如此痛苦，我才要争一口气！不仅要好好劳动，还应该好好学习！小丽，我总有一天还要见到你，你等着看吧，当我再见到你的时候……”他这样想着，牙齿便在嘴里咬得格嘣嘣价响，两只手也不由得握成了两只拳头。年轻人的血液又在他周身沸沸扬扬，一种新的意识终于在他的头脑中苏醒了。

他仍然沉默寡言，拼命劳动。

不久，高仁山老汉发现在他们出山干活的路上，到处栽着一些小石片，上面用白粉笔写着一些“洋字码”。老汉认出这不是中国字，而又写在这山野里，弄得心惊肉跳，以为是出了外国特务。他把这件神秘事告诉了老婆。他老婆却不以为然地对他说：“你没看咱们茅厕里的石头上也写着？”

大儿子忍不住笑了，对父亲说：“你真可笑！外国特务跑到咱这里干啥呀？‘特务’就在咱家里。那是大年写的英语单词。”

“那是怎啦？”父亲问大儿子。

“怎啦，他还想考大学！”

老两口惊讶地张开了嘴巴。仁山老汉想了想摇摇他那已经苍白了的头，说：“还是好好劳动吧，咱先人的坟墓没得着好风水哩！”

不管怎样，大年重新奋发起来。他首先从他考得最糟的英语开始复习。他不愿意呆在家里埋头学习，以免不了解内情的外人把他看成个二流子；知道事情真相的人又乘机笑话他。他有他的自尊心。

但是这种学习是极其艰难的。每当他背着一捆庄稼从山上下来时，汗水腌疼的眼睛已经分辨不清他栽在路边小石片上的那些英语单词了。但他仍然拼命完成每天的学习计划。日月流逝，他变得像一个苦行僧一般，经常累得眼睛迷迷糊糊，走路摇摇晃晃，头总是有气无力地耷拉着。但是，他觉得自己的精神却从来也没像现在这样高扬过。看吧，他走路念念有词，他上厕所念念有词，他在煤油灯前伏案演算，常常因打盹把头发烧着，满头一片焦黄……所有这一切，他都忍受着。有时，痛苦的浪潮猛然又袭上心头，折磨得他死去活来。每当这时，他就在心里默念着那句话：“当我再见到你的时候……”

此刻，痛苦也正在折磨着另一个人。这不是别人，正是小丽她妈。

冬去春来，冰雪消融，土地解冻，大地又孕育着一种勃然生机。可是这季节对一个老关节炎病人却不是好兆头。

小丽她妈每到这时，腿关节就疼得像钢针扎着一般。今年开春尤其严重。寡妇算不上幸福也算不上不幸。丈夫虽说过世太早，她亲爱的女儿却考上了大学。回忆往事辛酸不少，瞻望未来倒也甜甜的：再熬上几年，等小丽大学一毕业，她就好跟上女儿享福去啰。

但是，眼前的日子的确不好过。身边没有一个亲人，而土地都分到了户，庄稼谁给她种呀？过不久就要耕地，她不知又该求村里哪一家。要是往年，她不熬煎，有高仁山一家人哩，如今还有什么脸面去求他！

这一天，她到沟底的水井去提水。返回时，该死的腿走到半坡上疼得怎么也走不动了。她把水罐放到路边，双手抱住膝盖，嘴一张一张的，就差没放开声哭了！

偏巧这时高仁山父子三人正从后山沟里回来，在河那面的小路上往自己家里走。他们三人都看见了河这边的情景。

大年他哥显然幸灾乐祸了，瞧他嘴一撇，照旧往回走；大年看了看父亲，父亲低倾着头也顾自走，装作没看见什么的样子。

大年站住了。他望着前面走去的父亲和哥哥，心里很不是滋味。父兄埋头苦干的精神令人肃然起敬，可那狭隘的农民意识又多么叫人不能尊敬。

他独自默默地拐到河湾的小路上，向小丽她妈走去。他是个遭过痛苦的人，因此也就同情眼前这个有病痛的人，尽管他的痛苦正是她的女儿带来的。

他来到老妇人的面前，一句话也不说，提起她身边的水罐。小丽她妈痛苦的脸上一下子涌上了难言的表情。但她只是在后面说："年娃，门开着哩，热水瓶里有开水，桌子上有茶，抽屉里有纸烟，娃自个寻着吃。我这阵腿不灵活，走不快呀……"说着声音便哽咽了。

他提着水罐进了她家，把水倒进瓮里。

他往出走时，忍不住朝墙上的相框里瞥了一眼。是她，站在大学门口的校牌下，脸笑得像一朵花；几乎完全不像原来的模样了……

他尽量克制着，不让眼里的两团泪水涌出来。

他出了院子，在以前经常等待小丽的地方站定。一切过去的印象是那么近，那么清楚，又是那么远，那么模糊……

他看见小丽她妈正一瘸一拐从坡里上来了，嘴里不停地呻吟着。他于是很快从另一条小路下了坡。他不愿看见她那痛苦的脸，也不愿自己痛苦的脸让她看见。

第二天早晨，他父亲把一应农具都准备好，让弟兄俩跟他去耕地。

他走到父亲面前，说："先去给小丽家耕吧。"

他的话惊呆了两张粗糙的农民的脸。他哥忍不住说："你羞先人哩！那还是你的丈母娘吗？"

"你不愿去，你就滚！"他突然发火了。

他哥把犁一摔，进屋去了。

他转脸去看他爸。

他看见什么了？啊，挂在那张和他长得一模一样的皱脸上的，是一丝内疚的表情。善良、纯朴的本性又在老人身上复苏了。

谁也没有料到，去年落榜的高大年，今年却考上了北京一所著名的工业大学。

是的，他考上了。为了这一天，他痛苦了一年，奋发了一年。他在这一年所付出的艰辛，唯有那山上的小路，路边的小石片，家里的煤油灯，比他周围的人更清楚。

当他捧着大学录取通知书从县里返回时，又一次来到村前的打麦场上，让身子躺在一堆金黄的麦秸里，尽情地让欢乐的眼泪刷刷地流淌。他爸，他妈，他大哥，都先后跑来了。他们也都知道他考上了。三个亲人围成一圈，一个个满脸喜气蹲在他面前，都不知该说什么好。

他别的什么也没说，只对哥哥说了一句话："哥，我走后小丽家有些活要你帮着做哩，她妈腿不好……”

他哥又高兴又尴尬地对他直点头。

他告别了亲爱的高家村，告别了雄伟壮丽的黄土高原，乘罢汽车，改乘火车，顺着涓涓的溪流，沿着滔滔的大河，出了山，出了沟，驰过无边的平原，进了车水马龙、繁华喧嚣的省城。

他在火车站附近存放了小件，买了当天去北京的车票，然后就想着去师范大学看小丽。离上火车还有六七个钟头，他有足够的时间。

他提着一包炒得金黄的家乡南瓜籽，搭上了去师大的公共汽车。

师大坐落在郊区，是这路车的终点站。他下了车，心狂跳着，向校门口走去。这地方虽然没来过，但并不陌生，他在照片里见过。

当他走到小丽照相的校牌下，猛地站住了。

“我来这里是干什么？”他突然问自己。

他的心感到一阵隐隐的刺痛，为自己感到羞耻。他知道，他想见小丽，分明夹杂着一种说不清楚的心理因素：莫把人看扁了！这岂不是无言的报复吗？

“我怎么能这样！”他开始在内心里严厉地谴责自己。他想：我确是为她忍受了巨大痛苦的，但痛苦的火焰同时也烧化了痛苦本身，使我在精神上和生活上都进入了一个全新的境界。是的，我曾痛苦过，但因此也得到了幸福。从这个意义上说，我不该再对小丽抱怨，倒是该感谢她——尽管这一切是多么地令人辛酸！

他双手把那一袋南瓜子捂在胸前，靠着墙，闭住眼睛，让不平静的内心平静下来。然后，毅然搭上一辆进城的公共汽车，返回到市里。

他来到市中心的邮局，匆忙写了一张字条：“小丽，请你尝一尝咱家乡的南瓜子。大年。”

他把字条塞进口袋，在柜台上拿起缝包裹的针线，笨拙地缝好这袋南瓜子，写上地址，寄了。

傍晚，当美丽的夕阳在城市的一边沉落的时候，去北京的直快列车开动了。车轮的铿锵声越来越快，越来越响；大年纯朴的脸紧贴着车窗，望着广阔的平原和无边的蓝天，眼里涌出了两颗亮晶晶的泪珠……

一九八一年十二月写于北京

* 原载《青海湖》1982 年第 7 期。

黄叶在秋风中飘落

第一章

一

父母亲先后去世了，大学又没考上，生性倔强的卢若琴只好把关中平原小镇上那座老宅院用大铁锁锁住，跟哥哥到黄土高原的大山深沟里来了。

老家那十九年一贯制的生活结束了，她来到了一个完全陌生的世界里。她有些伤感，但又有点新奇。

这个女孩子身上有点男孩子的气质，看来对什么事也不胆怯。何况她已经读过《居里夫人传》一类的课外书，自以为对于生活已经有了一些坚定的认识。

她对于自已从富饶繁华的平原来到这贫瘠荒凉的山沟满不在乎。当然，这也还有另外一个原因：亲爱的哥哥在她身边。

哥哥是有出息的。虽然不到四十岁，就是这个县的教育局副局长。她尽管基本上没和哥哥一块生活过，但知道他是一个出色的人。她从哥哥每次探亲回去的短暂相处中，就感到他既有学问，又有涵养，不能不叫人肃然起敬。她经常为有这样一个好哥哥而感到骄傲。现在她来到了他的身边，就像风浪中的船儿驶进了平静的港口。

当然，出众的人往往遭遇不幸的命运。哥哥正是这样。两年前，嫂子病故了，他一个人带着五岁的玲玲过日子。这两年，他又当爹，又当娘，还要当局长。她现在心疼地看见，一个风度翩翩的男人，一下子就好像衰老了许多。

她来到这里并不是要扎根于此地。她要安心复习功课，准备再一次高考。哥哥让她就呆在家里学习，家务事什么也不用管。玲玲已经上学，没什么干扰；又有电视机，可以学英语。

但她不。她提出让哥哥给她在附近农村找个民办教师的职务，她可以一边教学，一边复习功课。

“为什么？”哥哥问她。

“不愿让你养活我。”她回答。

进一步的谈判显然是没有余地的。哥哥似乎也隐约地认识到他的妹妹已经是一个独立的大人了，只好依从了她的愿望。

于是，卢若琴就来到了高庙小学。

高庙离县城只有十华里路。这所学校并不大，只有四十多个娃娃，是高庙和附近一个叫舍科村联合办的。学校在两个村之间的一个小山湾里，一溜排石头窑洞和一个没有围墙的大院子。院畔下面是一条简易公路；公路下面是一条小河；小河九曲八拐，给两岸留下了一些川台地。

起初来到这里，一切都还很不习惯。视野再不像平原上那般开阔了，抬头就是大山。晚上睡在窑里，就像睡在传说中的一个什么洞里似的。她有一种孤寂的感觉。白天还好一点，孩子们会把这个小山湾弄成一个闹哄哄的世界。一旦放了学，这里便静悄悄地没有了什么声息。学校下面虽然有一条公路，除过县城遇集热闹一番，平时过往的人并不多。至于汽车，几天才驶过一辆，常惹得前后村里的狗在这个怪物扬起的黄尘后面撵上好一阵子。

除过教学，她就把她的全部精力投入到复习功课中去了。有时，她很想一个人出去走走，唱唱歌，就到简易公路或小河岸边去溜达溜达。因为人生地疏，也不敢远行。

好在哥哥时不时来看望她，给她各种有言或无言的安慰。她在星期六也回县城去，与哥哥和玲玲共同度过愉快的一天，然后在星期天下午又回到这个天地来。

新的生活就这样开始了。

除过她，这学校的另一个教师就是高广厚。他前几年在地区的师范学校毕业，已经转为正式的公派教师，也是这个学校的当然领导。

老高三十出头，粗胳膊壮腿，像一个地道的山民。他个子不算矮，背微微地有些驼，苍黑的脸上，已经留下岁月刻出的纹路。他平时言语不多，总给人一种愁眉苦脸的感觉。

但他的爱人却是个极标致的女人。她穿着入时，苗条的身材像个舞蹈演员。这地方虽然是穷乡僻壤，但漂亮的女人随处可见。这一点卢若琴很早就听过许多传闻，据说古代美人貂蝉出生地就离这地方不远。相比之下，卢若琴却不能算漂亮了。可她也并不难看，身干笔直，椭圆形的脸盘，皮肤洁白而富有光泽，两只黑眼睛明亮而深邃，给人一种很不俗气的感觉。

高广厚已经有一个四岁的小男孩，漂亮而伶俐，两口子看来都很娇惯这个小宝贝。卢若琴不久便知道，刘丽英初中毕业，但没有工作，娘家和高广厚一样，也就是这本地的农民。

卢若琴刚来时，经常看见刘丽英郁郁寡欢，对待新来的她不冷也不热。若琴是个敏感的姑娘，她猜想丽英一定在心里说："哼！你有个当官哥哥，叫你能混一碗公家饭吃！我也中学毕业，可是……"

若琴完全能体谅她的心情，尽量地亲近这个美人。她很喜欢四岁的兵兵，每次从县城回来，总要给这个孩子买一点吃的。兵兵马上和她成了好朋友，常往她窑里跑。这样，丽英也就借找兵兵，常来她宿舍。通过一些交谈，若琴知道丽英爱看小说，学校订那么几本文学刊物，每期她都从头看到尾，并且还给她津津有味地转述一些瞎编乱造的爱情故事。卢若琴对这些东西毫无兴趣，而丽英竟然能说得泪水汪汪。

看来这女人外冷内热。卢若琴发现，她对她的儿子极其疼爱，尽管孩子已经能走能跑了，但她还是经常把他抱在怀里，像个袋鼠一样。她那两片好看的嘴唇不时在儿子的脸蛋上亲吻着，有时还在孩子的屁股蛋和脏脚丫子上亲。即使孩子学一些难听的骂人话，她也不教育孩子改正，还笑嘻嘻地夸赞儿子竟然能学着骂人了。

她对丈夫却很厉害，经常挖苦和骂他，有时甚至不避生人。卢若琴很反感这一点，觉得她缺少起码的教养。那位老高可是老态度，遇上这种情况，总是一声不吭。卢若琴也反感高广厚这一点儿，觉得他缺少男子汉起码的气质。可是她看得出来，高广厚对刘丽英爱得很深切。

不知谁说过，老实巴交、性格内向的男人，往往喜欢和自己性格完全相反的女人结交。哥哥就是这样，一个老成持重的人，当年偏偏娶了县剧团一个爱说爱笑的演员。女人大概也一样。她将来应该找一个什么样的丈夫呢？想到这一点，她就偷偷害臊半天。

现在这一切还为时过早，她应该努力做好眼前的事，并且好好复习功课才对。是的，她应该再碰一次命运。按她平时的学习，她上一次本来是可以考上大学的。叫她痛心的是，母亲正是在她高考前两个月去世的。她还不到二十岁，基本上是个娃娃，不能控制住自己失去母亲的悲痛，无法集中精力投入那场可怕的竞争，很自然地被高考的大筛子筛下来了。

哥哥时不时给她送来各种各样的复习提纲。大概因为哥哥是顶头上司吧，他每次来的时候，广厚一家人对他极其热情。她和高广厚上课的时候，丽英就帮她给哥哥做饭。她下课回来，丽英已经招呼着哥哥吃饭了。她是一个麻利的女人，并且在有点身份的人面前，谈吐文雅，彬彬有礼。这使卢若琴很惊讶，她想不到丽英还有这样的一面。不过，她猜想丽英是不是想让哥哥也给她安排个民办教师职务，因此对哥哥才这么热情？她倒是希望哥哥确实能把丽英安排了，因为老高就那么点工资，日子过得相当紧巴。

她极其同情高广厚。这个厚道人整天埋头为学校的事操劳，还得要做家务，听丽英的奚落和咒骂。老高对她是很关心的，经常把劈好的柴摞在她门前；帮助她买粮，磨面，担水……这一切都使她在心里很受感动。他是个事业心极强的人。她已经听哥哥说过，高老师教学在县上是呱呱叫的，高庙每年在全县升初中的考试中都名列第一。在工作中他也从不为难她。这几个月里，她的一切困难他都会细心地考虑到，重担子都由他一人挑了。她看得出来，他这样关怀她，倒不是因为她是教育局长的妹妹，而是他本质上就属于一个好人。

二

不知为什么，最近以来，美人儿丽英对她的丈夫越来越凶狠了。

她整天摔盆子掼碗，骂骂咧咧。可怜的老高把头埋得更低了，似乎他做了什么见不得人的坏事。妻子在窑里骂，他就拉着兵兵来到院子里。他也不和儿子说话，只是抱着他，呆呆地看一会儿，然后轻轻地，或者重重地在他红苹果似的脸蛋上亲吻着，直到儿子说“亲疼了”才住气。

有时候，他正亲孩子，丽英一下子又骂到院子里来了，并且一把从他手里夺过孩子，骂骂咧咧地回窑去了，似乎表示这孩子是属于她一个人的，高广厚没权利亲他。

高广厚这时两片厚嘴唇哆嗦着，垂着两条长胳膊站在院子里，难受得就像手里的糖被鸡叼走的孩子一样。他仍然不吭一声，像一块没有生命的石头。

他显然对这一切都无能为力，也就麻木了。可是窑里老婆的咒骂却越来越猛烈了，又夹杂着孩子的尖锐的哭叫声，就像这小山湾里发生了什么祸事似的。

丽英的咒骂总就那么些内容，无非是抱怨她“鲜花插在了狗屎堆上”，说她命薄，寻了一个“狼不吃狗不闻的男人”。

每当这样的时候，卢若琴心里感到很不是味儿。她深深感到，这是一个没有幸福的家庭。她同情可怜老高。但她自己是个不到二十岁的女孩子，没勇气去安慰一个大人。她就只好离开这令人心烦的地方，从学校的院子出来，下了小坡，来到简易公路上。她怀着一种极其郁闷的心情，在简易公路上漫无目的地溜达着。

有时，这样溜达着的时候，她就会看见前面的公路上慢悠悠地过来一辆自行车，上面骑着一个老成持重、穿一身黑粗呢料的人。这是亲爱的哥哥。他最近越来越多地到高庙来看望她。她很过意不去，几次给哥哥说，她已经在这里习惯了，要他不必经常来。哥哥总是微笑着说：“我最近工作也不忙，路又不远，出来散散心……”

九月下旬，连绵的阴雨开始下个不停。白天，雨有时停一段时间，但天气从来没有晴的意思。大地和人的心都泡在湿淋淋的雨水里，显得很沉重。学校的院子里积满了水；院子下面的公路变成了稀泥浆，被行人的脚片子踩得乱糟糟的。

这样的天气是最令人烦躁的，听听丽英对高广厚不断加骤的咒骂声就知道了。

但老高这几天可顾不上听这个老节目。因为学校窑洞旁边被雨水泡得塌了一批土，家长都吓得不敢让孩子们上学来了。高广厚怕耽误娃娃们的功课，急得白天黑夜跑个不停。他安排让她在离学校较近的生产队一孔闲窑里给娃娃们上课，他自己跑着到舍科村去。

他一早在丽英的咒骂声中走出去，晚上又在她的咒骂声中走回来。回来的时候，丽英竟然不给他留饭。他就一个人蹲在灶火圪塄里拉起了风箱。

卢若琴这时到他家去汇报这一天的情况，看见他这副样子，总想给他帮点忙，又不好意思。

她是个机灵的姑娘，这时她就借机把兵兵抱到她窑里，拿出哥哥给她送来的点心塞到孩子的手里，教他说："你吃，也给爸爸吃，好吗？"兵兵答应后，她就把兵兵又抱回到他家里。她希望老高能吃她的几块点心先填填肚子。可怜的人！他大概已经十来个小时没吃一口东西了吧？她知道自尊的老高是不会在学生家里吃饭的。

兵兵真是个乖孩子，他把点心硬往高广厚手里塞，小嘴伶俐地喊叫说："姑姑的点心，咱们两个吃！"

高广厚这时便停止了拉风箱，在兵兵的红脸蛋上亲一口，咧嘴一笑，说："谢谢你姑姑了没有？啊？爸爸不饿，你和妈妈吃。"他接着便会讨好地瞥一眼躺在炕上看小说的丽英。

丽英对于丈夫这近似下贱的温存不屑一顾，甚至厌烦地翻过身，把她那漂亮的后脑勺对着灶火圪塄。

卢若琴这时就忍不住鼻子一酸，低头匆匆地走出了这个窒息得令人喘不过气来的窑洞。

三

又是一个雨夜。

卢若琴躺在土炕上睡不着。哥哥以前还说这山区的主要特点是干旱，雨比油还金贵呢，可这讨厌的雨断断续续地下了十三天还没个停的意思。

雨夜是这么宁静，静得叫人感到荒寂孤单。雨夜又是这么骚乱，乱得叫人有点心神不安。

她怎么也睡不着。于是就闭住眼，设法想别的事：烫热的阳光，缤纷的花朵，湖绿的草坪；大道上扬起的黄尘，满脸淌汗的马车夫，金黄的干草堆，蓝天上掠过的灰白的鸽群……她想用幻觉使自己的耳朵丧失功能，不要再听窗外秋雨拍打大地的声音，好让自己迷糊着进入梦乡。

但不能。耳朵在淘气地逗弄着她，偏偏把她的神经拉回来，让她专心谛听外面雨点的各种奇妙的声音。雨点的声音像一个有诱惑力的魔鬼发出的声响，紧紧地抓住她的听觉和注意力不放。

她索性以毒攻毒，干脆用欣赏的态度来感受她所讨厌的风雨声。她把它想象成那些迷人的小夜曲，或者庞大的层次复杂的交响乐，企图在这种“陶醉”中入睡。

但她仍然睁大着眼睛睡不着。

“唉，这也许不能怪雨……”她想。

她从小土炕上爬起来，摸索着点亮炕头上的煤油灯，拿起一本高中化学课本。

她什么也没看进去。耳朵不由自主地听着外面的动静。该死的耳朵！

院子里突然响起了一阵“扑哒扑哒”的脚步声。

他！他回来了！

隔壁传来了敲门声。

是他。老高。

又一阵敲门声。敲门声后，是长长的寂静。

卢若琴静静地听着。她焦灼地等待着那“吱呀”的一声。

这声音终于没有传来。卢若琴听见的只是自己太阳穴的血管“突突”的跳动声。

又一阵敲门声。

仍然是长长的寂静。

该死的女人！她在装死！唉，可怜的老高奔波一天给娃娃们上课，现在一定浑身透湿，垂头丧气地站在自己门外而进不了家。

卢若琴从来没有想到一个女人会狠心到这种地步。她听人说过，丽英原来是对丈夫有点不满意，但一般说来还能过得去。鬼知道她为了什么，最近对老高越来越不像话了。丽英她逞什么能哩？除过脸蛋子好看外，再还有什么值得逞能的资本呢？

“咚咚咚！”

敲门声又响了。那个饥寒交迫的人这次稍微用了点劲——大概是用拳头在往门板上捣。

“哪个龟孙子？”丽英在窑里出口了。

“开开……门……”

他牙关子一定在上下磕着。

“你还知道回来哩？”

“开……门！”

“我头疼！下不了炕！”

“好你哩……开门……我的脚……碰烂了……”

卢若琴一直紧张地坐在炕上听旁边的动静。当她听见高广厚刚才那句悲哀的话，心头忍不住打了个冷战。

门终于还是没有开。

听见外面一声沉重的叹息，就像犁地的牛被打了一鞭所发出的那种声音。然后就响起了那“扑哒扑哒”的脚步声。每一脚都好像是从卢若琴的心上踩过去。他大概离开了自己的门前。

脚步声没有了。可怜的人！在这黑洞洞的雨夜里，你到哪里去安身呢？

卢若琴怔怔地坐在炕上。一种正义感像潮水一般在她胸脯里升腾起来。对丽英的愤怒和对老高的同情，使她鼻子口里热气直冒！

她什么也不顾忌了，三把两把穿好衣服，跳下炕，从枕头边摸出手电筒，风风火火打开了门，来到了院子里。

冷风冷雨扑面打来，她浑身一阵哆嗦。

外面漆黑一片。她用手电筒从院子里依次照过去。

看见了。可怜的人，他正抱住头蹲在院畔的那棵老槐树下，像一个没有生命的物体一样，任凭风雨吹打着。

手电的光亮使他惊骇地回过头来。

她走到他跟前，说："到我窑里先暖和一下，外面雨这么大……"

他犹豫了一会儿，就困难地站起来，也不说话，一瘸一拐地跟着她进了窑。

灯光立刻照出了一张苍白的脸。他难为情地看了一眼卢若琴，叹了一口气，坐在了桌旁的凳子上，两只粗糙的手有点局促地互相搓着。

卢若琴用很快的速度给他冲了一杯滚烫的麦乳精，加了两大勺白糖，然后又取出一包蛋糕，一起给他放在面前，说："先吃一点儿……"

高广厚看看这些食品，微微摇了一下头。这不是拒绝，而是一种痛苦的感激。他很快低下头，两口一块蛋糕；拼命吹烫热的麦乳精，嘴唇在玻璃杯的边上飞快地转动着。

卢若琴乘机迅速地在他脚上瞥了一眼，发现伤在左脚上，血把袜子都染红了。

她过去从抽屉里拿出纱布和一些白色的药粉，又打了一盆热水，说："你一会儿包扎一下，小心感染了。怎碰破的？"

高广厚抬起头惊讶地看了她一眼，好像说：你怎知道我的脚破了？

“摔了一跤。”他只简单地说。

他吃完后，看看地上的那盆热水，又看看自己的脏脚，难为情地说：“不洗了。”他脱下鞋袜，马马虎虎包扎了一下。

“你怎么这么晚才回来？”卢若琴问他。

“舍科村六娃发高烧，他爸外出做木活去了，家里没个人，我到城里给他买了一回药。”

卢若琴又要给他冲麦乳精，他摆摆手拒绝了，并且很快站起来，准备起身。

“让我给你叫门去！”她突然勇敢地说。

他犹豫了一下，脸上露出羞愧的表情，说：“不要。我带着小刀，可以把门栓拨开……”

他在出门的时候，回过头和善地对她笑了笑——这是比语言更深沉的一种感激。

四

最糟糕的事情终于发生了：刘丽英闹着要和高广厚离婚。

卢若琴没想到，平时看来窝窝囊囊的老高竟然果断地同意了。

法律机关先是照例做了一番规劝双方和解的工作。但这一切都无济于事。

因为双方都同意，所以离婚手续办得很顺利。一张纸片宣告了一个家庭的解体。慷慨的刘丽英竟然什么也没要，连同她的命根子兵兵一起留给了她原来的男人。

她一个人毅然地回到山背后娘家的村里去了。

高广厚离完婚回到学校的时候，表情和平时一样——永远是那副愁眉苦脸。只是在傍晚，兵兵哭喊着要妈妈时，这个男人的眼里才涌满了泪水。

卢若琴看见这悲惨的一幕，关住自己的门在炕上哭了一个下午。这个心地善良的女孩子第一次看到，人不仅能创造幸福，也能制造不幸。她现在主要可怜兵兵。她知道失去母亲是什么滋味。但是，兵兵的母亲并不像她的母亲一样已经离开了人世。她还活着。生活啊，你竟然有着比死亡还要不幸的大悲大痛！

第二天早晨，高广厚对卢若琴说，他要把兵兵先送回到他母亲那里，大约两天以后才能回来。他让卢若琴先照料一下学生娃娃们。他甚至抱歉地对她说："你得辛苦几天……"

卢若琴面对着这个好人和他的不幸，心里难过极了。

她让他放心去，说学校的事她一定会照料好的。

父子俩走的时候，卢若琴帮助他简单地收拾一下东西。她把她的全部吃的点心都拿了出来，给兵兵包在包袱里，并且把她心爱的那条红纱巾给孩子围在脖子里。

高广厚一条胳膊拎着那个粗布包袱，一条胳膊抱着孩子起身了。她亲了兵兵的脸蛋。兵兵也亲了她的脸蛋。泪水从她的眼里涌出来了。可怜的孩子并不知道这世界给他带来了多大的不幸，还笑哈哈地说："卢姑姑，爸爸带我找妈妈去！"

他们走了，踏着那条泥泞的简易公路走了。卢若琴站在学校院子的边畔上，用泪水模糊了的眼睛，一直望着他们消失在公路的拐弯处。她突然隐约地感到：对这不幸的父子俩，她将要负起某种责任来。是的，一个善良而正直的人，在生活中遇到这样的事，就会唤起一种责任感来。

她当天就在高庙村叫了几个年龄大点的女生，帮助她把高老师的宿舍收拾了一番。打扫了地上的灰尘，用白麻纸裱糊了窗户，把家具摆得整整齐齐。她还拆了她心爱的一本《人民画报》，把墙壁贴得五颜六色。她有一个强烈的念头：让不幸的高老师回来的时候，在他那孔晦暗的窑洞里，多少能添上一点另外的什么。

做完这一切后，她穿上高筒雨鞋，把教科书用塑料纸包好，挟在胳肢窝里，撑着那把从老家带来的湖蓝色的自动伞，到舍科村给学生上课去了。她临走时嘱咐高庙的学生：她下午回来再给他们上课。

中午，当卢若琴拖着两条泥腿回到学校的时候，惊讶地看见高广厚和兵兵在学校院子的水洼里玩纸船。她一下难受而兴奋地跑过去，一把抱起小兵兵，在他的红脸蛋上拼命地亲吻起来。

她问高广厚："你们怎又回来了？"

"半路上，兵兵哭着不走了，硬要回来……"他沮丧地摇了摇头，"唉，这可怎办呀？……"

"你别熬煎！"卢若琴不假思索地说，"晚上让兵兵跟我睡！白天你上课时，先叫高年级几个女生看着，罢了再给她们补课。"

"那怎行呢！"他严厉地看了她一眼，"不能连累学生……"

卢若琴看了看他那张粗糙而憔悴的脸，不言语了。

"哎呀，是你帮我收拾的房子吧？兵兵高兴得在窑里又跳又叫！"他感激地说。

卢若琴微微一笑，拉起兵兵的手，说："我帮你们做点饭吧，兵兵一定饿了……"

密布的乌云终于在秋风中溃散了。连绵的阴雨停了；久已不见的太阳亲切地在蓝天上露出了笑脸，把那灿烂的阳光洒在了泥泞的大地上。远方的山峦，蒸腾起一片蔚蓝色的雾霭。鸟群舒展开翅膀，在秋天的田野上欢悦地飞翔着。庄稼地里，竖起了一些丑陋不堪的"稻草人"，在秋风中摇摇晃晃，吓唬那些贪嘴的麻雀。

不论怎样，生活的节奏永远不会中断。地里的庄稼在成熟，学生娃的课本又翻过了几页；高广厚依然是满身的粉笔末，站在石头块垒起的讲台上，像往常一样，抑扬顿挫地领着高年级的孩子们念课文；卢若琴用她唱歌般的音调，给那些吸着鼻涕的猴娃娃教拼音。

有时候，在这些声音中，院子里突然传来兵兵尖锐的哭喊声——大概是摔跤了。

高广厚仍然在抑扬顿挫地念着，好像什么也没听见，那神态就像一个艺术家沉醉在他的创造中。其实他听见了那尖锐的哭喊声。但他忍着。在忍受痛苦方面，生活已经把他磨炼得够强大了。或者说，生活已经使他对痛苦有点麻木了。

但卢若琴念不下去了。她会马上跑出来，从地上抱起兵兵，揩干净他脸上的泪水，给他手里塞两块糖，然后抱到她宿舍里，拿几本小人书让他翻，让他撕。等他安静下来，她才又回到教室继续上课。后来，她干脆把兵兵带到教室里，让他坐在小板凳上，和学生娃们一起念拼音。尽管他成了班上一个最捣乱的“学生”，但还是可以控制到一定程度的。小家伙真聪明，学拼音竟然比一些大的学生还快。这个办法使高广厚和卢若琴都很高兴。

下午放学后，她先帮老高和兵兵做饭，然后再做自己的。有时候他们三个人索性在一块做着吃。晚上，在兵兵愿意的情况下，她就把他抱在自己的宿舍里，给他洗脸洗脚，晚上也就睡在她的身边。渐渐地，这小东西有时瞌睡来了，自己就跑到她的被窝里睡着了，泥脚和泥手把她的被褥弄得一塌糊涂。尽管老高非常抱歉，但她不计较这些。她怀着一种喜爱的感情搂着这个脏东西睡了。

他们的生活就这样进行着。作者提醒某些读者先不要瞎猜想什么——这一点也许是必要的。

过了好一段日子，卢若琴才发现她好几个星期天没有回县城了。不知为什么，哥哥最近也再没来她这里。她心里猛一紧：是不是哥哥或者玲玲出了什么事？

她突然惦记起她的这两个亲人来了，觉得她应该很快回县城去看一看。她感到她在生活中猛然变成了一个重要人物。以前她老感到需要别人来关心自己，而现在她觉得她需要关怀别人了。这个心理上的巨大变化连她自己都感到惊讶。

她惊喜地意识到，生活使她在不知不觉中成了一个真正的大人。

这个星期六，卢若琴回到了县城。

五

玲玲出去玩了，屋里就哥哥一人。

他照例爱抚地对她微笑着，欢迎她回到家里来。

卢若琴先急着问："家里出什么事没？"

哥哥笑了："应该忌讳这样的问候！"他给她沏了一杯茶，放在桌子上，说："可能要出一点事，但肯定不是坏事。罢了再说。你先喝茶！"他看来兴致很不错。

卢若琴心里很高兴。她坐在椅子上，一边喝茶，一边用眼睛打量着这间她熟悉的屋子。她觉得这屋里似乎有了某种变化。是什么呢？她一下也说不清楚。屋里的东西看来没什么变化，没增也没减，都在老地方。一套崭新的沙发，大立柜，半截柜，双人床，电视机，垒起的四只大木箱；套间的门上，还挂着她买的碎花布门帘……

半天她才发现，是哥哥的身上有了某种变化。不是衣着装束，也不是其他，而是精神状态。这种极微妙的变化，只有极亲近的人之间才能觉察到。她看见哥哥脸上忧郁的愁云消失了，苍白的长脸盘上透出了淡淡的红润，腰板也挺直了，走路带着某种矫健，似乎有什么东西（激情？）从心灵的深处往外溢。她记起了哥哥刚才说的话。

亲爱的哥哥倒究有什么值得高兴的事呢？

吃罢下午饭，玲玲和她的一群小朋友在看电视。哥哥对她说："咱们到后边体育场转一转。"

她乐意地答应了。

他们慢慢地踱着碎步，来到了体育场。刚吃完饭，现在这里还没什么人。

他们在跑道上走着，先谈论了最近报纸上的几条重要新闻。

谈完这些后，哥哥突然开口说："给你换个学校行不行？"

"为什么？"她有点奇怪地问。

他沉默了一下。

点着一支烟后，他说："我可能最近要……结婚了。"

卢若琴不由一愣。她很快把哥哥这句令她震惊的话和他的前一句话联系起来想一下。突然，颤栗像一道闪电似的掠过了她的周身。她哆嗦着问："你和谁结婚？"

他仍然沉默了一下，说："你大概能猜得着。"

猜着了！她眼前立刻闪现出高广厚痛苦的脸和小兵兵流泪的脸——她的脊背上有一种患重感冒的感觉。

"你和刘丽英结婚？"她的牙齿咬住了自己的嘴唇。

哥哥点了点头。

"我这几年苦哇……现在玲玲也大一点了，所以……"他望着妹妹，脸上显出一副要求她谅解的表情。

卢若琴一下不知该说什么。"真没想到……"她说不下去了。

"我也没想到……"哥哥也说不下去了。

"你难道没想到高老师他有多么……"她难受地把头扭到了一边。

"正因为有这么个情况，我才想叫你换个学校……"

"不！"她有点恼怒地转过脸说，嘴唇急剧地颤动了一会儿，说，"你不道德！你诱惑了丽英！"

对！是诱惑！她感到这个词用得相当准确，尽管这是在一本小说里看到的。

副局长身子不由一挺，惊骇地打量着眼前这个"孩子"。

"哥哥，你结婚，这是我早盼望的。以前我小，不好意思给你说这话。但是你不应该和丽英结婚。你不能把自己的幸福建立在别人的痛苦上。这句话是书上说的，我自己再说不出更深刻的话来，但我的意思是很清楚的。高老师太可怜了，还有孩子……”她第一次用平等的、一个大人对另一个大人那样的口气和哥哥说话。

哥哥不言语了，独自一个人慢慢向前走去。她跟他走，从后边看见他的脖颈都是红的。

他仍然没有回过头，说：“我想我没有违什么法……”语调显然充满了不愉快。

“是的，你没违法。但不道德！”她控制不住自己的感情了，一种火辣辣的东西开始在她的胸膛里膨胀起来。

他猛地停住脚步，一下子转过身来，悲哀地看着她。

卢若琴看见哥哥眼里泪花子直转——她第一次看见哥哥的眼泪（不算小时候）。

她一下子惊呆了。她的心软了。她知道她的话严重地刺伤了哥哥的心。但她考虑了一下，觉得她没有必要修改她刚才说的话，而且又一次很冲动地说：“这样做确实有些不道德……”

哥哥摇摇晃晃地，靠在单杠的铁柱子上，突然埋下头，轻轻地吸着鼻子，抽泣起来了！

卢若琴的眼泪也在脸颊上刷刷地淌着。她为哥哥难过：为他的不幸！为他的“不道德”！

她想她刚才的话是有些重。但她完全是为了他好。但愿哥哥能认识到她的话是对的就好了。她爱哥哥，她愿意哥哥永远是一个正确的人！

她走过去，在哥哥的胳膊上拉了拉，温柔地说：“哥哥，你别计较我的话。只要你现在想通了，事情还来得及挽救。你找丽英谈一谈，看能不能叫她和高老师复婚……”

哥哥抬起头来，掏出手绢擦了擦自己的眼睛，说：“我感到伤心的是，你竟然这样不理解我！我从小疼你，但你现在却一点也不体谅我！还给我心上扎刀子……我知道高广厚是个好人，但他的不幸不是我造成的。我现在是和一个离了婚的女人结婚，这有什么不道德！我求求你，好妹妹，你再不要说那些叫我难受的话了。我现在主要考虑，我和丽英结婚后，你在高庙怕有压力，是不是换个地方去教书……我求求你能理解我，我这也是为你好……”

“不！”她愤怒地打断他的话，“我就要在那里！”

她猛地转过身，几乎是跑着离开了体育场。

还没等卢若华回到家里，他的妹妹卢若琴就拿起了她的挂包，回高庙小学去了。

六

卢若琴在那条坑坑洼洼的简易公路上跌跌撞撞地走着。

傍晚的山野格外宁静。田野里一片碧绿，一片斑黄。乌黑的鸦群在收获过的豆田里来回觅食。公路边的崖畔上，淡蓝的野菊花正在蓬勃地开放着。空气里弥漫着庄稼的气息和雨后的腐霉味。风从大川道里吹过来，已经叫人感到凉丝丝的了。

卢若琴带着孩子气的圆脸上布满了阴云，眼角里时不时像豆子似的滚出一颗又一颗亮晶晶的泪珠来。

她走在这异乡的黄土路上，胸口像火烧般地烫热，鼻子一阵又一阵发酸。

她现在感到自己变成了一个真正的孤儿。一切依托都没有了，只留下自己孤孤单单一个人。

当人们看见自己所崇敬的人并不是想象的那么完美，尤其是当一个孩子看见自己所崇拜的大人暴露出可怕的缺陷时，那痛苦和伤心是无法用语言表达的，就好像整个世界都背叛了他。

可是，人也许正是在这个时候才开始真正认识世界，认识人生的。生活的教科书绝不像学校的课本那样单纯，它教人成长的方式往往是严酷的。

卢若琴在半路上揩干了眼泪。她决定不哭了。是的，哭又有什么用呢？爸爸妈妈死后，她都哭得死去活来，但他们还是死了。高考落榜后，她也哭了，但还是进不了大学门。眼泪改变不了现实。是的，她不应该再哭了。

不过，一切仍然是那么叫人痛苦。她感到她实际上失去了最后一个亲人。眼前这不幸的事虽然不是直接发生在她身上，却是她有生以来承受的最大的一次打击。

她万万没有想到，竟然是她亲爱的哥哥把高老师一家人弄得这么惨。

使她更难受的是，她觉得这里面也有她的因素：要不是她在高庙教书，哥哥也没理由经常来这里啊！

她现在才慢慢回想起哥哥每次到高庙小学的情景：他总是设法和丽英在一块说话；而且丽英每次见到哥哥的那种表情和眼神……可是，她当时怎么没有想到会是这么些事呢？（唉！你怎么能想到呢？你那纯净的心灵怎么可能朝这些地方想呢？再说，你对哥哥太信任了，几乎到了一种迷信的程度。）

是的，怎么能不信任他呢？他，那么老成持重，三十多岁，就当了县教育局副局长。就连县上的领导都那么喜欢和信任他，她怎么能不信任他呢？每次从他嘴巴里说出来的话，是那么有教养，那么有学问，那么入情入理……

现在，她心中的偶像一下子被打碎了！

快到学校的时候，她的腿软得没有了一点力气。一次巨大的感情激荡，比扛一天麻袋还消耗人的体力。

她坐在公路边的一块石头上，双手抱住膝盖，傻乎乎地望着黄昏中的远山，像一只迷了路的小山羊。

她闭住眼，静静地坐在那里。不知为什么，她一下子又想起了老家那无边无际的平原，平原上他们的镇子；想起了阳光下亮晶晶的铁路和月光下他们家那座油漆剥落的门……别了，亲爱的故乡！别了，无忧无虑的童年！

她坐了好一会，才站起来往前走。不远的地方就是她的学校：一长溜窑洞坐落在静悄悄的小山湾里，院畔上那棵岁月经久的老槐树，在黄昏中像一把巨伞似的耸立着。她望了一眼这亲切的地方，胸口不由一热。她加快了脚步，心里想：兵兵最好没睡着！她现在特别想在他的红脸蛋上亲一亲。

在上学校那个小土坡时，她突然想：她对高老师说不说丽英和哥哥结婚的事？她甚至专门站住想了一下。最后,她还是决定先不说。

她进了学校的院子，听见兵兵在没命地哭着。

她几乎是跑着向那孔亮着灯火的窑洞走去。

她猛地推开门，见老高正蹲在灶火圪塄里，一只手拉风箱，一只手抱着兵兵，嘴里近乎是央告着一些哄乖话。兵兵的小手揪着他的头发，连哭带叫："我要妈妈！你把妈妈藏到哪儿了？……"

卢若琴的出现，显然使得这父子俩都感到惊讶。兵兵马上不哭了，瞪着两只泪汪汪的大眼睛望着她。高广厚停止了拉风箱，问："你中午刚回家去，怎么又回来了？"

卢若琴惨淡地笑了笑，不知该怎么回答。

她索性不回答，先过去从老高的怀里接过兵兵，在他的沾满泪水的红脸蛋上亲了亲，然后把他放在炕上。

她从自己随身带的挂包里，先拿出一些糕点和一包酥炸花生豆（兵兵最爱吃的）让他吃，然后又拿出一辆红色的小汽车，上紧发条，让汽车在炕上"突突"地跑起来。这些都是她在县城里匆匆忙忙给兵兵买的。

兵兵立刻又笑又叫地和汽车玩起来。

高广厚站起来，搓着两只手，呆呆地看着这些。他厚嘴唇颤动着，不知说什么是好。半天，他才又一次问："你怎刚回去又返回来了？你哥也是一个人过日子，他工作又忙，还拉扯着孩子，你应该好好帮助他一下。唉，天下难不过我和你哥这号人……"他沮丧地叹了一口气。

泪水一下子模糊了卢若琴的眼睛。她低下头，竟然忍不住哭出声来。

高广厚一下子不知发生了什么事，急得两只手互相搓着，说："卢老师，怎么啦？你怎么啦？是不是你哥家里出了什么事？还是你有什么事？"他一边紧张地问着，一边用袖口揩着头上冒出的汗水。

卢若琴克制不住了，哭着说："高老师，丽英要和我哥结婚……我……都觉得没脸见你了……"

高广厚一下子呆了。

他麻木而痛苦地站着，两只眼睛像放大了瞳孔似的，看上去像个僵立的死人。

卢若琴一下伏在炕栏石上，哭得更厉害了。小兵兵却不管这些，在炕上拍着两只小胖手，高兴地喊叫着："嘟嘟嘟，汽车开过来了……"

高广厚一屁股坐在灶火圪塄的那个树根墩上，双手抱住脑袋，出气粗得像拉犁的牛一般。

他听见卢若琴止不住的哭声，又站起来，走到她跟前，沉重而缓慢地说："小卢，你不要哭了。我知道，你长一颗好心。我虽然是个没本事人，但心眼还不是那么窄的。丽英既然和我离了婚，她总要寻男人的。你哥哥我知道，他是个有才能的人。只要丽英她跟着你哥过得畅快，我……"他哽咽了一下，"她可以忘了，只要她还记着兵兵……"他哽咽得说不下去了，只听见喉咙里"咯咯"地响着。

卢若琴停止了哭泣。她抬起头，望着这个结实得像庄稼人一样的男人，说："高老师，你相信我，我以后在各方面都一定尽力帮助你……"

她回过头来，看见乒乒不知什么时候已经睡着了，两只小胖手还抱着那辆红色的小汽车。

她用手绢揩了揩自己脸上的泪痕，走过去拉了被子的一角，轻轻地盖在孩子的身上。

高广厚两只粗大的手在自己的胸脯上揉了揉，然后重新又坐在了炕火圪塄里，说："让我做饭，你可能也没吃饭哩！……"

卢若琴不好意思地说："就是的……我来和面，我那边还有些酱肉，我去拿……"

炭火在炉灶里燃起来了，"乒乒乓乓"的风箱声在静悄悄的夜里听起来格外响亮……

第二章

七

对于高广厚来说，最艰难的日子开始了。

实际上，在他三十三岁的生命历程中，欢乐的日子也并没有多少。

他刚降生到这个世界，父亲就瘫痪在炕上不能动了。

一家三口人的光景只靠母亲的两只手在土地上刨挖来维持。要不是新社会有政府救济，他们恐怕很难活下去。

他是听着父亲不断的呻吟和看着母亲不断的流泪而长大的。抑郁的性格和忍痛的品质从那时候就形成了。

在一个农家户里，一家人最重要的支撑是父亲。因为要在土地上生活，就得靠男人的力气。

可是他们家失去了这个支撑。那个不能尽自己责任的男人看见他们娘儿俩受可怜，急得在炕上捶胸嚎啕，或者歇斯底里地发作，多少次想法子寻死。母亲跪在父亲面前，央告他千万不能寻短见；要他眼看着他们的广厚长大成人。

他就在这样的家境中一天天长大了。

刚强的母亲不让他劳动，发誓要供他上学，叫他成为高家祖宗几代第一个先生。

几乎一直在饥饿的情况下，他用最勤奋的劲头读书，在一九六六年初中毕业了。为了早一点参加工作，养活父母，他不上高中，报考了中专，以优异的成绩被省航空机械学校录取。

他把录取通知书拿回家后，不识字的父亲把这张亲爱的小纸片，举到灯下，不知看了多少遍。一家三口人都乐得合不拢嘴巴。十几年不能下炕的父亲几乎高兴得要站起来了。

可是，命运最爱捉弄不幸的人。“文化大革命”开始了。一切都不算了。录取通知书成了一钱不值的废纸。

学校乱了。社会乱了。武斗的枪炮声把城市和乡村都变成了恐怖的战场。

他只好垂头丧气地回了家。他胆小，没勇气去参加你死我活的斗争。

他并不为此而过分地难过。不论怎样说，他终于长大了。他可以在土地上开始用力气来扛起沉重的家庭负担，父母亲都已经年迈了，可怜的母亲在土地上挣扎不行了。

不久以后，父亲去世了。他是一个孝子，借了一河滩账债，按乡俗隆重地举行了葬礼。他再不让母亲去下地。他像一个成熟的庄稼人那样，开始了土地上的辛劳。

像牛一样，一干就是十来年。几乎本村的人都忘了他还是个中学毕业生。直到他的一个同学在公社当了副主任，才发现他还在农村。念老同学之情，把他推荐到了地区师范学校。

在地区师范，他立刻成为他那一级学得最好的学生。毕业时，学校要他留校教书。但他拒绝了，他要回来孝敬母亲。

就这样，他来到离家只有十来里路的高庙小学当了教师。他爱这个事业，他爱他的学生娃们；他不幸的童年生活使他有一种强烈的责任心，想把这些农村娃娃都培养成优秀的人。

婚姻在二十七岁时才被提到日程上。不是他要做“晚婚模范”，而是他在这方面有自卑感。由于他的寒酸，由于他的郁闷的性格，没有多少女孩子垂青他。他也曾暗暗爱过一两个姑娘。但他知道她们对他来说，都是云雾中的仙女，可想而不可即。

直到那年秋天，别人把丽英介绍给他，他才第一次和女人谈恋爱。丽英的漂亮在他看来简直是仙女下了凡；她的光彩晃得他连眼睛都睁不开。他觉得能和这样一个女人生活简直是一件不可思议的事。他听人说，丽英原来想找个体面的“公家人”，但她没工作，又是农村户口，找不到合适的，最后只好“屈驾”了，看上了他这个“不太体面”的公家人。

高广厚尽管知道是这样，但他在内心里发疯似的爱上了这个女人。

在婚后的生活中，尽管在一般人看来，那个女人给他的温暖太少了，但他已经心满意足。不管怎样，他已经有了妻子，而且是一个多么漂亮的妻子啊！

尤其是生下兵兵后，他觉得他幸福极了。他不仅有了妻子，而且有了儿子，而且是一个多么漂亮的儿子啊！

平时丽英怎样对他不好，他都在心里热烈地爱着她。她就是他的天——不管是刮黄风还是下冰雹，他都愿意生活在这天下！

就说现在吧，这个女人已经离开了他，将要跟另一个男人去了，他仍然在内心里对她保持着一种痛苦的恋情。他恨她，又不忍恨下去——这实在没有办法。人们啊，不要责怪他吧！在我们所有人的身上，或多或少都会有一些看起来近似于没出息的东西。也许这不应该说成是高广厚的缺点，而恰恰说明这个人有一颗多么赤诚的心！

正因为如此，高广厚此刻的痛苦是剧烈的。只不过他是一个性格内涵很深的人，把所有的苦水都咽在肚子里，尽量不让翻腾出来。

丽英给他精神上留下了巨大的空虚。他已经习惯于她的骂骂咧咧；习惯于在她制造的那种紧张空气中生活。

现在这一切戛然而止。

更可怕的是，他自己可以忍受失去妻子的痛苦，但他受不了兵兵失去母亲的痛苦。可怜的孩子，他太小了！他又太敏感了！他那可爱的大眼睛似乎已经看出了这世界有某种不幸降临在他的头上。

好在有个卢若琴！她像数九寒天的火炉子给父子俩带来了一些温暖。他觉得她就像宗教神话中上帝所派来的天使。高广厚一想起卢若琴对待他父子俩的好心，就想哭鼻子。这个操着外路口音的女娃娃，有一颗多么善良的心！

生活往往是不平衡的，它常常让人丧失一些最宝贵的支撑。但生活又往往是平衡的——在人们失去了一些东西后，说不定又有新的东西从另外的地方给予弥补。

八

卢若琴不幸，高广厚不幸，实际上，最不幸的是小兵兵。

四岁，这是一个最需要母亲爱抚的年龄。对于一个孩子来说，谁的爱也代替不了母爱。

从这一点说，丽英是有罪过的。她追求自己的幸福可以无所顾忌。但她对孩子的这种狠心态度是不能令人容忍的。

兵兵越来越明白，他的妈妈再也不来爱他了。

但他又不明白为什么没有妈妈了。他整天问高广厚要妈妈，似乎妈妈被爸爸藏到什么地方去了。他急得用手揪高广厚的头发；恨得用两排白白的小牙齿咬高广厚的手，像小狗一样呜呜直叫。

高广厚只好哭丧着脸乖哄他，说妈妈晚上就回来呀。

开始的时候，孩子相信这是真的。

每当太阳落山的时候，这小东西就静悄悄地站在学校的院畔上，向一切有路的地方张望。一直到天色暗下来，他彻底绝望了，就“哇”的一声哭了。

高广厚往往这时正在窑里做饭，听见孩子的哭声，赶忙掂着两只面手跑出来，把儿子抱回去，放到炕上，用那说了多少遍的老话乖哄他。

一切都无济于事了！孩子发现父亲是个骗子。他哭得更伤心了。高广厚满头热汗直淌，想不出更好的办法使儿子平静下来。

他看见可怜的儿子伤心地啼哭，心像刀扎一般难受。这样的时候，他就立刻变成了一个神经病人，用手狠狠揪自己的头发，拧自己脸上的肉，龇牙咧嘴，发出一些古怪的、痛苦的呻吟。

兵兵看见他这副模样，就像看见了魔鬼一样，顾不得哭了，瞪起惊慌的眼睛，恐怖地大声嘶叫起来。

高广厚一看他把孩子吓成这个样子，浑身又冷汗直冒。他立刻强迫自己破涕为笑，赶忙趴在地上，“汪汪汪”地学狗叫唤；挺起肚子学猪八戒走路；他嬉皮笑脸，即刻就把自己完全变成了一个小丑。

但这仍然不能使兵兵平息下来，他反而吓得没命地号叫起来。

高广厚只好破门而出，去向卢若琴求救——他怕把孩子闹出病来。

他来到卢若琴门上，用袖口揩掉脸上的汗水，像一个叫花子一样，难为情地轻轻叫道：“卢老师，打扰你一下，过来哄哄兵兵……”

卢若琴这时会丢下最要紧的事，跑过来了。

后来，每当这样的时候，不等高广厚去叫，卢若琴就自己跑过来了。有时候，她一进门，发现老高正趴在地上学狗叫，两个人便一下子窘迫得不知如何是好。

当然，这时也是兵兵最得意的时候，他立刻不哭了，并且向卢姑姑夸耀："爸爸还会学猪八戒走路哩……"

两个大人只好尴尬地笑一笑。卢若琴很快抱起兵兵，给他去洗脸，然后她用红线绳给兵兵头上扎一个羊角辫，把他抱在镜子面前，让他看见自己变成了女孩子，把他逗得笑个不停。

高广厚这时就像一个刚释放了的犯人一样，感到一身的轻快。他赶快开始做晚饭。他做饭又快又好，技术比卢若琴都高明——这是丽英造就的。

饭做好后，高广厚一边吃，一边还得抓紧时间给学生改作业，筷子和笔在手里轮流使用。卢若琴已经吃过饭了，就帮着喂兵兵吃。

晚上，兵兵如果在卢若琴的怀里睡着了，她就给他铺好被褥，安顿他舒舒服服睡下。如果他哭闹着不睡，她就把他抱到自己窑里，和他一块玩游戏，给他教简单的英语，认字，读拼音。她想给老高腾出一点时间，让他备课，让他休息一下。

高广厚经常被卢若琴关怀他的心所感动。但这个厚道人不会用言语表达自己感激的心情。他只是用各种办法给她一些实际的帮助。她生活中的一切笨重活计他都包了，担水，劈柴，买粮，磨面，背炭……有一次，卢若琴病了，他听老乡说山里有一种草能治这病，他就上山下坡去寻这种草。这草往往长在高崖险畔上，他冒险爬上去拔，晚上回来跌得鼻青眼肿，但他心里是乐意的……

高广厚顽强地支撑着每一天的生活。高庙和舍科村的老百姓都很关心这个苦命先生。他这几年把两个小山村的孩子一个个调教得比县城里的娃娃都灵醒。孩子们小学毕业后，几乎没有考不上中学的。他们感谢他，经常让自己的娃娃给高老师和卢老师拿吃拿喝。

听说高老师的老婆离婚后，好心的庄稼人纷纷劝解他再找一个，并且还跑到门上给他介绍对象。但高广厚都苦笑着摇头拒绝了。他不愿给兵兵找个后妈。他怕孩子受委屈。而最根本的是，丽英虽然离开了他，但她仍然没有从他的心里抹掉。他眷恋那个在众人看来并不美满的过去的家庭。总之，他现在没有心思另找一个妻子。

九

这是秋季阳光灿烂的一天。阴雨过后的大地已经不再是湿漉漉的了。田野里浓绿的色调，在不知不觉中已经变成斑黄或者橙红。

学校附近的山洼里，玉米早已经收获了，掰过穗的秆子，又被农人割去了梢子喂养大牲口，眼下只留下一些干枯的高茬。糜谷正在趋于成熟，一片鲜黄中带着一抹嫩绿色。高粱泛红了，与枯干了的焦黑色的豆田夹在一起，显得特别惹眼。秋天的景致如果遇上个好天气，会给人一种非常明朗愉快的感觉。

高广厚今天的心情也不错。中午，他把多时没刮的胡楂收拾了一下，抱起把扫帚，把学校院子打扫得干干净净。

国庆节就要到了，卢老师要给孩子们在院子里排练文艺节目。他特别喜欢看孩子们在干干净净的院子里跳舞唱歌。他自己在文娱方面可是个没出息的人。这不是说他不会唱歌，其实他的男中音还是相当好听的：音色纯净而深沉，透露出他对音乐内涵有着很不一般的理解。只不过他天生的害臊，又加上心情不好，平时很少张嘴唱歌。高庙小学前几年教学质量在全县是很有名气的，可文娱方面实在差劲。

现在好！来了个卢若琴，又能唱歌，又能编舞。他俩商量，今年国庆节里要组织孩子们好好开个文艺晚会，到时还准备让附近村里的老乡们来看呢。

若琴最近热心地为这件事忙着。她每天下午都要在院子里给孩子们排练节目，学校在这段时间里热闹极了。这场面也把小兵兵高兴坏了！他在学生娃们中间乱跑乱叫乱跳，小脸蛋乐得像一朵喇叭花。高广厚看了这情景，心里热烫烫的。他每天中午也不休息，提前把院子扫得一干二净。在这无限美妙的下午，他总要搬个小凳，坐在阳光下，一边看若琴、学生娃和小兵兵唱歌跳舞，一边高兴得咧嘴笑着，用手指头去摸眼角渗出的泪水……

今天是星期六。下午，这醉心的一刻又开始了。

先是高年级学生的大合唱：《我们的生活充满阳光》。卢若琴两条健美的胳膊在有力地挥动着打拍子。孩子们按要求，都庄严地把胳膊抄到背后，兴奋地张大嘴巴唱着。他们无疑理解了这首歌，一开始就进入了音乐所创造的境界里；激情从内心里流露出来，洋溢在一张张稚气的脸上；头部和身体都按捺不住地微微摆动着。

高广厚自己也忍不住随着卢若琴的拍子，身体微微摇动起来，并且不由得在心里哼起了这首歌子。这一刹那间，他额头的那三条皱纹不见了；刮得光净的脸上，也露出了一些年轻人应该有的那种青春的光彩。的确，他在这一刻里忘记了生活中还有忧愁。

大合唱正在热烈地进入到尾声部分。孩子们就像赛跑要冲向终点那样，激动使他们不由得加快了节奏。

卢若琴打拍子的胳膊，像艄公在纠正偏离航线的船只一样，吃力而沉重地想要把这不听话的声音，重新纳入到她的节奏中来。

但这声音就像脱缰的马群一样失去了控制。她只好无可奈何地笑着摇摇头，投降了，让自己的拍子随着孩子们的歌声进行。高广厚忍不住笑了，自己也不知道什么时候激动得从小凳子上站了起来，并且向孩子们那里走去。

正在这热烈的气氛达到高潮的时候，在旁边看热闹的小兵兵，突然迈着两条小胖腿跑进场，一把抱住卢若琴的腿，大喊了一声：“妈妈！”

大合唱的声音突然变成了“哗”一声大笑，就像一堵墙壁陡然间倒塌了……

血“轰”一下冲上了高广厚的头。紧接着，又像谁用鞭子在他的脖颈上猛抽一下。他的心缩成一团，浑身冷汗直冒，脸霎时变得像一张白纸。

他一下子呆住了。

他半天都不知道自己该怎么办。天啊，这个小坏蛋怎么会对卢若琴喊出这样两个可怕的字来！

学生娃们都在“哧哧”地窃笑着。而那个不懂事的顽皮的“小坏蛋”，仍然抱着卢若琴的腿，并且又喊了一声：“妈妈……”

卢若琴脸红得像渗出血来。她无力地抱起小兵兵，几乎是哭一般问：“兵兵，谁让你说这话？哪个坏蛋让你说……”她一下子难受得说不下去了。

高广厚对学生娃们挥挥手，嗓子沙哑地说：“现在放学了，大家都回家去……”

他迈着两条哆嗦的腿走过来，抱起兵兵，一言不发地回自己的窑里去了。

他进了窑洞，用哆嗦的手关住门，然后瞪着一双可怕的眼睛问儿子：“谁叫你喊卢姑姑是妈妈？”

小兵兵龇牙咧嘴地笑着，喊道：“我不怕你！村里的叔叔说的，卢姑姑是妈妈！就是的！”

啪！啪！啪！高广厚粗大的手，狠狠地朝兵兵的屁股上打下去了！

这是他第一次打他亲爱的儿子！

孩子一声哭出来后，就再也没收回去。他的小脸顿时变得煞白，可怕地颤动着的乌黑的嘴唇僵在了那里！

高广厚猛一下抱起这个抽搐成一团的小小的躯体，恐怖地大声喊：“兵兵！兵兵！兵兵！……”

当孩子终于哭出声来时，他一下子瘫倒在了地上，抱住头，像牛一样嚎叫了一声！

此刻，在另一孔窑洞里，卢若琴也关住门，伏在桌子上嘤嘤地啜泣着……

十

灾难又一次打倒了高广厚。

不幸的人！他脸上好不容易出现了一丝笑影，这下子又被谣言的黑霜打落了。

这是哪一个恶毒的人在践踏善良人的心呢？

高广厚自己并不想查问这个谣言的制造者。

生活中总有那么一些人，怀着刻毒的心理来摧残美好的东西。这些人就是在走路的时候，也要专门踩踏路边一朵好看的花或一棵鲜嫩的草。他们自己的心已经被黑色的幔帐遮盖了，因而容不得一缕明亮的光线。

这个被生活又一次击倒的人，现在主要考虑的是：这种可怕的谣言大概已经广泛地传播开来，后壁那个不到二十岁的姑娘怎么能承受得了这种可怕的压力？

他现在把自己恨得咬牙切齿：是他害了那个一心为他的人！

他恨自己的无能，恨自己的窝囊，恨自己没有一点男子汉的味道！

怎么办？他不断地问自己。

天已经黑严了。他摸索着点亮了炕头的煤油灯。

兵兵不知是什么时候停止哭声的，现在满脸泪迹，已经躺在炕上睡着了。窑里和外面的世界都陷入到了一片荒漠的寂静中。只有桌子上那只小闹钟的长秒针在不慌不忙地走着，响着滴滴答答的声音。

高广厚抬起沉重的头，两只眼睛忧伤地看着熟睡中的小兵兵。

他用粗大的手掌轻轻抚摸着儿子的头，把披在他额头上的一绺汗津津的头发撩上去。他难受地咽着唾沫，像一个农村老太太一样，嘴里喃喃地絮叨着："我的苦命娃娃，你为什么投生到这里来呢？……"

他感到头疼得像要裂开一样，就脱了鞋，上了炕，和衣躺在儿子的身边。

他拉过被子的一角，给兵兵盖在身上，吹灭了炕头上的煤油灯，就睡在了一片黑暗中。父子俩下午连一口饭也没吃，但他不饿，他想起应该给兵兵吃点什么，又不忍心叫醒孩子。

他闭住眼睛躺在炕上，盘算他怎样摆脱眼前这困难的处境。他想他今晚上一定要想出一个办法来。这不是为了解脱他自己，而是他要让自己的良心对得起卢若琴！

他迷迷糊糊的，不知是在醒着的时候，还是在睡梦中，他觉得他已经想好了明天起来做什么……

第二天是星期天。一大早，高广厚先做好饭。他自己没吃多少，主要是给兵兵喂。

他随后就抱着孩子，到学校前面的舍科村去了。

他到了一家姓张的家里。他已经教过这家人的几个孩子，现在也有一个孩子在四年级。平时他和这家人交往比较多。他和这家人商量：他父子俩能不能借他家一孔窑洞住？并且白天他要把兵兵寄放在这里。这家人有个六十多岁的老奶奶，他商量着能否白天给他看娃娃，晚上回来就由他管。连房租和看孩子，他准备每月付十五元钱。

老张一家十分厚道，都说怎能收高老师的钱呢。房子他尽管住；娃娃放下，他们尽力照顾。

这事情很快就说妥了。他然后又跑到几个高年级女生的家里，给学生和他们的家长做工作，说他要到寄放兵兵的地方去住，学校偏僻，让这几个女学生晚上到学校和卢老师住在一块。

家长和孩子们都很高兴。她们都说跟卢老师住在一块，还能在她那里多学些文理呢。

事情全说妥当后，高广厚抱着兵兵宽慰地回到学校。他想他早应该这样做了。如果早一点，说不定会惹不出那些闲言闲语。

到学校后，他先没回自己的窑洞，直接去找卢若琴。他用很简短的话，说他从今天起，准备搬到舍科村去住；另外将有几个女生来给她做伴，这已经都说好了。

“为什么这样呢？”她像一只受过惊吓的小鸟，惴惴不安地看着他。她犹豫了一下，从地上抱起小兵兵，在他脸上亲了亲。

“姑姑，我再不叫你妈妈了……”兵兵用小胖手摸着她的脸，说。

这句话一下子又使两个大人陷入了一种极其尴尬的境地。

卢若琴的脸“刷”一下又红了。

高广厚沉重地低下了头，说：“若琴，我把你害苦了……我再不能叫你受冤屈了。要不，你干脆回去找一下你哥哥，给你另寻个学校……”

“不，”卢若琴一下子变得镇定了，“别人愿意怎说让他说去！人常说，行得端，立得正，不怕半夜鬼敲门！”

“可我心里受不了。我不愿意你受这委屈。先不管怎样，我今天下午就搬到舍科村去住……”

卢若琴一句话也说不出来了。她一只手抱着兵兵，另一只手掏出手绢，不断地擦自己眼里涌出的泪水……

十一

高广厚搬到舍科村住了。

每天早晨，高广厚在离开这家人的院子时，兵兵就没命地哭着撵他。可怜的孩子已经失去了妈妈，他生怕亲爱的爸爸也会像妈妈一样离开他。

高广厚常常是红着眼圈到学校去的。他能体谅到孩子的心情。

以后，他就起得很早，趁兵兵没睡醒的时候离开他。

卢若琴想念小兵兵，她要去看他时，被高广厚阻挡了。他怕这样一来，前后村子的庄稼人更要说闲话。

三个人都被窒息到了一种令人压抑的气氛中。对于男女之间正常的交往所表现出来的那种粗俗的观念，在我们的社会是一种常见的现象。即使某些有文化的人也摆脱不了这种习惯，更何况偏僻山村里大字不识一个的农民。

也许文化教育的普及和提高最终会克服这些落后的习俗，使我们整个的社会生活变得更文明些。作为教师，高广厚和卢若琴他们认识到这一点了吗？

也许他们还没有这样考虑他们的职责和使命，但他们确实用自己的心血尽力教好这几十个娃娃。

这样的山区小学，一年的教育经费没几个钱，要搞个什么活动都不容易，有时候要订几本杂志都很困难。卢若琴就用她自己的一部分工资，给孩子们买了许多儿童读物，在一孔闲窑里办起了一个小小的图书室，把孩子们吸引得连星期天也都跑到学校里来了。

为了有一点额外收入，高广厚决定利用课余时间，带孩子们烧一窑石灰卖点钱。他听人说，一窑灰可以卖三四百元钱。这不要多少本钱。烧石灰的礓石河滩里到处都是，充其量，花钱买一点石炭就行了。至于柴火，他和孩子们可以上山去砍。

两个村子的领导人都支持他们这样做，并且出钱给他们买了石炭，还给他们挖好了烧灰窑。

礓石捡齐备后，高广厚就带着一群高年级的学生上山去打柴。

卢若琴也要去，但他坚决不让。她在平原上长大，不习惯爬山，他怕她有什么闪失。他让她在学校给低年级学生上课。

这一天下午，高广厚像前几天一样，带着十几个大点的学生到学校对面的山上去砍柴。

干农活，高广厚不在话下。他很快就砍好了一捆柴。接着他又砍了一捆——准备明天早上他来背。农村的学生娃娃从小就砍柴劳动，干这活对他们来说，简直是一件很乐意的事，就像城里的学生去郊游一样。

太阳落山前后，这支队伍沿着弯弯曲曲的山路一溜排下沟了，每个人都沉甸甸地背负着自己一下午砍来的收获。孩子们不觉得劳累，背着柴还咿咿呀呀地唱歌。高广厚走在最后边。他不时吆喝着，让孩子们走路小心一点儿。

当高广厚和孩子回到学校时，低年级的学生娃娃早已经放学了。

他打发走了砍柴的孩子们，用袖口揩了脸上的汗水，去看了看教室的门窗是否关严实了。

他走到卢若琴门前时，发现她门上吊把锁。她上哪儿去了？这个时候，卢老师一般都在家。他想和她商量点事。

正好有个低年级的学生娃在学校下边的公路上玩。他问这娃娃：卢老师到什么地方去了？

小孩子告诉他说，卢老师到前面村子的那条沟里砍柴去了。

高广厚的心一下子“怦怦”地急跳起来。啊呀，现在天已经黑严了，她不习惯这里的山路，万一出个事怎办呀！

他问这娃娃卢老师是什么时候走的，娃娃说卢老师一放学就走了。

高广厚紧闭住嘴巴，扯开大步，向舍科村那条大沟里走去。

路过他寄居的那家人的坡底下，他也没顾上回去打个招呼，径直向后沟里走。

天已经完全黑下来了。高广厚忘了他此刻又饿又累，在那条他也不太熟悉的山路上磕磕碰碰地走着。

他心急如火，眼睛在前面的一片黑暗中紧张地搜索着。他多么希望卢若琴一下子出现在面前！

已经快走到沟掌了，还是不见卢若琴的踪影。他于是就大声喊叫起来：“卢老师——”

他的叫喊声在空旷而黑暗的深沟里回荡着，但没有传来任何一点回音。

高广厚站在黑暗中，紧张得浑身淌着汗水，不知如何是好。

他马上决定：赶快回村子，再叫上一些庄稼人，和他一起分头去找卢老师。

他像一团旋风似的转过身，蹽开两条长腿，向村里跑去了。

十二

高广厚快步跑着回到了村子里。

他想他先应该给寄放兵兵的那家人招呼一下，说他要去寻找卢老师，晚上说不定什么时间才能回来。

他气喘吁吁地进了这家人的院子，一把推开窑门。

他一下子愣在门口了。

他看见：卢若琴正跪在铺着肮脏席片的土炕上，让兵兵在她背上“骑马”哩。两个人都乐得哈哈大笑，连他推门都没发现。

高广厚鼻子一酸，嗓子沙哑地说：“卢老师，你在这里呢！”

这一大一小听见他说，才一齐回过头来。

卢若琴坐在了炕上，小兵兵撒娇地挤在她怀里，搂住她的脖颈，小脑袋在她的下巴上磕着。

她问他：“你怎这时候才回来？你看看，这家人都下地收豆子去了，就把兵兵拴在那里！”她指着脚地上的一个木桩和一条麻绳，难过地说：“我来时，兵兵腰里拴一根绳子，嚎着满地转圈圈，就像一只可怜的小狗……高老师，兵兵这样太可怜了，你们还是搬到学校里去住，我帮你带他……”

高广厚把胸腔里翻上来的一种难受的味道，拼命地咽回到了肚子里。他用汗津津的手掌揩了一下汗泥脸，没回答她刚才的话，说：“我听说你到这后沟里砍柴去了，怕你有个闪失，刚去找你，没找见；想不到你在这……卢老师，以后你千万不要一个人出山，听说山里有狼……”

卢若琴笑了，说：“我天一黑就回来了，我想看看山沟里的景致，顺便也试着看会不会砍柴。结果绊了几跤，砍得还不够五斤柴！我返回时，听说你们父子俩就住在这上边。我好多天没见兵兵了，就跑到这里来了。高老师，你不能这样叫兵兵受委屈了！我今晚上就把兵兵抱到我那里去呀！兵兵,你跟不跟姑姑去？”她低下头问兵兵。

“我去！我就要去！”他噘着小嘴说，并且很快两条胖胳膊紧紧地搂住了卢若琴的脖颈。

“高老师，你就让兵兵今晚跟我去吧？”她执拗地等待他回答。

高广厚再能说什么呢？他的两片厚嘴唇剧烈地嚅动了几下，说：“那……让我送你们去……”

卢若琴随即抱起小兵兵下了炕。

到了院子的时候，卢若琴对高广厚说：“你把我砍的那点柴带上。就在那边的鸡窝上放着……”

高广厚走过去，像抱一种什么珍贵物品似的，小心翼翼地抱起那点柴火，就和卢若琴出了院子，下了小土坡，顺着简易公路向学校走去。

快要满圆的月亮挂在暗蓝的天幕上，静静地照耀着这三个走路的人。公路下边的小河水发出朗朗的声响，唱着一支永不疲倦的歌。晚风带着秋天的凉意，带着苦艾和干草的新鲜味道扑面而来，叫人感到舒心爽气……

就这样，过了几天以后，高广厚和兵兵又回到学校去住了。高广厚心疼孩子的处境，加上卢若琴一再劝说，他也就不管社会的舆论了。他也相信卢若琴的话，行得端，立得正，不怕半夜鬼敲门！让那些不光明的人去嚼他们的烂舌头吧，他高广厚没做什么伤天害理的事！

在国庆节的前两天，卢若琴突然拿着一封信来找高广厚。

她为难了老半天，才吞吞吐吐说："高老师，丽英给我写了一封信……说她想兵兵。她说如果你愿意的话，她让我国庆节把兵兵带到城里去……她说我哥也愿意……"

高广厚一下子瓷在了那里。他很快扭过头去，望着墙壁的一个地方，半天也没说一句话。

卢若琴把信递过去。他没接，说："我不看了……"

卢若琴看见高广厚这情景，自己一下也不知如何是好了，站在那里，低头抠手指头。

院子里传来兵兵淘气的喊声，使得窑里这沉闷的空气变得更难让人忍受。

高广厚心里像打翻了五味瓶，不知道自己心里此刻翻上来了多少滋味。过去的一切又立即在心中激荡起来。

现在更叫他感到酸楚的是，那个抛弃了他的女人，现在还想念着兵兵！

是的，他是他们共同创造的生命。这生命仍然牵动着两颗离异了的心。

他听着兵兵在院子里淘气的说话声，眼前又不由得闪现出丽英那张熟悉而又陌生了的脸……

当他回过头来，看见卢若琴还惶恐地站在那里抠手指头。

他对她说："你去问问兵兵，看他愿不愿去？"

他知道兵兵会说去的。不知为什么，他也希望他说去。但不论怎样，这件事他要征求儿子的意见。

卢若琴出去了。他赶忙用手绢揩了揩眼角。兵兵拉着卢若琴的手破门而入。他兴奋地喊叫着说："爸爸！爸爸！姑姑带我去找妈妈！爸爸，咱们什么时候走？快说嘛！"

高广厚眼里含着泪水，过来用两条长胳膊抱起儿子，在他的脸蛋上吻了吻，说："你跟姑姑去吧，爸爸不去了……"

第三章

十三

刘丽英重新结婚后，完全陶醉在一种叫她新奇的幸福之中。

这个漂亮而好强的女人，对现在的生活很满足。她的体面的新丈夫很快就把她安排到城关幼儿园当教师了。

由于她丈夫卢若华是县教育局副局长，她的同事都很尊重或者说都很巴结她。她觉得现在生活才算和她相匹配了。

这一切是她以前睡觉时梦见过的。现在都变成了现实。而过去的现实生活，她现在觉得那一切倒好像是一场梦。

高广厚，一个乡下的穷酸先生，老实得叫人难受，安分得叫人讨厌。她寻了他这个男人，常在众人面前连头也不敢抬。她当年之所以和这个男人结婚，纯粹是因为他还算吃一碗公家饭，听起来名声好听一些，说她寻了个吃国库粮的女婿。要不，她才不会跟他呢！

她一想起和高广厚生活的几年，就感到委屈极了。那是个什么家呀！什么东西也置办不起。她天生爱穿着打扮，可要买一件时新衣裳，常常得受几个月的穷，全靠牙缝里省出来的那点钱来满足她的虚荣。每逢赶集上会，她常看见一些农民媳妇的衣裳都比她的水平高。她自怨命薄；她和谁也比不过。唯一可以骄傲的是，她天生的漂亮，这可以掩饰一下她穿戴方面的寒酸。

她常想：如果她有一个像样的男人，再加上她的出众的容貌，她会在这个世界面前多荣耀啊！郎才女貌，夫荣妻贵，古书上的这些话说得实在对！

她因此而愤恨过去的那个没出息的男人，感到自己是“鲜花插在了牛粪上”。

但当时不论怎样，那一切似乎是无法改变的。她自己的“门第”也不高。父母亲都是农民，老实得像高广厚一样；家里弟兄姐妹一大群，光景也很贫寒。尽管她从小就是他们家的“女皇”，他们也只能凑凑合合地把她供养到初中。她的所有兄弟姐妹没一个上学的——因为供养不起。父母亲看重她的聪明和人样，全力以赴重点保证她；希望她能给刘家的门上带来一些光彩。

她是六八届的初中学生。刚上初中不久，“文化大革命”就开始了。她喜欢这场热闹的革命，可以借此出一下风头。当然，她还不敢学习聂元梓和韩爱晶，当个什么头头。她有她的特长：跳两下唱两声还是可以的。因此她参加了派性文艺宣传队，并且成了主要女演员，整天给“武卫”战士慰问演出。后来，武斗激烈了，“战友”们被“敌人”打出了县城，他们的宣传队解散了。男的扛起枪“闹革命”去了，女的都各自回了家。

他们家和她的理想都被社会的大动荡扑灭了。

她在农村一呆就是好几年。后来，年龄眼看大了，既参加不了工作，又寻不到一个像样的女婿——农民她看不上，干部又看不上她。最后经人介绍，就马马虎虎和高广厚结了婚。结婚后她才知道，高广厚也是县中的，但她在学校时好像从来没见过这个人。

结婚不久，她就发现她的丈夫是一个“相当窝囊”的人。她也试图教导他开展一些。无非是让他多往公社和县文教局（那时文化教育没分开）的领导家里跑。她甚至通过关系，想办法让他和县委的领导也拉扯着认识。但高广厚在这方面太平庸了！太死板了！有时还没农村那些有本事的大队书记活套。的确，她娘家那面川里有个高家村，那村里的大队书记叫高明楼，在公社和县上都踩得地皮响！

她曾经想过要和高广厚离婚。但她也明白自己的“价值”。一个没工作的农村户口的女人，又结过婚，就是风韵未减，也还能寻个什么样的男人呢？尤其是生下兵兵后，她基本上也就死了心；她把她的全部感情都倾注到了孩子的身上。她对这一切也习惯了。尽管对高广厚不太满意，但她尽量像一个妻子那样对待他了。当然，高广厚身上也有些叫她满意的地方。他人诚实，对她爱得很实心；尽管长相不太漂亮，但身体强壮有力。生活的情趣少些，但他那肌肉结实的胸脯也曾让她感受过男人的温暖。在她情绪好的时候，性生活也是能满意的。亲爱的兵兵出世后，她甚至开始对他产生了某种温柔的感情。孩子使她的心渐渐向他靠拢了一些；有时她还忍不住主动对他表示一下亲热——可是，每当这样的时候，平时缺乏感情的高广厚就加倍地给她热情，像疯了似的，她就又反感了。

不管怎样，看来他们的夫妻生活还是能过下去的。尤其是兵兵越来越逗人喜爱了——这小东西终究是他们两个的……

可是，猛然间出现了卢若华。

自从卢副局长出现在她面前后，她的心一下子就乱了。她是个极敏感的人，第一眼就看出他喜欢她。当她知道了他现在是个单身的男人后，精神上那封闭了的火山口又开始嗞嗞地冒烟了。

老卢利用看若琴做借口，经常往高庙小学跑。当然，她知道，他更主要是来看她的。

他们很快就接近了——这是不用过多语言的。这个人对她的吸引力是强大的。他这么年轻，就当个副局长！副局长，虽带个“副”字，但在这个偏僻的县城里，权力可不小，全县所有的学校都归他领导！他还是一个大学毕业生，长相标致，风度翩翩，到处都被人尊敬。以前，丽英根本不敢梦想她能和这样的男人一块生活。现在一旦有了这种希望，她想自己就是付出任何代价和牺牲，也要让它变成现实！

唯一使她痛苦的是兵兵。她从老卢那里感觉到，他不愿意接受这个孩子。可是，这孩子是她心头的一块肉啊！

她泪水模糊地不知想了多少次，最后还是自己说服了自己：孩子将来自有孩子的幸福，而她自己的幸福若是错过这次机会，也许今生再不会有了……

他们两个的感情含蓄地进行到一定的时候，丽英毫不犹豫地提出要跟他一块生活。但他没有正面回答她。

丽英是聪敏人。她理解他的难处。显然，由于社会地位，他不能承担破坏别人家庭的罪名。

勇敢的女人立刻主动采取行动，先和高广厚离婚。为了让这男人接受她，她终于忍痛把孩子也扔下不要了——一个发了疯的女人，在此刻是相当能下狠心的，尽管这颗苦果子她今后还得吃个没完。

在大马河川刘家渠村的娘家门上，她耐心地等待由于离婚在熟人中间引起的舆论平息下去。在人们几乎不注意她的时候，她才无声无息地和卢若华结了婚。除过老卢的妹妹和她原来的男人，现在社会上大概谁也不知道，她是在没有离婚的时候，就和卢若华相好了。这对新夫妇婚后的第一个晚上，就是为他们的这个成功的计谋，互相吹捧了一番对方的沉着或者机敏。

就这样，一个乡下小学教师的妻子，立即变成了县教育局副局长的夫人。

刘丽英感到世界一下子在她的眼里变得辉煌起来了。

十四

的确，和过去相比，丽英简直变成了另外一个人。

她容光焕发，爱说爱笑，走路轻捷而富有弹性，很少有恼火的时候，就像她当年在派性文艺宣传队一样。

她对卢若华有一种敬畏，觉得他是那么高深。她在他面前感到胆怯和拘束；时刻意识到他不仅是个丈夫，也是个领导。她炒菜做饭，生怕卢若华不爱吃。对待他前妻留下的独生女玲玲，她也尽量使她满意——她关心她，绝不像个母亲，也不像个阿姨；好像玲玲也是个什么高贵的人，她都得小心翼翼地对待。

这个家在物质方面当然是富裕而舒适的。别说其他，三个人光被子就有十来条。时兴家具也齐备：“红灯”牌收音机，“日立”牌电视机……每天晚饭后，卢若华在另外一个屋子里和来串门的中层领导干部闲谈，她就一边打毛衣，一边坐在沙发上看电视。如果来个县长或书记什么的，她就会像一个优秀的家庭妇女一样，热情而彬彬有礼地沏茶，敬烟，一切都做得很得体。不用说，卢若华对她满意极了。

老卢经常请县上一些重要人物来家里喝酒吃饭，不是这个局长，就是那个部长。丽英买了一本“菜谱”书，用她的聪敏的才智，很快学会了做各式各样的菜。老卢那些吃得吧咂着嘴的朋友们，先夸菜，后夸丽英，都说卢若华找了个“第一流”。老卢不用说很得意，但他是个老成持重的人，总是含笑摇摇头——但这绝不是不同意朋友们的恭维。

白天，她去城关幼儿园上班——上班，这本身对她来说就是无比新鲜的；这意味着她也成了“工作人”。孩子们也是喜欢漂亮阿姨的，加上她又是个活泼人，爱说爱笑，会唱会跳，工作无疑做得很出色。她自己也相信她是这个幼儿园最有本事的阿姨。要不，幼儿园的领导（当然是她丈夫领导下的领导）怎能经常在全体教师会上表扬她呢？

但是，在这个美丽的妇女的笑脸背后，并不是一切都阳光灿烂。有一种深深的酸楚的东西时刻在折磨着这个快乐的人。她想念她的兵兵！

每当她看见幼儿园的娃娃时，她就想起了她的儿子。她为了自己而丢弃了她的血肉般的爱！她现在才知道自己在这件事上有多么狠心和丑恶。她深深地感到：她对不起自己的孩子。

她有时带着幼儿园的孩子们玩的时候，一下子就会呆住了，像一个神经失常的人，眼睛燃烧似的瞪着——她在这一群娃娃中间寻找她的兵兵！

当她清醒过来的时候，才知道她的兵兵不在这里。可怜的孩子！亲爱的孩子！你现在怎么样了？你在哭？你在笑？你饿不饿？你冷不冷？你想妈妈吗？你……

她一下子忍受不住了！她自己嚎出声来，就赶忙丢下这些孩子！跑到女厕所里，趴在那肮脏的白灰墙上哭半天，直等到听见别人的脚步声，才慌忙揩去满脸的泪痕……

只有那个四岁的孩子，才能使现在这个热血飞扬的女人冷静一些，自卑自贱一些！他那一双忧郁的、黑葡萄似的眼睛，不时闪现在她的面前，让她的笑容戛然而止。他就像一个无情的审判官一样逼视着她的良心。

但是，她想自己是很难再退回去了。她好不容易才追求到了今天这一切。人生也许就是这样，要得到一些东西，同时也可能就得失去一些东西，甚至可能要付出惨重的代价。如果天上真有上帝，那么她请求这位至高无上的神能谅解她的不幸，饶恕她的罪过！

不论她找出多少理由来安慰自己的良心，可她无法使自己不想念和牵挂小兵兵。归根结底，那是她的；是她身体和灵魂的一部分，或者说就是她本身的另外一种存在形式。

这种折磨是深刻的。丽英也尽量地把它埋在心灵的深处。她怕卢若华觉察到。再说，她自己刚开始过上一种新生活，不能因此而再给自己的头上铺满阴云。

直到快要临近国庆节的时候，她才强烈地感到，她要是不再见一面兵兵，就简直难以活下去了。幼儿园的孩子们已经在喧闹着要过节了，互相在夸耀自己的妈妈给他们买了什么新衣裳和好吃的东西。

她看见这情景，就像刀子在心上捅。她在心里痛苦地叫道："我的兵兵呢？国庆节他有新衣裳和好吃的吗？他也有个母亲，难道连一点抚爱都不能给他了？"

她尽管害怕向老卢提及这个事，但还是忍不住向他提了。她在一个晚饭后，在他对她非常亲热的一个时刻，向他提出：她想让自己的儿子在国庆节到这里来过；她说可以让若琴带他来。

卢若华爽快地同意了，说他正好也想让若琴回城过国庆节。他说若琴对他和她结婚不满意，已经赌气很长时间没有回家来了，他心里很难过。他说他忙，让她给若琴写封信。

于是，丽英就给若琴发了那封信。

十五

明天就是国庆节了。

小县城的机关、学校，实际上在今天就已经放假了。

街道上，人比平时陡然间增加了许多。商店里挤满了买东西的人群；肉食门市部竟然排起了长队——在这里，平时公家的肉根本销不出去。

家庭主妇们手里牵着打扮得漂漂亮亮的孩子们，胳膊上挽着大篮子，在自由市场上同乡里人讨价还价。

所有的人都穿上了新衣服。浴池的大门里，挤出了一群一伙披头散发的姑娘们。这里那里，锣鼓咚咚，丝弦悠扬，歌声嘹亮。

到处都在大扫除，好像这几天卫生才成了一件重要的事。有些机关的大门上已经挂上了大红宫灯，插上了五星红旗和彩旗，贴上了烫金的“欢度国庆”四个大字。这个季节正是阳光明媚、天高气爽之时，加上节日的热烈气氛，使得人们的脸上都带上了笑意，城市也变得让人更喜爱了。

丽英一早起来就忙开了。

她先把屋子里外打扫收拾了一番。她是个爱讲究的人，而这个家也值得讲究。

她在房子里忙碌地打扫、清理、重新布置。尽管很熬累，但兴致很高：这一切都是属于她的呀！

她把老卢一套藏青色呢料衣烫得平平展展，放在床上的枕头边，让他明早起来穿。然后又把玲玲的一身漂亮的花衣裳从箱子里拿出来，给她穿在身上。

家里一切收拾好以后，她便提了个大竹篮子去买菜买肉。老卢前两天就给有关部门那些领导（也是朋友）吩咐过了，所以她实际上就是去把各种过节的东西拿回来就是了。

她从这个“后门”里出来，又进了那个“后门”。篮子里的东西沉得她都提不动了。这些东西都是国庆节供应品中的上品，但许多又都是“处理品”，价钱便宜得叫她都感到有点不好意思。

她送回去一篮子，又出去“收”另外一篮子。烟、酒、茶、糖、鸡、羊肉、猪肉、蔬菜……这些东西都是她从有些人的家里拿出来的（老卢有条子在她手里）。

她提着这些东西，对她的丈夫更敬佩了。他真是一个有本事的人！她想不到她男人在这城里这么吃得开！她似乎现在才深刻地认识到：为什么老卢常请这些人在家里吃饭喝酒。

她把这些东西提回家后，忍不住又想起了她寒酸的过去：为了过节割几斤肉，买两件衣服，她和广厚早早就用心节省上钱了。现在，几乎不出什么钱，东西很快就把厨房堆满了！她现在进一步认定：她离婚这条路实在是走对了。

她今天异常地激动，心脏几乎比平时也跳得快了。这主要是她还面临一件重要的大事：她的亲爱的儿子今天下午就要来到自己的身边。她的鼻子由不得一阵又一阵发酸；干活的手和走路的腿都在打颤。

她把过节的东西准备好以后，就用了一个长长的时间到街上给儿子买节日礼物。

她先到百货商店给儿子买了一身时兴的童装外套和一套天蓝色毛衣。然后又到儿童玩具柜前买了一辆红色的小汽车（和卢若琴买的那辆一样），一架可以跑但不能飞的小飞机；还买了一杆长枪和一把小手枪。

她接着又去了食品店，买了一大包儿子爱吃的酥炸花生豆。其他东西家里都已经有了。

中午饭以后，玲玲到学校去排练文艺节目，老卢与局长分头率领县教育局和教研室的人，去登门慰问城内的退休老教师和教育系统的先进工作者去了。父女俩都说晚上要迟点回来，饭不要像往常那样早做。

她一个人在家里慢慢准备晚饭。她的心乱得像一团麻一样：去拿切菜刀，结果却找了根擀面杖；把面舀到和面盆里，又莫名其妙地把面倒在案板上。

她只要一听见门外有脚步声，就赶快跑出去。可是，一次又一次都使她失望。按她的计算，若琴和兵兵吃过中午饭起身，从高庙到城里只有十来里路，他们早应该到了。

她怔怔地倚在门框上，天上太阳的移动她似乎都看得出来。

她突然又想：他们会不会来呢？

呀，她怎么没朝这方面想呢！是的，他们完全可能不来！广厚不一定愿意让孩子见她，而若琴也不一定那么想见她哥哥！她只是写信表示了自己的心愿，可高庙那里，怎能她想要他们怎样他们就怎样呢？他们实际上都在恨这个家！

完了！他们肯定不会来了！

她绝望地望了一眼西斜的太阳，感到头一下子眩晕得叫她连站也站不住了。

她一屁股坐在门槛上，双手捂住脸，伤心得痛哭起来……

“丽英！”

她听见一个熟悉的声音在喊她。

她惊慌地抬起头来，突然看见卢若琴抱着她亲爱的兵兵，就站在她的面前。

她一下子从门槛上站起来，嘴唇剧烈地哆嗦着，疯狂地张开双臂扑了过去；她在蒙眬的泪眼中看见，她的儿子也向她伸出了那两条胖胖的小胳膊……

十六

卢若华率领着教育局和教研室的几个干部去慰问散落在城北一带的退休教师和先进工作者。局长率领的另一路人马去了城南。

因为这些人居住很分散，有的在沟里，有的在半山腰，这项工作进行得相当缓慢。

卢若华在这些事上是很认真的。一个下午辛辛苦苦，上山下沟，这家门里进，那家门里出。每到一家，也大约都是一些相同的话：感谢你们多年为党的教育事业作出了成绩和贡献；向你们表示热烈的节日的问候。你们如果有什么困难和问题提出来，局里一定认真研究，妥善解决；请多给我们的工作和我本人提出宝贵的批评建议……

他谈吐得体，态度热情，使得被慰问者都很受感动。陪同他进行这项工作的人也都对这位年轻的领导人表示敬佩。有一些被访问者提出了自己的一些困难，卢副局长都细心地记到笔记本上了。

慰问退休教师这件事是卢若华在局里提出来的。这本来是一件好事。遗憾的是，卢若华往往通过做好事来表现他自己。比如这件事，本来局里开会通过了，大家分头进行就行了，但卢若华在出发之前，一个人又专门去找主管文教的副书记、副县长、人大常委会的副主任，向他们分别汇报了他的打算。直等得到这些领导的赞扬以后，他才起身了。而他的这些活动教育局长本人并不知道。爱说爱笑的局长是个老实人，他只是领着人出去进行这件事就是了。

不管怎样，卢若华总算是一个有本事的领导人。这件事干得很得人心，一下子启发了其他系统的领导人——各系统都纷纷出动去慰问他们系统的退休者和先进工作者；连县委和县政府、人大常委会的一些领导人也出动了。这件事甚至引起了县委书记的重视；他并且知道了这股热风的“风源”就是从教育局副局长卢若华那里刮起来的！

（看来教育局那个乐呵呵的正局长，恐怕要调到卫生防疫站或气象局一类的单位了吧？）

临近吃下午饭的时光，卢若华一行人才从最后一个被慰问者的家里走出来。这时候，这里那里传来了一些锣鼓的喧闹声。

同行的人告诉卢副局长，这是其他系统的领导人出动慰问他们系统的人——这些人企图后来居上，竟然敲锣打鼓，拿着红纸写的慰问信出动了。卢若华评论道：“形式主义！‘四人帮’的那一套还没肃清！”

他在心里却说：不管怎样，我走了第一步！

卢若华和同志们在街道上分手各回各家。

他正怀着一种愉快的心情往家走时，半路上被县委办公室主任刘明生挡住了。明生硬拉着让卢若华到他家里坐一坐。

他俩是“狗皮袜子没反正”的朋友，因此卢若华没说什么推辞话就向那个他惯熟了的家庭走去。

一坐下就是老规程：酒、菜全上来了。紧接着，两个酒杯“当”的一声。

半瓶“西凤酒”快干完了，话却越拉越多。内容无非是他们这些人百谈不厌的人事问题。

脸红钢钢的刘明生用不连贯的语调对他说：“你家伙……又要……高升了……常委会已讨论过一次……我参……加了……可能叫你……当正局……长！”

卢若华心一惊。但他很快平静下来：他前一段凭直觉也早知道这个消息快来了。不过，他还是对这个有点醉了的主任一本正经地摇摇头：“咱水平不够！”

“够……当个……县委书记……也够……刚才的话……你……保密！”这个醉汉严肃地叮咛他说。

卢若华不由得笑了。

刘明生的爱人过来皱着眉头叫丈夫不要喝了，并且很抱歉地对卢若华笑了笑。

卢若华觉得他应该抱歉地笑一笑才对。于是他也对刘明生爱人抱歉地笑了笑，然后说：“叫明生躺一会儿……”说完，就从这个家里告辞出来。

卢若华走到街上时，天早已经黑严了。大街上静悄悄地没有了人迹。

他慢悠悠地踱着步，借着酒劲让身子飘移前行。他感到精神异常地兴奋。

是的，一切都是如意的。事业在顺利地进展，新的家庭也建立起来了，而且相当美满。

他很快想起了丽英，想起了温暖的家。尽管是第二次结婚，卢若华仍像一个小伙子一样热血沸腾——他喜欢他的这个漂亮而多情的妻子。

卢若华回到家里时，看见丽英已经睡着了，怀里搂着一个小男孩——他认出这是高广厚的儿子。他突然记起今天还有这么一回事——他的妹妹和他妻子的儿子要来他家。

他看了看妻子熟睡的脸：她眉头皱着，似乎有一些不愉快的迹象，眼角似乎还噙着泪水——他知道这是怎么一回事。

一种莫名的烦恼涌上了他的心头。刚才高涨的情绪一下子就消失了。

他不愿意躺到这个床上去。那个套间大概是若琴和玲玲住着。他一时觉得自己胸口闷得难受，就怏怏不快地来到院子里。

他来到院子里，背抄起胳膊踱着方步。他站下，抬头望着天上亮晶晶的星星，那些星星似乎像一只只眼睛似的瞅着他。他烦恼地叹了一口气。玲玲和若琴住的那间房子窗户也黑糊糊的没有一点光亮。她们也睡了。都睡了！只有他醒着。他现在就是躺到床上也睡不着。

卢若华突然想起前不久不知哪个朋友悄悄告诉过他，说他妹妹似乎和高广厚有些“那个”……

卢若华一下感到胸口疼痛起来。他在心里喊叫：生活啊，你总是把甜的苦的搅拌在一起让人吃！

他摸了一把由于酒的力量而变得热烘烘的脸，在心里想：其他事先可以搁到一边，但明天无论如何得和若琴好好谈谈……

十七

国庆节早上吃罢饺子后，这个家就分成了三路：玲玲去学校参加演出；丽英抱着兵兵上街去了；卢若华兄妹俩相跟着出去散步。

不用说，卢若华在心里是疼爱妹妹的。自从父母亲去世后，这世界上除过玲玲，她就是和他有血缘关系的唯一的亲人了。

母亲去世后，他不忍心把不满二十岁的妹妹一个人丢在老家，把她带到他身边。他随时准备用自己有力的手来帮扶她。

他会给她创造条件，鼓励她好好复习功课，争取考一个好大学。他想让他们兄妹俩在生活中都能成为受人尊敬的人。他看得出来，若琴是一个很有希望的姑娘，聪敏，早熟，遇事很有主见，虽然还不足二十岁，但在日常生活中满可以独立了。他认为唯一欠缺的是涉世未深，不懂得生活的复杂性。

一般说来，卢若华很喜欢妹妹那种独立性，因为他自己就是十几岁离开父母亲，一个人在社会上闯荡过来的。

但是，他感到她的这种意识是太强了，甚至有点过分。他相当不满意妹妹对他和丽英结婚所抱有的那种态度。按常情说，不论怎样，她总应该站到他一边，为哥哥着想。可是她偏偏对他生活中这件重要的事采取了一种批判的态度，弄得他心里很不痛快。更有甚者，她竟然完全站在高广厚的一边来评论这件事。

看来她对这件事的看法非常顽固，似乎像在捍卫某种神圣的原则似的。

卢若华禁不住对他的妹妹怜悯起来：可怜的孩子！你实际上还没有真正开始在这个世界上生活哩！当你真正认识了这个世界的真实面目时，你就会对问题的看法更接近实际一些！

是的，他也年轻过，也像她一样坚持过一些是非原则，后来慢慢才明白那样一种处世哲学在这世界上吃不开。后来，他到了社会上，才纠正了自己的执拗。妹妹若要是这样下去，非得在社会上碰钉子不可！再说，爱情嘛，这里面的是非你能说清楚？

看来人成熟得经历一个过程——他深有体会地想。从这一点上说，不管妹妹怎样攻击他娶丽英“不道德”，他也宽宏大量地原谅她，因为她还没有经历那个“过程”。再说，她是他的亲妹妹。

这一个月来，她赌气不回家来，他心里一直是很惦记的。但他知道急于说服她不容易，正如她不容易说服他一样。他想得缓一段时间再说。所以这一个多月他没有主动与她联系，也没有捎话让她回来。

自从他听到风声说妹妹和高广厚有点“麻糊”后，他的心才“咯噔”一下！

他一下子慌了：他怎么没想到这个糟糕的问题呢？当然，他想这一切也许不是真的。但毕竟已经造成了影响。这件事将会使他在县上多么不光彩啊！而且更酸的是，人们将会嘲笑他卢若华用妹妹换了个老婆！

他听见这个传闻后，就像蚂蚁在脊背上一样，心里极不舒服。他敏感地想：这件事说不定已经在文教系统或者在县上的干部们中间传播开了！这真是“智者千虑，必有一失”！

他决定很快找妹妹谈谈，主要的意思是想叫她赶紧换个学校。

因此，前两天丽英想叫若琴把她儿子带来过节，他没有反对。他并不体贴到丽英思念儿子的感情，而是他想借此机会要好好和若琴谈一谈……

现在这兄妹俩走在城外的一条小土路上，正闲聊着一些家常话。

秋天的阳光照耀在色彩斑斓的原野上。碧蓝而高远的天，洁净而清澈，甚至看不见一丝云彩。城郊的田野里，庄稼和草木都开始变黄。有些树的叶片已经被早霜打得一片深红，在阳光下像燃烧的火苗似的。

“若琴，给你换个学校好不好？五里湾小学，实际就在城边上。噢，就在那里！”卢若华突然转了话题，他用修长的手指指着不远处的一个村落。

“我已经给你说过了，我就在高庙那里教。我在那里已经熟悉了……”卢若琴手里拿几片红色的梨树叶，用手指头轻轻摩挲着。

“我希望你能听哥哥的话，我完全是为了你好……”

“在哪里不都是一样的？反正都是教书哩！”

“唉！”卢若华叹了一口气，犹豫了半天，才吞吞吐吐说，“现在这社会风气实在瞎！光软刀子就能把人杀了……”

“你这话是什么意思？”卢若琴停住脚步，问哥哥。

卢若华沉默了半天，然后扭过头，望着对面山，说：“有人传播你和高广厚长长短短……”

卢若琴一下子用牙齿咬住了嘴唇，泪水在眼眶里旋转起来。她也把头偏向了另一边，说：“我想不到这些谣言竟然能传到城里……”她突然转过头，激动地问哥哥：“难道你也相信这些坏话？”

卢若华转过脸，说：“我又不是不知道你！高广厚那人我也知道！他是老实人！再说，他比你大十几岁哩！可是，谁又能把这些造谣人的舌头拔了？……若琴，你还是听我的话吧，换个学校！要不，干脆别教学了，就停在城里，好好复习你的功课！”

“我才不愿白吃饭呢！”她把嘴一撇。

“那你就到五里湾去教书！”

“我不！”她认真地说，“我要是换了学校，在众人看来，我和老高似乎倒真有什么说不清的事了。”

“若琴！你体谅体谅我吧！我现在已经到了一个关键的时刻，县委正准备提拔我哩！你多少能给我顾点面子，不要让我再为这些事烦恼了！”卢若华痛苦地把两条胳膊摊开，咧开嘴巴，几乎是向妹妹央告着说。

卢若琴没有被他做出的这副可怜相打动，她看了看他，说："你在任何时候都想的是你！看来你好像为我好，实际上是为你好……"她有些刻薄了。

"为咱两个都好！"他纠正说。

"那你也不想想，高广厚现在好不好？他现在可怜死了！难道这和你没关系？……"

"扯到哪儿去了！你别再提那事行不行？"卢若华有点恼火了。

卢若琴赌气地转过身往回走，她不准备继续散步了。

若华赶紧也转过身撵上来，说："你永远是个孩子脾气！你可别像上次一样，一声招呼不打就走了……你无论如何把节过完了再走……"

看来谈话的主题今天是无法再进行下去了。

卢若琴放慢了脚步，说："我今天不会走。但明天就得回去……"

"明天是星期天！"

"星期天也得回去。"她说。

"为什么？"

"明晚上我们学校要开文艺晚会，附近的老乡也都要去看。"她紧接着说，"你能不能到县文化馆给我借个手风琴？你人熟！如果能借下，我明天可以托赶集的老乡捎回去。我明天还要带兵兵，怕拿不了……"

"可以……"他无可奈何地说，"那刚才那些事，罢了咱再好好谈一谈。"

卢若琴躁了："哥哥！别再扯那些无聊事行不行？我烦得要命！"

卢若华叹了一口气，说："那咱回去……"

兄妹俩沉默地一前一后相跟着，去了县文化馆。

十八

丽英一整天都抱着兵兵在街上玩。

今天她不留恋那个舒适的家。她带着儿子，在属于公众的场所，尽情地陶醉在母子间的那种甜蜜之中——这一切离开她的生活已经一个多月了。

她抱着兵兵，嘴唇不停地在儿子的脸上、手上、头发上、屁股蛋上，使劲地亲着。她和他逗着耍笑，眼里一直噙着泪水。

母子俩玩着，走着，没有专门的目的地。

她用母亲的细心，把兵兵打扮成个小姑娘。她喜欢把儿子打扮成这个样子。她用红头绳给他头上扎了一根小辫；用颜料给他染了红脸蛋；把她买的好衣服都穿在了他身上。

兵兵开始时对她似乎有点生了。但很快就比原来还恋她。他的两条小胳膊紧搂着她的脖颈，生怕她又突然失踪。

这一切使得丽英心如刀绞。可怜的孩子！他现在根本不能明白他的处境——他很快就又得离开母亲了！大概在他长大的时候，才能明白这一切吧？那时，他能不能原谅他的母亲呢？

丽英先抱他到商店里转。兵兵要什么，就给买什么。她现在不像当年那个母亲，手头有钱。

后来，她又带他到县体育场。在小孩们玩的那个角落里，她让兵兵坐了跷跷板。滑梯不敢让上去，他太小了。然后，他们又到了县河边的一块草地上，捉虫子，拔野花。

他们坐在河边一块大石头上，吃了她带来的各种点心后，就又返回到街上。

电影院正好放一场动画片。她虽不爱看这种片子，但她非常庆幸有这场电影。她赶忙买了票，带兵兵去看。

兵兵大开眼界，看得兴致勃勃，小手在拍，小嘴在叫。她在黑暗中嘴唇一直贴着他的头发，吻着，流着泪。

她痛切地认识到，她对儿子的爱是什么感情也代替不了的。她现在后悔离婚时把兵兵给了广厚，而没坚持把自己的亲骨肉留在身边。现在这一切都为时过晚了。

她现在看见兵兵长得很壮实，模样也更漂亮了。这说明广厚对孩子是精心抚养的。她也知道，广厚和她一样疼爱兵兵。

她这时才想到，那个老实巴交的男人带这孩子，一定受了不少罪。他对公家的事又那么实心，大概常忙得连饭也顾不上吃。现在她离开了高广厚，倒在心里对她原来的丈夫有个心平气静的评判了。是的，他无疑是个好人。就是过去，平心而论，她也不是恨他，而只是感到他窝囊罢了，和她自己的要求搭不上调。现在，她倒在内心里对他有点同情。

她突然又想：他会不会很快再找一个女人呢？而这个女人对她的兵兵又会怎样呢？啊，蝎子的尾巴后娘的心！怎会对兵兵好呢！想到她的儿子将要在一个恶毒的后娘手里生活，她的心都要碎了！

电影散场了的时候，她紧紧抱着儿子又来到阳光灿烂的大街上。所有看电影的孩子，大部分都是父母亲一块带着。幸福的孩子们一只手牵着父亲的手，一只手牵着母亲的手，蹦蹦跳跳地走着。这情景对丽英又是一个刺激。

这时候，兵兵大概也受到了启发，突然对她喊叫说："我要爸爸！我要爸爸！"

丽英一下子不知如何是好了。她也不知该怎样乖哄孩子。

丽英又急又难受，赶快抱着他跑到副食品门市部给他买了许多零食，才把孩子的意识转移了。

她看了看表：下午六点三十五分。她吓了一跳！她知道她今天在外面的时间太晚了，别说做饭的时间误了，吃饭的时间也误了！

她赶忙抱着兵兵回到了家里。

卢若华正在厨房里切菜，见她回来了。也不对她说什么，只管切他的。

他显然是生气了。她让兵兵在地上玩小汽车，便过来怯生生地问："若琴呢……我回来迟了，让你……"

"若琴给他们学校捎东西去了。你怎么回来这么晚？"他转过脸，阴沉沉地问，"玲玲饿得直喊叫！你自己看看，现在到什么时候了！"他说完，刀子狠狠地在案板上剁起了菜。

丽英看着他这副模样，吓得不知如何是好。

她正要从丈夫手里夺切菜刀，以便将功补过，不料卢若华的手指头一下被菜刀切破了。

他把刀子"啪"地往案板上一掼，一只手捉着另一只手，跑着去找纱布和胶布。他在那边把抽屉拉得哗哗价响，嘴里骂了一句："他妈的……"

丽英第一次看见有涵养的丈夫这么粗暴。她惊得目瞪口呆，随后便忍不住一下子扑倒在床铺上哭了起来。

兵兵看见妈妈哭，知道是谁让妈妈哭的。他挺着胸脯跑过去，举起那只小胖手，在包扎手指头的卢若华的腿上打了一巴掌，然后跑过来，抱住妈妈的腿也嚎哭起来。

卢若华捂着手指头，气愤地出了家门。

这时，刚从套间里跑出来的玲玲看见这情景，也哭着撵到门外对卢若华喊："爸爸！我要吃饭！晚上学校演节目，我是第一个……"

卢若华好像没听见，头也不回地走了。

国庆节夜晚，此刻千家万户大概都在欢宴，而这个家庭却是一片哭声……

第四章

十九

兵兵走后，高广厚的心情反而很激动。

不论怎样，丽英还没有忘了兵兵。兵兵啊，他可以乐两天了！

在体察孩子的心理方面，高广厚有一种特殊的敏感。

尤其是兵兵，孩子失去母亲后，内心那荒漠、痛苦、悲伤，他全能体察到。他实际上承负着两颗心的痛苦。

他知道兵兵的快乐是短暂的，甚至会因此而增加孩子往后的伤心。但他还是为兵兵能在他母亲身边呆两天而高兴。

国庆节早晨，他突然接到乡邮员送来的一封信。他一看，是省出版社来的。他感到莫名其妙：恐怕是弄错了吧？出版社给他来信干什么？

他打开信，不免大吃一惊！

原来是出版社通知他，他的那篇《谈谈小学教育中如何注意儿童心理因素》的文章，将要收入该社出版的一本书中。出版社在信中还和他商量，他是不是能为此专门写一本小册子呢？他们说如果他同意，就请他尽快动手写这本书，争取能在今年年底交稿……

高广厚看完信，心跳得快要从胸膛里蹦出来了。他想不到有这样大的事出现在自己的面前！

他的那篇文章实际上是他在县上一个小学教学座谈会上的发言，后来应县教研室的要求，整理成文章，登在他们油印的《教学通讯》上。现在想不到让出版社看见了，还要发表，甚至还让他写一本专门的书呢！

我的天！还有这样的事！高广厚拿信的手索索地发着抖，高兴得不知如何是好。

他很想赶快找个人谈谈。但学校已经放假，一个人也没有。就是没放假，他能和学生娃谈吗？他实际上是想很快和卢若琴谈这件事，但卢若琴已经回了县城。

他拿着这封信，反复地看，心中如同潮水似的翻腾着。他突然发现自己还是个可以干点事的人！他的眼睛为此而被泪水模糊了。

生活中偶然的一件事，常常能使人的精神突然为之升华。

高广厚一下变得庄严起来。他很快压下去内心的激动，开始思索他自己，认识他自己，反省他自己。过去，沉重的生活压弯了他的腰，使他变成了一个自卑而窝囊的人。他认识到自己过去那种畏畏缩缩的精神状态，已经多少丧失了一些男子汉的品质。他现在似乎有点想得开丽英为什么离开他。

他现在醒悟到，他应该做许多事，他也可以做许多事。他已经掌握了一些知识，并且过去也萌生过做点在他看来不平常的事——只不过从没敢肯定这些想法，常常很快就把自己的想法扼杀了。

好，现在接到这封信，他的勇气来了。

他很快决定，出版社要出他的小册子，书稿工作得马上着手进行。当然，问题是缺乏一些资料。但他想是可以想办法搞到的。

这张十六开的纸片像闪电一样耀眼夺目！

他像勇士一般迈开脚步，急速地回到自己的窑里，手脚麻利地开始做饭。他觉得地面像有了弹性，觉得窑里也不再是空荡荡的了。

他一边叮叮当当地切菜，一边竟然张开嘴巴唱起歌来。正好学校一个人也没有，他可以放开声唱！

他的雄浑的男中音深沉而高亢，震荡着这个寂静的校园。如果高广厚此刻在镜子里看看自己，恐怕自己也认不出自己来了：高挺的身板顿时显得魁梧而雄壮；棱角分明的脸盘透露出一股精干劲；两只平时忧郁的大眼睛也闪闪发光了……

他三下五除二就做好了饭，很有气魄地大嚼大咽起来。

吃完饭后，他坐在桌前，很快给出版社写了回信。他告诉他们，他将很快投入他们要求的工作……

然后，他出了门，去两个村召集演节目的孩子们来学校，准备晚上开晚会。

卢若琴会不会按时回来呢？他一边在简易公路上走着，一边低头想。

“高老师！哈，这可碰巧了！”一个人大声说。

他抬起头来，见是后村子里的一个年轻社员。他看见他背着一架手风琴！

“卢老师捎的！她说她一会儿就回来！”

不说他也知道是若琴捎回来的。他高兴地接过手风琴，对这个年轻人说：“你能不能替我跑几步路，到前村把学生们喊一下，叫到学校来，晚上咱们学校要开晚会哩！”

“演戏？啊呀,这太好了！我给你去叫！”他说完就掉转头走了。

高广厚提着手风琴，兴致勃勃地送回到学校里，就又去叫后村的学生娃了……

当高广厚再回到学校时，刚进院子，就看见卢若琴和兵兵正站在那里等着他呢！他看见兵兵穿戴得那么漂亮，便知道那个人是怎样亲过这孩子了。

“兵兵！”他兴奋地叫了一声，就撒开两条腿跑过去，一把抱起他，在空中急速地转了一圈。父子俩都张开嘴巴，朝蔚蓝的天空哈哈地大笑起来。

卢若琴惊讶地望着高广厚洋溢着光彩的脸盘，说：“高老师，你今天怎一下子变成另外一个人？有什么高兴事哩？”

高广厚把兵兵放到地上，不好意思地冲她嘿嘿一笑，说：“过一会儿我再告诉你……”

二十

夜晚，高庙小学笼罩在非凡的热闹气氛中。

有关的两个村都抽了一些身强力壮的小伙子，下午就来到了学校里，搭起了一个“戏台子”——实际上就是在学校院子的空场地上栽了一些棍，四周蒙了床单、门帘一类的东西。

农村经常没有文娱活动，尤其现在实行生产责任制了，一家一户种庄稼，除过赶集上会，众人很少有相聚一起的机会。

现在这学校竟然要“唱戏”了！

庄稼人们一整天都在山里兴奋地谈论这件事。更重要的是，所有的“演员”又都是他们自己的子弟，因此又给庄稼人平添了几分兴致。大家无不夸赞高老师和新来的卢老师，说他们真格是好先生！

一吃过午饭，天还没黑，不光高庙和舍科村，连另外村的庄稼人和婆姨女子，也都纷纷向坐落在小山湾的学校拥去了。通往学校的一条条小路上，到处都有笑语喧哗，连村里的狗也撵着人来了，把个寂静的山乡田野搅得乱纷纷的。

夜幕扑落下来后，庄稼人就点起了几盏马灯，挂在了“戏台”上。整个学校的院子里，都挤满了黑压压的人群。

晚会开得相当热烈，有合唱，有舞蹈，也有儿童剧。唯一的一件伴奏乐器就是手风琴。卢若琴尽管是业余水平，但拉得相当熟练。加上她今晚上精神很好，琴声充满了一种激荡的热情。

她是伴奏，又是总导演。高广厚是“舞台监督”，在后台忙成一团，帮卢若琴安排出场，准备道具。他不知兵兵在哪里——大概是那些不演出的学生娃抱在台子下看演出哩。

这时候，听见人群里有人喊：“叫高老师和卢老师也来个节目！”众人立刻一迭声起哄了。

卢若琴很快答应了，慷慨激昂地唱了一段她家乡关中的秦腔。

高广厚在台子后面头上汗水直淌。

卢若琴唱完后，众人就喊：“轮上高老师了！”

卢若琴到幕后来，对他说：“怎样？你唱个歌吧，不唱看来不行了……”

高广厚只好用手掌揩了揩脸上的汗水，笨拙地跟卢若琴来到台前。马灯光刺得他眯住了眼睛。

他听见众人“哄”一声笑了，而且笑声越来越猛烈，像山洪咆哮一般停不下来！

高广厚不知自己出啥洋相了，两只手互相搓着，脸通红，头别扭地拐到一边，不敢看台下哄笑的人群。

卢若琴也不知大家笑什么。她赶忙看了看高广厚，自己也“扑哧”一声笑了：原来高广厚胸脯的扣子上挂了一根面条！

卢若琴笑着，过来把那根面条拿掉——这下高广厚自己也笑了。这个插曲在庄稼人看来比所有节目都精彩！

手风琴的旋律急剧地响起来了。

高广厚雄壮的男中音在夜空中发出了强大的震荡。这个土包子竟然是一种“西洋式”唱法！一开始由于紧张，音调有点不太自然，后来便逐渐正常了。他的声音如风暴掠过松林一般，浑厚的共鸣使人感到他那宽阔的胸膛下面似乎有一个澎湃的大水潭……

全场的老百姓都一下子静下来了。他们虽然不能全部听懂他唱些什么，但都说他“比文工团还行”！

卢若琴也是第一次听高广厚唱歌。她震惊得张开嘴半天合不拢，伴奏的手风琴竟然在中间连过门也忘拉了！

高广厚唱完后，是一群女孩子的小合唱。这个节目一完，老百姓又把一个“民歌手”——庄稼人老汉哄上了台。这老汉巴不得有这么个机会显一下能，竟然用他那豁牙漏气的嘴巴接连唱了十几个“信天游”，其中有些歌酸得不堪入耳，卢若琴想阻止，被高广厚挡住了；他说老百姓爱听这些歌，就让老汉唱去吧……

一直闹了大半夜，晚会才散场。可以肯定，这个热闹的夜晚，将会长久地保持在人们的记忆中；周围村庄的老百姓，会在家里和山里议论好多日子……

不用说，高广厚的精神状态越来越好了。过去的苦闷自然被推开了一些。

他带着连他自己也感到新鲜的激情，开始了他的新的生活。

在教学上，他野心勃勃，想在明年全县升初中的考试中，他的学生要全部考上，并且要垄断前五名！

他和卢若琴除了精心备课、讲课、批改作业外，还抽出时间另外辅导一些学习成绩不太突出的学生。勤工俭学烧的第一窑石灰就卖了三百元钱。他们拿这钱又买了许多儿童读物来充实卢若琴办的那个图书室，并且还买了许多体育器材和大玩具。

夜晚，等兵兵熟睡后，高广厚先改作业后备课。等这些干完了，就进入到他那本书的写作中去。卢若琴把他所需要的资料大部分都找齐了。

他有时在桌子上一趴就是五六个钟头，一直到身体僵硬，手累得握不住笔的时候，才到院子里活动一下。

夜，静悄悄的。只有学校下面的小河永不停歇地唱着歌。他深深地呼吸着秋夜纯净的空气，感到这个世界不论有多少痛苦，但它总归是美好的。

有时，夜半更深时，他正在埋头工作，听见响起了敲门声。

卢若琴来了。她端着一缸子加了白糖的麦乳精和几块点心，给他放在旁边的桌子上。他还来不及说句感谢话，她就悄然地退出去，轻轻带上了他的门……

二十一

今年的第一次寒流，又从西伯利亚通过毛乌素大沙漠，向广阔无边的黄土高原袭来了。

风立刻变得生冷。田野里碧绿的红薯叶被冷风寒霜打得黑蔫蔫的，没有了一点生气。

早晨出山的庄稼人，已经穿上了棉袄。阳光时有时无，天气欲晴又阴。

高广厚和卢若琴忙着给各教室都生起了火。为了让孩子们早点回家去，下午的课外活动也取消了。

晚上，兵兵有点咳嗽。高广厚也没在意，给孩子脱了衣服，让他钻到被窝里去。他点亮桌子上的灯，准备像往常那样，投入到一种比白天还要紧张的工作中去。

兵兵躺下后，咳嗽越来越急骤了。高广厚这才意识到，孩子病了。

他赶忙在抽屉里找了一点感冒药，倒了一杯水，用被子包住孩子，让他坐起来吃药。

兵兵哭闹了半天，刚把药咽下去，一声咳嗽，便“哇”一声全吐了。接着，咳嗽一阵紧似一阵，把饭也全吐出来了。

高广厚慌了，把吐脏了的被子掀到一边，赶忙给兵兵穿衣服。他手在孩子头上摸了一下，烫得像炭火一样！

兵兵不停歇地咳嗽着，小小的身体痛苦地抽搐成一团，并且一边哭喊，一边骂着脏话。

高广厚急得满头大汗，不知该怎办。家里没什么药。天这么晚了，到哪儿去给孩子看病呢？

兵兵的咳嗽越来越严重了，中间几乎隔不了一两分钟，而且每一次咳嗽半天都停不下来。

孩子在高广厚怀里喘成一团！

高广厚看见儿子病成这个样子，神经都要错乱了。他咒骂该死的病偏偏发生在这半夜三更！要是在白天，他就能即刻安排好学校的事，抱着兵兵往城里跑。他现在搂着孩子，嘴里不停地给他说乖哄话——连他自己也不知道他嘟囔些什么！

卢若琴破门而入！

她三脚两步走到炕栏石前，手在孩子的额头上摸了一把，着急地对高广厚喊："孩子都烧成这个样子了，你还坐着干什么！赶快往城里抱！"

高广厚一下子惊醒了，也感到身上有了点劲，赶忙把兵兵放下，一纵身跳下炕来。跳下来后，他又不知自己该干什么，手在这里一抓，又在那里一抓；抓起这件，又丢了那件！

卢若琴让他冷静一些，并指出他应该拿什么，不拿什么。她说完后，又跑着回了自己的窑洞。

她很快就又跑过来了，拿着她的一件短棉大衣把兵兵裹了起来。

她把孩子塞到高广厚怀里，又从他手里夺过提包。两个人匆匆地出了门。

寒风呼啸着迎面打来，使得这两个夜行的人走路很困难，加上天又黑，他们在简易公路上不时被绊磕得趔趔趄趄。

兵兵在高广厚的怀里不住气地咳嗽着，呻吟着，骂着人（实际上是骂咳嗽）。

高广厚不时小声喊着儿子的名字，蹽开长腿只顾跑。

卢若琴提着一包东西撵在后面，尽量追着他。

快到城里时，高广厚被一块石头绊了一跤，把怀里的兵兵都摔在了一边！兵兵恐怖地喊了一声，接着连哭带咳嗽喘成了一团。

高广厚一闪身爬起来，拳头狠狠擂了一下自己的脑袋，赶快摸索着抱起了儿子。

卢若琴跑上前来，从高广厚手里夺过孩子，说："让我抱一会儿！

你太累了！”

卢若琴自己也累得东倒西歪的，但她仍然抱着兵兵在跑。

高广厚一个脚腕扭伤了，一瘸一拐跟在后面跑。他听见前面的卢若琴喘得喉咙里“啊啊”地叫着，发出几乎像呕吐那样的声音。泪水和着汗水一起涌到了他的嘴巴里，又苦又咸。

等到了城边的大桥上时，卢若琴累得一下靠在了桥栏杆上。高广厚撵上来，从她怀里接过了兵兵。

卢若琴看来似乎都要休克了——她的力量已经用到了极限。在桥头那盏路灯的微光下，高广厚看见她脸上没有一点血色。她闭着眼，张着嘴，像鱼被搁在了沙滩上。

她一下子连话也说不成了，只是用手无力地摆了摆，让他先走。

兵兵在高广厚怀里不停地咳嗽着，喘息着，呻吟着。

孩子也已经耗尽了他那小牛犊一样的精力，现在软绵绵地躺在他的怀里……

直等到卢若琴又艰难地挣扎着站起来，他们于是就稍微放慢了一点脚步，进入了万般寂静的县城，穿过街道，向坐落在南关的县医院走去。

二十二

县医院静得没有一点声响。病人和治病的人都进入了睡梦中。院子里照明的灯在寒风里发出惨白的光芒。

高广厚和卢若琴抱着病重的兵兵，心急如火地来到这个希望的所在地。

他们找了半天，才找见挂着“急诊室”牌子的房门。

里面没有灯光。大夫显然睡觉了。

卢若琴敲了敲门。没有声响。

等了一下，高广厚又敲了一下门。兵兵在他怀里急促地咳嗽喘息着。

还是不见动静。

高广厚急得用拳头狠狠在门板上擂了起来。

“谁？”里面传来一声不乐意的发问。

“有个急病人！”卢若琴在门外喊。

“这天都快明了……明早上再来！”里面那人似乎翻了个身……又睡了。

“哎呀，好大夫哩，娃娃病得不行了，求求你起来看一下……”高广厚几乎是央告着对里面说。

“我们是从乡下来的，黑天半夜已经跑了十里路了！麻烦你起来给看一下。”卢若琴补充说。

过了一会，里面的灯才拉亮了。听见里面不耐烦地嘟囔了一句什么，就听见开始穿衣服。

半天，门才打开了。一个戴眼镜的瘦高个大夫冷冰冰地说：“进来。”

他们赶忙把孩子抱进去。

医生尽管对人态度冷淡，但检查病还很认真。他用听诊器在兵兵的前胸后背听了半天。兵兵吓得没命地哭。

大夫听完后，慢吞吞地说：“急性肺炎。需要住院。”他站起走到另一张桌子前，开了个单子，说：“先交费去。”

高广厚突然对卢若琴叫了一声：“哎呀！你看我这死人！忘了带钱了！”

卢若琴立刻在自己口袋里摸了摸，沮丧地说：“哎呀，我也没带……”

“这可怎办呀？”高广厚转过头，对大夫说，“能不能先住下，明天我就想办法交钱？”

大夫脸上毫无表情地说：“那你们和收费处商量去……”他脱下白大褂，去洗手。

他俩只好很快抱起孩子来到门口的收费处。

仍然是打了半天门，才把人叫起来。

当高广厚向收费处这个半老头说了情况后，那人说："预交住院费，这是医院的规定！"

"好你哩，你看孩子病成这个样子，先救人要紧，你就行行好吧！我明天就交钱，肯定不会误！"高广厚又央求说。

"哼！以前好些老百姓就是这样。可病一好，偷着就跑了，医院账面上挂几千块这样的钱，一个也收不回来！"

"我们是教师，不会这样的。"卢若琴说。

"反正不行！不交钱住不成！这是院长交待的！"他斩钉截铁地说。

兵兵在剧烈地咳嗽着，呼吸异常地急促起来。

那位收费的人看见这情况，似乎也有了点怜悯之情，过来看了看孩子，说："病得确实不轻！鼻子都有点扇了！"

他转过头对高广厚说："娃娃叫你爱人抱着，你去给院长说说，他同意就行了。"

卢若琴脸"刷"地红了。

高广厚懊丧地对这人说："她是我一个学校的同志……"

"噢，对不起！"他惊奇地打量了一下卢若琴和高广厚。

卢若琴也顾不了多少，对高广厚说："你和兵兵先在这儿呆一下，让我去！"她掉转身就跑了。

卢若琴按收费处那人说的地方，找到了院长的宿舍。

她敲了一阵门后，听见里面一个妇女问："什么事？"

"有个急病人，叫高院长起来一下！"卢若琴顾不得详说情况。

"你找大夫去！我又不会治病！"里面一个男人的声音。这大概是院长了。

"有个事，大夫管不了，想和你商量一下。"

里面竟然长时间没有声音了。

在有些医院里，患者经常就会碰到这样的情况。当你急得要命时，他们好像世界上什么事也没。

卢若琴一看这情景，觉得毫无办法了。

她突然想起：有一次，她听哥哥和另外一个人拉话，似乎提到过医院院长的老婆是农村户口，说他的孩子想在城里的县立中学上学，但按县上规定，他们家离城远，应该在就近的公社中学读书，因此来不了。院长想让儿子上“高质量”中学，几次来找他，他很快就给办妥了。记得那个人还对哥哥开玩笑说：“你以后如果得病……”

聪敏的姑娘顿时有了主意。

她于是又一次敲了敲门，说：“我是教育局卢局长的妹妹……”

里面的灯“啪”地拉亮了，立刻听见紧张地穿衣服和拖拉鞋的声音。这下灵了！

门很快打开了，光头院长披着棉袄出来，问她：“卢局长怎啦？我昨天还和他一块在刘主任家喝酒哩！……”

卢若琴几乎要笑了，说：“不是卢局长病了！”

“他的孩子？”

“也不是。”

“你？”

“不是。”

“那谁病了？”他的态度又有点不太好了。

卢若琴很快把实情给他说了。

高院长既然已经起来了，又见是卢局长的妹妹求情，只好跟着她来到收费处，对那个人说：“给办了……”

办了！一切很快就办妥当了！

他们忙了一阵，就在住院部的病房里被安顿了下来。

值班的护士立刻过来给兵兵打了针，并且把各种药也拿了过来。

卢若琴和高广厚哄着让兵兵吃完药，护士接着又打了一支镇静剂，孩子就困乏地睡着了……

二十三

第二天早晨，兵兵的病情还没有减轻下来，仍然咳嗽得很厉害，几乎不能吃什么东西，一咳嗽就全吐了。不过，体温已经下降了一点。

高广厚坚决要卢若琴回学校去。

卢若琴对他说："让我再帮你照料一天。"

"那学校就停课了。"他说。

"停一天就停一天！"

"哎呀！这怎行呢？咱们半夜走了，什么人也没给说，今早上学生去了，找不见咱们，还不知道发生什么事了，肯定会一烂包！你无论如何要回去！你回去上午先休息一下，下午再上课。"

"那你一个人……"

"不要紧。到了医院里，人就放心了。反正有医生哩！……"

卢若琴看得出来，现在孩子进了医院，老高的心就又惦记上学校的事了。她知道老高希望她回到学校去，尽管他这里也很需要她的帮助。

她再没说什么，就准备起身了。高广厚难受地说："我心里实在过意不去，把你熬累成这个样子……"

卢若琴安慰他说："我根本没什么，马上就缓过来了。我走后，就你一个人，可要操心你的身体，别也病了，就麻烦了……"

高广厚说："你放心走你的。我是一头牛，三天不吃不睡也不要紧！"

卢若琴过去亲了亲兵兵，拉起他的小手在自己的脸上摸了摸，就离开病房，回学校去了。

高广厚一个人守护在兵兵的身边，设法给他喂点吃喝。尽管喂进去就吐了，但他仍然给兵兵说好话乖哄着让他吃。他记起他小时候病了的时候，母亲就是这样强迫让他吃饭的。她老人家说，饭比什么药都强！

一个晚上的焦虑就把这个壮实的人变了模样：眼睛深陷在眼窝里，头发乱糟糟的；脸色灰暗，没有一点生气。他尽管克制着，但每一分钟都痛苦难熬！兵兵每咳嗽一声，他的心就一阵抽搐。他生怕兵兵有个三长两短。他不能没有他。这孩子是他活下去的一个重要依托，也是他全部生命的根芽！

为了使孩子舒服一点，他就像农村老太婆一样，盘腿坐在病床上，怀里抱着儿子。脖子僵直了，但他还是一动不动，生怕他动一下，给孩子增加痛苦。

每当孩子咳嗽得喘成一团的时候，他急得浑身发抖，都有点迷信了：他在心里祷告那个万能的上苍，让它把孩子的灾难都给他吧！

正在他痛苦万状的时候，突然一下子呆住了：他看见丽英从门里进来了！

他以前的妻子，兵兵的亲妈妈，一进得门，就不顾一切向床边扑来。她沙哑地喊了一声“兵兵”，泪水就在脸上刷刷地淌下来了。

她从高广厚手里接过兵兵，脸贴住孩子的脸，哽咽着说：“兵娃！妈妈来了！你认得妈妈认不得？你叫一声妈妈……”她说着，泪水在脸上淌个不停。

兵兵无力地伸出两条小胳膊，搂住了她的脖子。他干裂的小嘴嚅动了几下，喘息着喊了一声：“妈妈……”

孩子由于过分激动，立即猛烈地咳嗽起来。

丽英已经呜咽着哭出声来了。她一边哭，一边轻轻地给孩子捶背。

等兵兵的咳嗽暂时平息下来，高广厚问丽英：“你怎知道的？”

“若琴跑去给我说的……”她继续流着泪，低头看着兵兵，回答他说。

他们俩一时都不知该说什么。

可是，他们大概都在心里对话——

丽英：你在恨我！恨我无情无义！

广厚：现在不。你不知道，兵兵现在多么需要你，那一切都另当别论！这时候你来了，这就好。我在心里是感激你的。

丽英：不论我们怎样，兵兵总是我们生的。我们两个可以离开，但我们两个的心都离不开这孩子。我和你一样爱他——你应该相信这一点！

广厚：我相信。是的，这个亲爱的小生命是我们两个共同创造的。你是否还记得，我们曾经夫妻了一场？不管我们怎样不和，我们曾经是“三位一体”，有过一个家。

丽英：现在不要去想那些事了……

广厚：是的，不要去想那些事了……

丽英：眼下最要紧的是，让我们的兵兵赶快好起来。

广厚：我和你的心情是一样的。

…………

也许他们各自的心里根本没说这些话！

也许他们心里说的比这还多！

但是，从他们嘴巴里说出来的，却是另外一些东西。

高广厚从床上下来，穿上鞋，对丽英说：“你先看一会兵兵，让我出去借一点钱，住院费还没交哩。昨晚走得急，忘记带钱了……”

丽英抬起头对他说：“你别去了，我已经交了。”

高广厚怔住了。他想：大概是若琴告诉她的。

丽英指着她进门时放在桌子上的一个挂包，说：“那里面有吃的，你吃一点。你大概还没吃东西哩。”

高广厚为难地站着没动。

丽英愠怒地说：“你还是那个样子！”

高广厚也不再说什么，走过去，从挂包里掏出一个大瓷缸子。他打开一看，原来是半缸子炒鸡蛋和几张白面烙饼。另外一个小瓷缸里是鸡蛋拌汤，香喷喷的——这是给兵兵带的。

丽英说：“挂包里有筷子……”

他拿出了筷子，沉默地吃起来。吃几口，就用拳头抵住脑袋，静静地闭住眼停一会儿，然后再吃。

丽英脱了鞋，像刚才高广厚那样，盘腿坐在床上，一动也不动，紧紧地把兵兵搂在她的怀抱里……

二十四

两个离异的男女，现在为他们共同的孩子而共同操心着。

他们轮流盘腿坐在医院的病床上，抱着他们得了急性肺炎的儿子。

没有争吵，没有抱怨，相互间处得很和睦。这现象在他们过去的生活中简直是不可思议的。共同面临的灾难使双方的怨恨都消融在一片温情中。此刻，除了共同都关心着孩子外，他们甚至互相也关心着对方。

不过，他们现在都知道在他们之间横着一道“墙”——那是一道森严的“墙”。他们都小心翼翼，在那道“墙”两边很有分寸地相互表达对对方的关心。

中午，广厚从病号灶上打回来了饭，一式两份。

丽英也就不说什么，从他手里接过饭碗就吃。

孩子睡着后，丽英抽空出去给兵兵洗吐脏了的衣服。临走时，她对高广厚说：“把你的衫子脱下来，让我一块洗一洗，背上尽是泥。”

高广厚知道背上有泥——那是昨晚摔跤弄脏的。他有些犹豫，但看见丽英执意等着，就脱下给了她。

晚上，丽英把干了的衣服收回来，摊在床上，用手摩挲平展，递给他。他一边穿衣服，一边说："天晚了，你快回家去。兵兵现时好一点了，有我哩……"

"我不回去了。"丽英说，"我不放心兵兵。家里也没什么事。老卢到地区开会去了，那个孩子我已经给邻居安顿好了，让他们招呼一下……"

高广厚心里既愿意让她走，又不愿意让她走。他怕有闲言闲语，这对他们都不好。她现在有她的家。

另外，他又愿意她留在兵兵的身边，这样孩子的情绪就能安稳下来，他自己的精神也能松弛一些。不过，他还是说："你回去，明天早上再来……"

"我不回去。我回去也睡不着。我就坐在这床上抱着兵兵……"

高广厚只好说："我到水房去躺一会儿，那里有火。有什么紧事，你就叫我……"说着就转身出去了。

丽英望着他的背影消失在院子的黑暗中。

不知为什么，她现在心里有点难过。不论怎样，他们曾夫妻了几年，而且共同生育了一个儿子。他现在是不幸的。而他的不幸也正是她造成的。

是的，他曾忠心地爱过她，并且尽了一个小人物的全部力量来让她满意。沉重的生活压弯了腰，但仍然没有能让他逃脱命运的打击。

这也不能全怨她。她不能一辈子跟着他受恓惶。如果生活中没有个卢若华出现，她也许会死心塌地跟他过一辈子的。可是在他们的生活中偏偏就出现了个卢若华……

他高广厚大概认为她现在一切都心满意足了。可是，他怎能知道，她同样付出了惨重的代价！他尽管没有了她，但他还有兵兵！

可她呢？其他方面倒满足了，也荣耀了，可是心尖上的一块肉却被剜掉了！亲爱的兵兵啊，那是她心尖上的一块肉……

丽英坐在床上，这样那样地想着，顿时感到有点凄凉。她认识到，归根结底，她和高广厚现在都各有各的不幸（这好像是哪本小说上的话）。她隐约地觉得，以前他们在一起的时候，苦恼很多，但还没有现在这样一种叫人刻骨的痛苦……

后半夜的时候，她把睡着的兵兵轻轻放在床上。她给他盖好被子，把枕头往高垫了垫，就忍不住拿了那条毯子出了房门。

她来到医院的水房里，看见那个可怜的人坐着，脊背靠着锅炉的墙壁，睡着了；头沉重地耷拉在一边，方方正正的大脸盘，即使在睡觉的时候，也笼罩着一片愁云。

她匆匆地把那条毛毯展开，轻轻盖在他身上，然后就退出了这个弥漫着炭烟味的房子。

她又返回到病房里，见兵兵正平静地睡着。

她俯下身子，耳朵贴着孩子的胸脯听了听，感到呼吸比较正常了。她并且惊喜地想到，兵兵两次咳嗽之间的间隔时间也变得长了，不像早上她刚来时，一阵接一阵地停歇不了。

她一点也睡不着，又轻轻地走出了病房，在门外面的地上慢慢地来回走动着。不知为什么，她觉得她今夜心里格外地烦乱——这倒不全是因为孩子的病……

两天以后，兵兵的病完全好转了。当主任医生查完病房，宣告这孩子一切恢复了正常时，高广厚和刘丽英都忍不住咧开嘴巴笑了。

兵兵恢复了健康，也恢复了他的顽皮劲儿。他在房子里大喊大叫，一刻也不停。丽英在街上给他买了一个会跑着转圈的大甲虫玩具。三个人立刻都蹲在地上玩了起来。高广厚和刘丽英轮流上足发条，让甲虫在地上爬；兵兵拍着小手，一边喊叫，一边撵着甲虫跑。两个大人也在高兴地喊着、笑着，好像他们也都成了娃娃。

正在他们高兴得忘乎所以的时候，一个护士进来叫丽英接电话。

丽英出去不一会就回来了。她脸一下子变得很苍白。她对高广厚说：“老卢回来了，我得回去一下……”

高广厚也不笑了，说：“那你回去。你也不要再来了，医生说让我们明天就出院……”

丽英走过去，抱起兵兵，在他的脸蛋上拼命地亲吻了长久的一阵，然后把他放在地上，对他说：“妈妈出去一下，一会儿就回来呀……”

她转过身子，低着头匆匆往外走，并且用一只手掌捂住了自己的眼睛……

第五章

二十五

卢若华兴致勃勃地从地区开会回来了。他觉得这次外出收获不小。地委最近向各系统提出要求，让他们回答如何开创自己系统的新局面。地区教育局正是为这事召开各县教育局长会的。他们原封不动接过地委的口号，要各县教育局给他们回答这问题。

县教育局长不爱开这号会，说他身体不舒服，就让副局长卢若华去了。

老卢出发前，准备得很充分，甚至把一些文件和学习材料都能背下来，加上他口才又好，因此在地区的会上发表了一些很精彩的言论。这些发言，不光地区教育局长赞不绝口，连地区主管文教的一位副专员也大加赞扬说：“新时期要打开新局面，就要靠这号干部！”

卢若华在地区露了这一手，心里很高兴。他知道这些东西将意味着什么。

事业上的进展加上他又娶了一位漂亮的爱人，使得他情绪从来都没这么高涨过。当然，国庆节给丽英发脾气后，他心里对他新的家庭生活稍有点不快。但一切很快就过去了。他感到，不管他怎样对待丽英，丽英也是离不开他的。他当然也需要这么一位漂亮的妻子，以便同他的身份相匹配。

一个星期没和丽英在一块生活，他倒有点想念她了。他猜想他一进家门，丽英就会迎上来，用胳膊勾住他的脖颈，在他红光满面的脸上亲一下；他会装出对此不以为然，但心里会感到很美气的……

可是当他满怀激情进了家门的时候，情况却让他大吃一惊：门开着，但屋里没人，整个房子都乱糟糟的；东西这儿扔一件，那儿丢一件。这个整洁有序的家庭完全乱了章法。炉子里没一点火星，冰锅冷灶；家具上都蒙了一层灰尘。

丽英哪儿去了？玲玲呢？出什么事了？

他惊慌地跑到隔壁问邻居，却在这家人屋里碰见了玲玲。

他问邻居丽英到什么地方去了，那个胖大嫂犹豫了一下，才为难地告诉他：丽英的儿子住了院，她这几天一直在医院，没回家来；家里就玲玲一个人，丽英关照让玲玲在他们家吃饭……

"那她晚上也不回来？"

"没回来……"

一股怒火顿时直往卢若华脑门冲上来！

他吼叫着问玲玲："你出去怎连门也不锁？"

玲玲"哇"一声哭了。

胖大嫂赶忙说："你不要吼叫娃娃，娃娃这两天好像身体也不舒服，像有点发烧……"

卢若华一下子愤怒得都有点控制不住自己了。他丢下嚎哭的玲玲不管，一个人独自出了邻居家的门。

他一下子不知该到哪里去。

他用哆嗦的手指头从口袋里摸出一支烟来，点着狠狠地吸了一口，来到院外一个没人的空场地上，烦恼地来回走着。

一个多月新婚生活的热火劲，一下子就像浇了一盆凉水，扑灭了。事情已经清楚地表明,丽英全部感情的根还植在她的儿子身上！

他猛然想到：她之所以和他结婚，是不是因为他的地位？当然，即使这样，他也是能容忍的。可是他不能容忍她对她过去的那个家还藕断丝连！用最一般的观念来说明他的思想，就是那句著名的话：爱情是自私的。

尤其是他走后这几天，她竟然扔下这个家不管，白天黑夜在医院照顾她的儿子。哼！连晚上也不回来！她只知道心痛她的儿子，而撇下他的女儿，让她生病！她难道不想想，她现在的家在这里！

他越想越气愤，困难地咽着唾沫，或者长吁，或者短叹。

他悻悻地朝街道上望去。街道上，阳光灿烂地照耀着一群群熙熙攘攘的人群。他忍不住感叹：那些人有没有像他这样的烦恼呢？也许这世界上只有他是一个倒霉透顶的人！命运一方面给他甜头，另一方面又给他苦头……

不知为什么，他一下子又想起了他原来的爱人——那个活泼、爱说爱笑的县剧团演员。她尽管没什么文化，但很会让他开心。他们曾共同生活了多年。现在她已经成故人了。他记起了葬礼上那些悲惨的场面；可怜的玲玲哭得几乎断了气……两颗泪珠不知不觉从卢若华的眼角里滑出来了。

他掏出手帕沾了沾眼睛。

他现在觉得，他要为眼前这个新建立起来的家庭想些办法；他绝不能允许这种情况再继续发生了。他得设法让这个女人完全成为他的。

他非常愤恨她这几天的行为！她应该知道，她找他卢若华这样的丈夫容易吗？她不应该让他生气；她应该全心全意爱他！

他立刻回到了教育局，抓起电话机，就给县医院住院部打电话。不用说，他在电话里对丽英态度不太好……

二十六

丽英心情麻乱地离开医院，向家里走去。

她的心一方面还留在医院里，另一方面已经到了家里。

她在南关街道上匆匆地走着，强忍着不让泪水从眼里涌出来。

她想念着兵兵。孩子病中的哭声还在她耳边响着；孩子病愈后的笑脸还在她的眼前闪动着。

她也想着那个她已经丢开了几天的家。卢若华电话里的吼叫声也在她耳边响着；他那因恼怒而涨红了的脸她也似乎看见了……

她走过街道，所有的行人都在秋天灿烂的阳光下显得很愉快。她也像卢若华那样想：这些人没烦恼！命运在这世界上就捉弄她一个人！

她内心中从来没有像现在这样更留恋着她的儿子。当他不属于她时，她才知道这孩子对她是多么重要！

当然，她也恋着她现在的家。这个家使她富裕，并且让她在这个世界上活得体面、光彩！

现在不管怎说，她亲爱的兵兵总算恢复了健康。她这几天被提到嗓门眼上的心又回到了胸腔原来的位置上。她本想和孩子再多呆一会儿，却招来了卢若华电话里的一顿吼叫！她想：这几天她确实没管家里的事，可能有些烂包。再说，她这几天也没管玲玲，孩子可能受了些委屈。老卢爱这孩子，因此动了肝火。可是她又想：亏你还是个局长哩！你爱你的孩子，难道我就不能爱我的孩子？再说，我兵兵已经病成了这个样子……

丽英在心里麻乱地想着，迈着快步进了家门。

家里什么人也没。她现在看见的那种乱七八糟的景象，完全是卢若华刚回来时的老样子。她知道她几天没回来，玲玲把东西都拉乱了。她同时也明白了，老卢为什么在电话里给她发脾气。

她很快将功补过，手脚麻利地开始收拾屋子。她盼望此刻卢若华不要进家门，让她在这段时间把一切都收拾好，等他回来时，看见屋里顺眼了，他的情绪也许就能平静下来。

谢天谢地！她把屋子全收拾好后，卢若华还没回来。

现在她想她应该很快动手做饭。

做什么饭呢？她想到老卢是关中人，爱吃面。干脆做油泼辣子面，他准满意！

她尽管几天几夜没睡好觉，身子困乏，眼睛发黑，但仍然不敢坐下来休息一下，即刻就动手切起了菜。

切好菜，正准备擀面，卢若华拉着玲玲的手进来了。

她赶忙对他父女俩说："你们坐一坐，让我给咱擀面，菜已经切好了……"

"我和玲玲在刘主任家已吃过了。你做你自己吃……"卢若华脸沉沉地说，拉着玲玲进了套间。

丽英手里拿着擀面杖，一下子站在了脚地当中。她看见卢若华仍然是恼悻悻的，看来根本不原谅她。

既然他们已经吃过了，她做这饭还有什么意义！她虽然没吃饭，但哪有什么心思吃饭！她之所以忙了这一阵，都是为了讨好他的。既然人家不买这账，她还有什么必要大献殷勤呢？

她把擀面杖放在案板上，一时手足无措，不知自己该做什么。

她像一个做错了事的孩子，局促地坐在床沿上，低下头，抠着手指头。她等着卢若华从里屋出来——看他将怎样数落她。她在心里敬畏他。这个管着全县大小一二百个学校，并且很受县上领导器重的人，一直对她的精神有一种强大的压迫感。

这个当年在高广厚面前敢放嗓子骂人的女人，现在连大气也不敢出，静悄悄地坐在床边上。

不一会儿，卢若华迈着慢腾腾的脚步出来了。

她没看他。但她知道他打量了她一眼。

“娃娃的病好了？”他开口问了一句。

“嗯……”她回答。

“你知道不知道玲玲也病了？”他的话显然怀着一种恨意。

“兵兵病得厉害，急性肺炎，这两天我没顾上回来……”

“那高广厚干啥去了？”

“他在。娃娃病重，他一个人……”

“那晚上你也不能回来？”

“……”

卢若华的这句话显然怀有恶意，她觉得不能回答他。

见她不言语，卢若华看来更恼火了，他竟然气愤地喊叫着：“你们两口子光顾你们的娃娃！”

丽英一下子震惊得抬起了头。她惊讶地看见，她的这个平时文质彬彬的丈夫，此刻脸上露出一种多么粗俗的表情！

她一下子双手捂住脸，痛哭流涕地从屋子里跑出去了。

她来到院子里，靠在一棵槐树上，伤心地痛哭着。

她哭了半天，突然觉得有一只手搭在了她的肩膀上。

她知道这是卢若华——这是要和她和好了。

“请你原谅我……因为我爱你，才这样哩……你别哭了，万一来个人，影响……”她听见他在背后温柔地说着这些话。

但丽英并没有像往常那样感到受宠若惊。

她掏出手绢，揩去脸上的泪痕，也没和卢若华说什么，就一个人转身回到了屋子里。卢若华也一步一叹息，跟着她回来了。

一场风波就这样算平息下来。

二十七

刘丽英在卢若华道歉以后，就又与他和好了。但是，从这以后，蜜月也随之结束了。一些小口角不时出现在饭桌或者床铺上。

也许这才算开始了真正的家庭生活了吧？因为据有人说，真正的夫妻间的生活，往往是伴着一些小口角的。

可是丽英再不像以前那般活泼或者说有点轻浮了。这个美丽的女人似乎变得庄重起来。

自从兵兵那场病以后，她强烈地意识到了一种母亲的责任。而她现在又无法尽这种责任，这使她感到非常痛苦。

另一方面，她隐约地，或者说明显地感到，她的新丈夫身上露出来的一些东西，已经使她感到有点不舒服。

她一下说不清他的这些东西是一种什么性质的。总之她凭感觉，知道这不是些好东西。

一个能认真思考的人，就不会再是一个轻浮的人。

丽英对她的新生活的热情无疑减退了。反过来对孩子的思念却变得越来越强烈。兵兵的影子时刻在她眼前晃动着。

她有时整晚整晚睡不着觉。卢若华对她表示的亲热已经有点生硬，而她也再不像过去那样对他百依百顺。

白天她像应付差事似的去幼儿园上班。晚上回来，也不再经常坐在电视机前。她想起要给兵兵做一身棉衣——因为冬天就要到了。

这件针线活在家里做不太方便，她就晚上拿着去胖大嫂家串门做。胖大嫂的男人虽然年纪比卢若华大，但他是老卢的下属，在县教育局当文书。因此这一家人对她很热情。

有一天晚上，就两个女人在灯下做针线活的时候，胖大嫂无意间告诉她，说他男人前几天回来说，教育局下学期可能要把高广厚调出高庙小学，说要调到离县城最远的一个农村小学去，说那地方连汽车也不通……

丽英立刻紧张地问：“为什么要调他？”

这个爱多嘴的胖女人犹豫了一下，诡秘地笑了笑，说：“听说你原来的男人和卢局长的妹子好上了，卢局长很恼火……”

丽英立刻感到头“嗡”地响了一声。

她现在根本顾不了高广厚和卢若琴的长长短短。她首先考虑的是：兵兵将离她越来越远了！亲爱的儿子将要到一个荒僻的地方去了！那里不通汽车，她要再见他一面就不容易了……

她感到一种生离死别的悲伤！

她即刻告别了胖大嫂，说她要回去烧开水，就匆忙地回家去了。

卢若华正伏在桌子上给一个副县长写什么报告，满屋子烟雾缭绕。

她一进门就忍不住问：“你是不是把高广厚的工作调了？”

卢若华在烟雾中抬起头，先惊讶地看了看她，然后沉下脸，问：“谁给你说的？”

丽英一看他这副模样，就着急地问：“那这是真的？”

“这局里出了特务了！他妈的！放个屁都有人往外传！”卢若华把笔愤怒地掼在桌子上，站起来，问，“你听谁说的？”

“不管谁说的，我只求求你，别调……主要是我的娃娃，他……”丽英一下子哽咽得说不下去了。

“你的娃娃？你就记着你的娃娃！”卢若华气愤地吼叫说，“没想到，我的所有一切都毁到自家人手里了！你是这个样子，人家又传若琴和高广厚长长短短，你看我这人能活不能活了？”他用手指头揩了一下口角，一屁股又坐在椅子里，愤怒地盯着桌子上的镜子——镜子里的那个人，也愤怒地盯着他。

“你看在娃娃的面子上，不要……”丽英哽咽着说。

“那是高广厚的，我管不着！”卢若华已经有点面目狰狞了。

丽英看见他这副样子，绝望地说：“那这就不能变了？非要调不行了？”

“不能改变！”他斩钉截铁地说。随后他又补充了一句：“这是为了大家都好……”

丽英一下子冷静了下来。她想：眼泪是不会打动这个人的。她用手绢揩去脸上的泪迹，对那个穿一身呢料衣服的人说：“你是一个没有心肝的人……”

“放肆！”卢若华第一次听丽英骂他。她竟敢骂他！他一下子站起来，冲她喊：“混蛋！你给我滚出去！”

丽英看着那张扭歪了的难看的面孔，牙齿痛苦地咬住了嘴唇，接着便转身出去了。

二十八

刘丽英和卢若华热火了一个来月的家庭生活，一下子就泡在冰水里了。两个人实际上都对对方产生了一种说不出的厌恶感情。

卢若华动不动就破口骂她，那些骂人话若是丽英给外人说了，大概不会有人相信这些不堪入耳的词语是出自尊敬的卢局长的嘴巴。更使她难以忍受的是，正在他满嘴脏话辱骂她的时候，要是突然来了个县上的领导，他能立即恢复他老成持重、彬彬有礼、谈吐文雅的风度，和一分钟之前截然成了两个人。对于这种变化的迅速和变化的不露痕迹，刘丽英简直顾不得厌恶，而是先要吃惊老半天，就像小孩看耍魔术一样。是的，卢若华在生活中是一个演员。演员演完戏，下了戏台，就变成了常人。可是卢若华时刻都在演戏。他那真实的面孔用虚伪的油彩精心地掩饰起来，连经常爱坐在前排位置上的领导人也看不出来，一般人也许更看不清楚了。

可刘丽英现在看清楚了，因为她在他的床上睡了一个多月觉，和他过了这么一段夫妻生活。

痛苦像毒蛇一般啃啮着她的心。

可怜的女人！她付出了那么惨重的代价，尽管大家可以指责她的行为，但她归根结底是为了能寻找一种正当的幸福，她的追求尽管带着某种令人厌恶的东西，但就她自己来说，她愿意自己的新夫不仅在社会上体面，而且也是一个正派的人。归根结底，她出身于一个老实庄稼人的家庭，还没有完全丧失尽一个普通劳动者对人和事物的正常看法。她现在清楚地看到，卢若华是一个伪君子。

她的胸口像压了一扇磨盘。她想不到灾难这么快就又降临到她的头上。她在心中痛苦地喊叫说：这是报应！她现在甚至相信天上真有一个神灵，专门来报应人间的善恶。她记起了那句古训：善有善报，恶有恶报……

怎么办？再离婚吗？天啊！短短的时间，就离两次婚，她还是个人吗？她想来想去，不知该怎办。看来只能这样忍气吞声地活下去了。

可是，这样生活，还不如去死。她对卢若华越来越厌恶了，而卢若华也越来越厌恶她，经常骂她混蛋，让她滚蛋。

这天下午，卢若华没事寻事，硬说她在菜里放的盐多了，咸得不能吃，又开始破口大骂了。她顶了几句，他竟然把饭碗劈面朝她扔来，菜和面条撒了她一身一脸！

她再也不能忍受了，也把碗向那个衣冠楚楚的局长扔了过去。两个人便在房子里打了起来；玲玲也过来帮着她爸，父女俩把她一直打得滚到床底下……

第二天上午，双方就到法院办了离婚手续——法院办这次离婚案很干脆，连说合双方和好的老规程也免了。

这件事在本县当代婚姻史上，也可以算一件不大不小的奇闻，因此引起了社会上广泛的兴趣，各界人士都在纷纷谈论。

在全城人热心评论这件事的时候，第二次离了婚的刘丽英，就又回到她乡下的娘家门上了。城关幼儿园的职务随着婚姻的结束，也结束了。这倒不是卢若华把她免了的，而是刘丽英自己再不去了——因为这个工作是卢若华恩赐给她的，她决不会继续做这工作了。

她告别了一个贫困的家庭，又告别了一个富裕的家庭；她离开了一个没地位的男人，又离开了一个有地位的男人。现在她又成了她自己一个人。

他们村舆论的谴责全部是针对她的。高广厚她看不上，大家似乎还能原谅。但她竟然和县上一个局长也过不到一块，这大概就是她的不是了。

她家里人也都把她看成了个丧门星，兄弟姐妹都恨这个丢脸货，谁也不理她。就连外村一个亲戚家孩子病了，巫婆也断定这是因为她造的孽而引起的。

年老的父母亲可怜她，让她住在牛圈旁边一个放过牲口草料的小棚里。老两口都急得犯了病，在土炕上双双躺倒了。

丽英自己也躺在这个潮湿的小草棚里流眼泪。她除了上厕所，几乎白天黑夜不出门，也很少吃东西。白嫩的脸憔悴了，两只美丽的眼睛深陷在眼窝里，再也没有了过去那风流迷人的光彩。

她躺在这个不是人住的牲口草料棚里，心酸地回顾着她三十一年的生活历程。生活像一面巨大的镜子竖在她面前，让她看见了她自己的过去。她几乎认不出来那个她。她是谁？

这时候，她很自然地想起了过去的家，她的第一个男人。因为那一切对她来说，毕竟是熟悉的，也是她习惯了的。她想起高广厚怎样热爱她，她怎样折磨他。一种深深的负罪的情感弥漫了她的心头。她对不起那个老实人。他是一个好人。她突然记起了一本什么书上的调皮话：“我并不穷，只不过没钱罢了。”啊，这话可并不调皮！这里面意思深着呢！高广厚虽然穷，但他是一个善良的、实在的、靠得住的人；而卢若华虽然有钱有权，但心眼子不对！就是的！连他妹妹也反感他！

她一边想东想西，一边流泪。高广厚和兵兵的脸不时在她眼前闪来闪去。有时候，两张脸重叠在一起……是的，他俩长得多像！怎能不像呢？他是他的儿子……

可是，想这一切现在又有什么用呢？她现在就是认识到他好，甚至爱他，但她也已经失去了这种权利。她深深知道，她实际上用她的残忍，整个地撕碎了他的心。那个男人心上的伤口只能让另外的手去抚合——她的手对那颗心是罪恶的！

现在有没有人去抚慰他受伤的心灵呢？

当然有。那必定是若琴了。她已经知道了，社会上都在传他们两个的事呢！她从卢若琴对高广厚的态度里（不管是爱不是爱），才实实在在地体验到高广厚并不是她原来认为的那样，而是一个有价值的人。

“我并不穷，只不过没钱罢了……”她又想起了这句调皮话——不，不是调皮话。

不知为什么，她现在不太相信高广厚和卢若琴的事是真的，因为广厚比若琴大十来岁呢（实际上是她不愿意相信这件事）。

可为什么这又不能成为真的呢？卢若华比她大好多岁，她不是也跟了他吗？再说，她在高庙时不是就感觉到，卢若琴对高广厚有好感吗？她又是个很有主见的女孩子，完全有可能去和广厚结合。唉，她也有那个资格。丽英知道，这一个多月里，若琴实际上就是兵兵的母亲！

一想起兵兵，她就痛苦得有点难以忍受。他是她活在这个世界上的唯一希望了。如果不是为了兵兵，说不定那天和卢若华离完婚，她就会在县里的那座大桥上跳下去了。

现在活是活着，可怎么活下去呢？和卢若华已经一刀两断；高广厚那里也是不可能再回去了。怎么办呀？再去和另外一个男人结婚？这是永远不可能了！她不能一错再错了！她已经尝够了这苦头！

所谓的幸福是不会再有了。她自己断送了她的一生。

但是，不论怎样，为了兵兵，她还要活下去，凄惨地活下去，活着看她的兵兵长大成人……

她一再想：她的兵兵长大后，会不会恨她？如果不恨，他会不会可怜她？会不会原谅他母亲年轻时的过错？

她想，假如有一天，兵兵也不原谅她了，那她就不准备再活在这个世界上了……

过了好几天，丽英才从床上爬起来，打开那扇破败的草房门，来到外面。

秋天的阳光依然灿烂地照耀着大地。这里的川比高庙那里开阔，平展展地一直伸到远方的老牛山那里。川道里，庄稼有的已经割倒，有的还长在地里，远远近近，一片金黄。清朗朗的大马河从老牛山那里弯弯曲曲流过来，水面被阳光照得明闪闪的。亲爱的大马河！亲爱的大马河川！这水，这土地曾把她养育大，但是，她却没有好好活人……

她揉着肿胀的眼，忍不住抬头向南面那座山梁望去。那山梁背后，就是高庙。只要顺着山梁上那蜿蜒的小路，就能一直走到山那面，走到那条尘土飞扬的简易公路上，走到那个她曾居住过好几年的地方；就能看见亲爱的小兵兵，就能看见……

她鼻子一酸，眼泪又从肿胀的眼睛里涌出来了。

站在埝畔上哭了一阵，她突然想起：再过九天就是兵兵的生日了！

她立刻决定：无论如何要在这一天去见一面孩子。哪怕不在高庙，在另外的地方她也要设法把孩子接出来见一见……

她重新回到那个小草棚里，盘算她给孩子的生日准备些什么礼物……

二十九

丽英现在的心完全被孩子生日这件事占满了。

她开始精心地为兵兵准备生日的礼物。她先为他做了一双虎头小棉鞋。棉鞋用各种彩色布拼成图案做面子，精致得像一件工艺品。她的针线活和她的人一样，秀气而有华彩。接着，她又为孩子做了一套罩衣。上衣的前襟和两条裤腿的下部，绣上了小白兔和几朵十分好看的花。至于棉衣，她早已经做好了。

她用母亲的细心白天黑夜做着这些活计。一针一线，倾注着她的心血，倾注着她全部爱恋的感情。小草棚里的煤油灯熏黑了她的脸颊；流泪过多的眼睛一直肿胀着；哆嗦的手几乎握不住一根小小的针。但她一直盘腿坐在那里，低头做着，把她的心血通过那根针贯注在那些衣服上。

夜半更深，山村陷入了沉寂的睡梦中，只听见隔壁牛嚼草料的声音。她一直坐在灯前，细心地、慢慢地做着这些活。这劳动使她伤痛的心有了一些安慰。她之所以做得慢，是怕把这些活很快做完了，那她就又要陷入痛苦中去了。

她一天天计算着，一天天等待着，盼着那个日子的来临……

兵兵的生日一天天近了，她浑身的血液也流动得快了，心也跳得剧烈起来。

直到现在，她还想不出她怎样去见兵兵。她只想要见到兵兵。另外那两个人她尽管也想见，但又觉得没脸见他们了。也许世界上只有兵兵不会嫌弃她，不会另眼看她——是的，只有兵兵了，兵兵！

村里人和家里人都回避她，像回避一个不吉祥的怪物。她也躲避所有的人，白天晚上都呆在那个小草棚里。外面灿烂的太阳和光明的大地已不属于她了。

她把给兵兵做的衣服和鞋袜整理好后，屈指一算，后天就是孩子的生日！

后天才是孩子的生日！那么明天一天她该干什么呢？再静静地躺倒在床上去痛苦，去流泪吗？

她一下想起，明天县城遇集，她干脆赶集去。在集上再给兵兵买些东西——光这些东西太少了。再说，她手头现在还有点钱。

可她又想：她怎好意思再出现在县城呢？那里她已经认识了许多人——许多有身份的人；他们要是看见她，那会多么叫人难为情。同时，肯定还会有许多人指着后脑勺议论她。

不，她想还是要到集上去。她起码应该再给兵兵买一顶帽子。她豁出去了！管他众人怎看呢！她总不能在这个小草棚里呆一辈子。她既然要活着，就要见太阳，就要呼吸新鲜空气，就要到外面的天地间去；她不能把这个黑暗的小草棚变成她的坟墓。

这样决定以后，她觉得心里似乎又淌过了一股激流，并且在她死寂的胸腔里响起了生命的回音。人们，去说吧，去议论吧，她的脸皮也厚了。她不再指望大家的谅解和尊重，也不需要谁再来同情她。她现在活着，为她的儿子活着；她还企图尽一个母亲的责任，为她的孩子长大成人而操磨……她并且还进一步想：如果广厚和若琴结了婚，她就央求他把兵兵给她——他们两个再生去！

第二天，她把自己打扮了一下——这没办法，她天生爱美——就提着个提包去赶集。

她离开村子的时候，庄稼人和他们的婆姨娃娃都怪眉怪眼地看她，似乎她是从外国回来的。

丽英难受地低头匆匆走着。这些在她小时曾亲过她的叔伯弟兄们，现在那么见外地把她看成一个陌生人——岂止是陌生人，她在大家的眼里，已经成了一颗灾星！

她不怨这些乡亲们。他们对这种事向来有他们的观念。她只是又一次感到自己由于没好好处理好生活，因而失去了人们的信任。大家现在都比她高一头。

丽英到了集上，给兵兵买了一顶小警察帽，又买了各式各样的点心和水果糖，并且没忘记买孩子最爱吃的酥炸花生豆。

谢天谢地，她在集上竟然没有碰见一个熟人。

晚上回来后，她把所有的东西都包在一个大包袱里，就躺在了床上。她听着隔壁牛嚼草料的声音，怎么也睡不着……

三十

高广厚在刘丽英和卢若华离婚的第二天就知道了这件事。

那天，若琴患重感冒，躺在床上起不来，他到城里给她买药，听见他的前妻和新夫又离婚了。

他的许多熟人都纷纷来告诉这件事，告诉这件事的一些细枝末节；所有的人都认为刘丽英自吞苦果，落了今天这个下场，活该。他们觉得这件事对老实人高广厚受过伤的心无疑是个安慰。

高广厚自己却说不清楚自己是一种什么心情。他只是匆匆买好了药，赶回高庙小学。他像一个细心的护士一样服侍若琴吃药，给她一天做了四五顿饭。不管若琴能不能吃东西，他过一会儿就给她端一碗香喷喷的饭菜来。

晚上，夜深人静时，他怎么也睡不着。他觉得他无法平静地躺在炕上，觉得身上有许多膨胀的东西需要舒散出来。

他给兵兵把被子盖好，就一个人悄悄爬起来，莫名其妙地在灶火圪塄里拉出一把老镢头，出了门。

他像一个夜游病患者一样，向后沟的一块地里走去——那是学校的土地，刚收获完庄稼。

他一上地畔就没命地挖起地来，不一会汗水就湿透了衬衣，沁满了额头。他索性把外衣脱掉，扔在一边，光着膀子干起来，镢头像雨点般地落在了土地上……老实人！你今夜为什么会有如此不可思议的举动呢？你内心有些什么翻腾不能用其他的办法，而用这疯狂的劳动来排解呢？

迷蒙的月光静静地照耀着这个赤膊劳动的人，镢头在不停地挥舞着，似乎在空中画着一些问号，似乎在土地上挖掘某种答案——生活的答案，人生的答案……

直到累得再也不能支撑的时候，他才一扑踏伏在松软的土地上，抱住头，竟然无声地痛哭起来；强壮的身体在土地上蠕动着，就像铧犁一般耕出一道深沟！谁也不能明白他为什么这样，他自己也不能全部说清楚他为什么这样。总之，他痛苦地激动着，觉得生活中似乎有某种重要的东西需要他做出抉择……

几天以后，他的心潮才平静了一些，竭力使自己恢复到常态中来。卢若琴的病也全好了。两个人于是就都张罗着准备给兵兵过生日了。不论从哪方面看，高广厚现在觉得他自己应该高兴一点才对——是的，他饱尝了生活的苦头，但总还摸来了一些值得欣慰的东西。

兵兵的生日碰巧是个星期天。

高广厚一早起来就把胡楂刮得干干净净，并且用去污能力很强的洗衣粉洗了头发。

看他那副样子，就像他自己过生日似的。

兵兵今天整四岁。

不幸的孩子像石头缝里的小草一样，一天天长大了。

眼下，高广厚不仅为兵兵的生日高兴，他自己也有些事值得庆贺：他的那本小册子眼看就要写完初稿了。感谢卢若琴四处奔波着给他借了不少参考书，使他能得心应手地搞这件大事。在他写作的过程中，若琴同时还帮他照料兵兵，也照料他的生活。她并且还给他的书稿出了不少好主意……

在教学中，他们两个也配合得很好，学校的工作越来越顺手。他们前不久又烧了两窑石灰，经济宽裕多了，教学条件可以和县城里的学校比！他们白天黑夜忙着，心里有说不出的愉快。正如一本小说的名字说的那样：工作着永远是美丽的。

高广厚和卢若琴早就提念起兵兵的生日了。昨天城里遇集，广厚说他离不开，托若琴到城里给兵兵买了一身新衣服和几斤肉，准备包饺子。卢若琴也给兵兵买了生日礼物：一身上海出的漂亮小毛衣，一个充气的塑料“阿童木”。

这天早晨，他们一块说说笑笑包饺子，兵兵穿着卢若琴买的那身蓝白相间的漂亮小毛衣，在他们包饺子的案板上搭积木，处心积虑地和他们捣乱。

擀面皮的卢若琴突然停下来，对包饺子的高广厚说：“老高，我昨天在集上听说丽英和我哥又离婚了……昨晚我就想告诉你，见你写东西，就……”

高广厚一下抬起头来，脸腮上的两块肌肉神经质地跳了几下。

他停了一下，说：“我前两天就听说了……”然后他低下头，继续包起了饺子，两只手在微微地抖着……

卢若琴看他这样子，很快擀完面皮，就从窑里出来，到学校院子的塄畔上溜达。

她突然看见坡底下的简易公路上坐着一个妇女，头几乎埋在了膝盖上，一动不动，身边放着一个大包袱。

卢若琴虽然看不见她的脸，但她很快认出了这是丽英！

她激动得一下子跑了下去，叫了一声：“丽英……”

刘丽英一下子抬起头来，脸上罩着悲惨的阴云，嘴唇抽动着，一句话也说不出来。

卢若琴看见这个曾经那么风流的女人，一下子就憔悴成这个样子，过去对她的全部不满，一下子都消失了。她说：“你坐在这儿干啥哩？快上去！你一定是给兵兵过生日来了！兵兵今早上起来就说，妈妈会给他送礼物来的……”

“我娃是不是说这话了……”丽英一下子站起来，眼泪像泉水似的从两只眼眶里涌了出来。

“真的说了。”若琴的眼圈也红了。

丽英用手擦着脸上的泪水，说：“你大概知道了我和你哥的事……我们离婚了……”

“知道了。”卢若琴说，“你离开他是对的。”

丽英低下头，立了好一会，才别别扭扭说：“若琴，你是好人，愿你和广厚……”

“啊呀！好丽英哩！你再别听别人的瞎话了！可能是我哥在你面前造的谣！我和老高什么事也没！请你相信我……你应该相信我！”卢若琴激动地解释着，脸涨得通红。她稍停了一下，又说：“我正想做工作，让你和老高……”

“那不可能了！广厚怎会再要我呢？”丽英打断了若琴的话，悲哀地说。

“不管怎样，你先上去嘛！”若琴走过去，拉起了丽英的手。

丽英说：“好妹子哩！我没脸再进那个窑了。你能不能上去把兵兵抱下来，让我看一下。不要给广厚说我来了。我给兵兵带了一点礼物……”她的手无力地指了一下地上的那个大包袱，泪水不停地在脸上淌着。

正在这时，兵兵突然跑在埝畔上喊：“卢姑姑，爸爸叫你来吃饺子哩！”

卢若琴赶忙喊：“兵兵！你看谁来了！”

兵兵一下子看见了丽英，高兴地大喊了一声：“妈妈！”就飞也似的从小土坡上跑下来了！

丽英也不顾一切地张开双臂迎了过去！

她一把搂住兵兵，狂吻着他的小脸蛋。兵兵用小胖手给她揩着泪水，说：“妈妈，你回家去……”

“不知你爸爸让不让妈妈回去？……”丽英对天真的儿子报以惨淡的一笑。

若琴向兵兵努了努嘴：“你去问爸爸去！”

“我去问爸爸！”兵兵一下子从丽英怀里挣脱出来，向家里跑去。

丽英不知所措地站在公路上。若琴用手给她拍打身上的土。

兵兵很快拉着高广厚出来了。

高广厚来到院畔上，猛一怔，站住了。

兵兵硬拉着他的手下来了。

父子俩来到了公路上。兵兵丢开爸爸的手，又偎在了妈妈的怀里。丽英抱着兵兵，把头低了下来。

高广厚静静地看着她。

兵兵张开小嘴巴一个劲问高广厚：“爸爸，你要不要妈妈回家？你说嘛！你要不要嘛！我要哩！我要妈妈！你要不要！你说……”

高广厚看着儿子，厚嘴唇嚅动了好一阵，嘴里吐出了一个低沉的字：“要……”

抱着孩子的丽英一下子抬起头来，感情冲动地向高广厚宽阔的胸脯上撞去，使得这个壮实的男人都趔趄了一下！

他伸出两条长胳膊，把她和兵兵一起搂在了自己的怀抱里……

在丽英向高广厚扑去的一刹那间，卢若琴就猛地背转身，迈开急速的脚步，沿着简易公路大踏步地走动起来。她任凭泪水在脸上尽情地流。她透过喜悦的泪花，看见秋天成熟的田野，在早晨灿烂的阳光下一片金黄。一阵强劲的秋风迎面扑来，公路两边杨树的枯黄叶片纷纷地飘了下来，落在了脚下的尘土中。她大踏步地走动着，在心里激动地思索着：生活！生活！你不就像这浩荡的秋风一样吗？你把那饱满的生命的颗粒都吹得成熟了，也把那心灵中枯萎了的黄叶打落在了人生的路上！而是不是在那所有黄叶飘落了的枝头，都能再生出嫩绿的叶片来呢？

她决定要给哥哥写一封长长的信……

* 原载《小说界》1983 年中篇专辑。

你怎么也想不到

一

（郑小芳）

人一生中，总会有一些重大而有意义的时刻。我现在就面临着这样一个时刻。也许这件事并不重大，但至少是有意义的。我是说，再有一个月，我就要从省林业学院毕业了。你们并不知道，四年前，我还是黄土高原山沟里的一个乡下姑娘。而现在，我已经成了一名大学毕业生。对于一个人来说，这种变化难道还不重大吗?

我已经拒绝了让我留校的要求，而坚持让学校把我分配到我们家乡那里的地区去工作。同学们中间很少有人能理解我。他们嘲笑我是个十足的“乡下佬”。因为放弃在大城市工作的机会，而跑到一个荒凉的山区去吃苦，似乎太愚蠢了。

我承认我是个乡下佬。我热爱我们的乡下，正如城里的人热爱他们生活的城市。一个人总有一条根深深扎在某一个地方。我的故乡的确荒凉而贫瘠。那里，严寒从头年十一月一直要蔓延到第二年清明节以前。那里的春天也极其短暂，而且塞外吹来的大风常常把毛乌素大漠的沙尘扬得铺天盖地，把刚开放的桃杏花打落在了地上。

但是，那里也有许多好日子。我们的美妙的时光是从夏至以后开始的。这些阳光明媚、清风习习的好日子一直要延续到另一个冬天开始。在这些日子里，大部分都会是好天气，尤其是三伏天，天蓝得耀眼，充足的阳光照得大地一片金黄，但并不像大城市这样闷热，白天和晚间都有凉爽的风吹拂着大地，给人和万物以亲切的抚摸。

四年以前，我一直就生活在那里，除过读中学在县城，从来也没有远行。自从考入省林业学院，来到这繁华的省城，四年间，我无时不在思念着我的故乡。有时候，在学校三层楼的宿舍里，我常常梦见小时候的那些夏夜，我跟父亲睡在打麦场上，点着艾绳火熏蚊子；让凉风吹拂着裸露的胳膊；数天上的星星，听小河水的喧哗……有时候，城市某个地方偶尔传来一声鸡啼，我就忍不住哭了。这可是乡下的声音啊！

我之所以坚持要回到故乡那里去工作，不仅仅是我眷恋和热爱它，更主要的是，我学的水土保持专业也只有在那里才能大有作为。我当初报考这个专业就是为了最后还能回到那里去。我爱家乡的山山水水，我就想用我自己学到的知识去把它变得美好。这个想法在我小时候就有了。

说实话，我从内心里看不起我的有些同学。他们虽然来自乡下，却鄙视乡下。我平时很反感他们鄙薄自己的家乡，这正如一个人谈论自己父母的缺陷会引起别人的反感。现在，这些人正千方百计想留在城市工作，哪怕让他们蹬三轮车也愿意留下。我并不是说我的思想境界就有多高。但我总觉得，抛开旁的不说，一个人在年轻的时候总应该有一种勇于献身的精神。尽管我们现在的生活中享乐是一种普遍的时尚，但我认为生活中崇高与低级的界线从来都没有模糊过。当然，我并不愿意过多地指责我年轻的朋友们，因为归根结底，人们对生活和幸福的理解取决于每个人自己的认识。这种认识很难统一。我是准备走自己的路，但我也愿意为另外路上的朋友们祝福。好了，离别的时刻就要到来。我们都要像离巢的鸟儿般飞向四面八方，不管在哪一个天地里飞，我们都得将开始用自己的翅膀飞。这就是说，我们要开始独立生活了。

所有这一切都让人激动。它使人兴奋，它让人愉快得有点颤栗，它让人浮躁不安，它叫人彻夜不眠……

当然，我的激动还有另外一些原因，现在我也可以不害臊地谈一谈，不过，说出来也许你要笑话。

除过毕业的激动外，我同时想到，我和一个男人共同生活的日子将会临近了。这恼人而甜蜜的想法，时不时来纠缠我，弄得人心神不安。你千万不要误会我是要和他马上结婚。不，这一两年不会的。虽然我和他都来自农村，但我们已经接受过高等教育，不会像我们在乡下的同学那样早婚。我是说，我和他将要以未婚夫妻的关系分配到同一个地方工作。他是省师范大学中文系的应届毕业生，是我的同乡。他们村离我们村只有五里路，我和他从小学一年级就同学，拿句俗话说，我们是青梅竹马。

不过，我们早商量好了，毕业后不回我们县，而要到更往北的一个地区去工作。那里一半山区，和我们的家乡一样属黄土高原，另一半已经是毛乌素大沙漠了。我们中学时曾一块去沙漠中的一个县城参加过体育运动会，被那里荒漠而壮丽的风光深深吸引。我们曾站在古城雄伟的烽火台上，热血沸腾地约定：将来我们一定要到这里来工作。当时这多半有些孩子气。但这么多年里我们可一直认真地对待这个孩子气的想法。请不要见笑我们，人在少年时候的某种想法，说不定会在一个人一生中起作用。至少，我们现在仍然忠于这个当初的誓言。我的朋友为此写过不少诗。他喜欢写诗，往往比我更富于浪漫的激情。我喜欢他，这也是一个很重要的原因。至于我，从小就比较喜欢一种激荡的生活，并且对此抱有一种执拗的态度。不要因此就认为我是个“假小子”。从一切方面，尤其从感情方面来说，我是一个地道的女孩子。

现在我常常想象我们已经到了那里。那地方开始我们会没有熟人，因此我们将格外贴近。我会和他在异乡陌生人的目光下，一块散步，一块看电影。说不定我还会忘掉本地习俗，像后来我们在这个城市一样，挽着他的胳膊走路。这肯定会招惹许多嫌恶的目光。多有趣!

我肯定会时不时去他的单位，他也会时不时到我的单位来。说不定我们还得买个煤油炉子和一些炊具，以便在星期天一块开小灶。这些东西当然会放在我那里，因为我是女人。天啊，真可怕！我还想到我们以后会有一个孩子。我喜欢胖小子,但他说他喜欢女孩……

现在我该来说说，我口口声声提到的那个“他”是谁了。

他叫薛峰。如果你读过省文学刊物《北方》去年的第五期，你就会看见他在上面发表的一组诗《青春乐章》。不过，署名是雪峰，取他名字的谐音。不瞒你说，这个笔名是我给他起的。关心我们的人大概主要想知道我们现在和以后的事，因此关于我们的过去我只在这里简单地说一说。

大家已经知道了，我和他从小就是同学。初中和高中也是一块在县城上的。除过初中我们分在两个班外，小学和高中我们不仅是同班，而且是同桌。

在我们那穷乡僻壤，能进入县办初中和高中是极不容易的。那些有限的桌椅板凳几乎全被县城的学生争夺去了，乡下的学生大部分只能上社办中学——这意味着他们大部分初中毕业后就得回农村当庄稼汉。师资水平低和教学条件的简陋造成了他们大部分再不能深造。有的社办中学连外语课都不开，学生们怎么能考上大学呢?

我和薛峰用我们良好的成绩在县中学争得了自己的位置。在我们整个一道川十来个村子里，我们两个是唯一进入这座神圣殿堂的。

在初中升高中的考试中，薛峰竟然考了全县第一名。我们从小到大，基本上经常在一块。城里上学时，星期六下午回家和星期天下午返校，我们都是一块相跟着走。当然，这中间也发生过一些糟糕的事。班上的同学们曾挤眉弄眼地议论过我们。回村时，公路两边我们熟悉的庄稼人也曾粗鲁地喊叫我们是“两口子”。这一切是多么叫人生气。但是后来长大了，我自己在内心深处也承认我这一生不能再离开他了。当我朦胧地懂得爱情时，我就知道我喜欢的是他。我知道他喜欢的也是我。十九岁那年，我们离开家乡，一同考进了省城的大学。我以第一志愿被录取，进了林业学院水土保持专业；他是第二志愿，考到了省师范大学中文系。

上大学之前，由于我们小，关于我们之间相互喜欢的话当然谁也没有说过。上大学的第一年也没说。但这种关系实际双方在内心里早已明白了。到大城市后，由于人生地疏，我们相互间完全成了亲人。我们经常在一块会面，但倒不是在谈情说爱。谈的无非是学习和我们未来将要去的那个地方——那个有着广阔无边的大沙漠，有着蜿蜒的古长城残迹的神奇的土地。我说我要在那里栽许多树，种许多许多草。他说他要在那里写出一些惊人的诗篇来。这些火热的生活多么叫人神往啊！一直到大学二年级的后半年，有一天，我们一块相跟着在街上走。他突然站住了，结巴着说：“小芳，你，挽着，我的，胳膊走……”我一下子脸烧得像炭火一样，赶忙朝四下里看了看。我看见街上有许多姑娘都挽着小伙子的胳膊走路。我犹豫了一下，就挽住了他的胳膊。两个人几乎都不会走路了……

那天，他在商店里给我买了一条漂亮的连衣裙。我给他买了一件深蓝色的毛料上衣。

从那以后，我们就开始了真正的恋爱。一切和大城市里的任何青年男女一样。在这个过程中，我们自己当然经历了无数甜蜜而新奇的体验，但这些东西对大家来说并没有什么特别的地方，因此也就简略了。

现在我再顺便补充几句我心爱人的长相：薛峰一米七五，个头不算低；身板茁壮而挺拔，神态潇洒，五官都恰到好处。这两年，他是比乡下时变化多了，身上的农民血统几乎已经看不出来，像个典型的城市青年了。

我敢毫不害臊地夸口说，我爱的这个人是一个漂亮的男子汉。

二

（郑小芳）

随着毕业的日子一天天临近，班上和系上都乱作一团。尽管分配方案还没公布，有些人通过关系已经知道了自己的命运。于是，有笑的，有哭的，有闹的，有四处奔波找关系的，一切都乱纷纷的。我是平静的，因为我的命运我自己已经安排好了。系上的领导曾多次找我谈过话，想让我留校，但我拒绝了，请求把我分配在我要去的地方。领导当然再不会做我的工作，反而表扬了我。由于我和其他任何人没有利害冲突，因此全班同学还像往常一样尊重我。其他人之间就不行了，为了争夺一个好位置，或者怀疑某个人拆了自己的台，或者猜测某个人把自己已得到的位置挤掉了，明争暗斗，乱得像春秋战国一样。猜疑和怨恨弥漫在共同生活了四年的人们之间，这情景真叫人难受。我同宿舍的李虹，前几天脸上还阴云密布，这几天突然又阳光灿烂了，据她说是由于我不留校，这个位置分给了她。她说她要感谢我。我向她祝贺，并且指出她不应该感谢我。她学习不错，加上从小失去父亲，母亲又长年有病，完全应该留在家门口工作。

吃过晚饭，李虹从校门口给我带来一封信。这是薛峰写给我的。

信的内容很简单，让我在第二天上午八点钟到老地方去，他有些重要的事要对我说。他并且在“重要的事”几个字下面加了着重号。我敢说他没什么太重要的事。要不，他不会写信，而会骑车来找我的。第二天吃过早点，我借了李虹的自行车，就向我们的“老地方”那里赶去。我们会面的老地方是南郊公园的大门口。但通常我们并不到公园去，而是在这里相会，然后一块骑着车子去省第三医院后面一块麦田的水渠边。那里已经到了郊外，非常僻静。应该说，这儿才是我们真正的“老地方”。这地方我们去过不知多少次。我们在这里看着麦苗泛青，发旺，发黄；然后又看着麦子被收割，套种的玉米又长起来，吐出红缨，怀上棒子。我们在这里说过甜蜜的悄悄话，并且也偷偷地亲吻过……

我骑着自行车穿过繁华的大街。

整个城市都在火辣辣的阳光下喘息着。即使有风从迎面吹来，也是烫热的。行人有气无力，边走边擦汗。大街上弥漫着一种懒散的气息。人们的精力和智慧也好像被太阳的热力蒸发了。到公园门口的时候，我看见薛峰已经站在了那里，自行车撑在旁边，车后座上夹着一个鼓鼓囊囊的黄书包，里面大概装着汽水、啤酒一类的饮料和点心。每次都是这样，吃喝的东西大部分由他买，但事后我给他钱。他花钱大手大脚，我得常给他支援。他看我来了，也不说话，就跨上他的车子。我们于是并肩骑着车子，到我们亲爱的“老地方”去。

路上，我问他：“有什么紧要事？”

他笑笑，说：“没什么，我想你了……”

我不好意思再看他，说：“才一个月没见面……你们实习完了？”

“完了。已经开始进入分配阶段，整天驴踢狗咬的。你们那里怎样？”

“情况差不多。反正咱们俩是世外桃源，没有人会来抢咱们的位置。”

薛峰没说话，冲我淡淡一笑。

我们很快来到了我们经常光顾的地方。

在水渠边的小白杨丛中，薛峰把汽水、啤酒和一些点心放在随身带来的一块小塑料布上，我们就像过去那样紧挨着坐在一起。树和茂密的芦苇把我们和外面的世界隔开。这里已经远离喧闹的城市，四周围静悄悄的。首先照例是无言的亲热。这一刻几乎世界上的一切都被忘得一干二净，只有我们温柔的感情在心灵中静静地流淌。我记起了他给我念过的M. 杜金的几句诗：一双目光深邃的大眼睛，闪烁得真是意味深长。沉默吧，你现在的沉默，比你吐尽言辞还会令我心明眼亮……

过了一会，我问薛峰：“是不是真的有什么重要事？”

他又笑笑，没说话，回过头从身边的黄书包里拿出一张报纸递给我。

这是昨天的省报。我很快在副刊上发现了他的名字。这是他和另外一个叫“劲松”的人合写的一首诗。

我这才知道他说的重要事是什么了。

我当然为他高兴。他的任何成绩都能引起我无法言语的骄傲。

我不知为什么开始转弯抹角地盘问起他来了。

“这个‘劲松’是哪儿的？”

“我一个班的同学。”他说。

“男的还是女的？”

他大笑了，笑得把脸迈到了一边。

“笑什么！你回答我！”

“女的。”他仍然在笑。

我不言语了。你们知道我此刻心里在想什么。

他又从书包里掏出个笔记本，从里面取出一张照片递给我。我没有接。他一下把照片堵在我眼前，说："看这个女的漂亮不漂亮？"我看见他和一个男人的合影。我忍不住为自己刚才的醋意而不好意思地笑了。他说："这就是劲松。"

"是笔名吧？"

"是的。"

"真俗气！现在还取这么个笔名，一股文革味！"

薛峰把照片收起来，说："他叫岳志明，父亲是咱们省委常委，组织部长。"

我说："这首是他写的还是你写的？我真理解不了，两个人居然能合写诗！"

"诗当然是我一个人写的。"

"那为什么署他的名字？"

薛峰沉默了一下，避开我的问话，说："我最近准备写小说。我觉得诗容量太小了……"

"写好后再把'劲松'的名字也署上。"我挖苦他说。

他平静地看了我一眼，说："我是准备这样做的。"

我真有点难理解他了。我毫不客气地说："你讨好这个人，是因为他父亲是大官吧？你怎么也变成了这样一个人？他和他的父亲与你有什么关系，何必这样呢！"

薛峰不看我，拿一根树枝低头在地上画着，说："他父亲没有什么，可他母亲……"

"他母亲怎了？"

"他母亲是省教育局分配办公室的主任。"

我一下子瞪住了眼睛，我惊异地看着在地上画道道的我的亲爱的薛峰。我敏感地意识到，是不是有某种变化将会出现在我和他之间？我同时也明白了，他今天的确有某种"重要的事"要告诉我，但这并不是他所发表的那首诗。

我问：“这又怎样呢？”

他停止了在地上画道道，抬起头，用胳膊搂住我的肩头，说：“小芳，让我直说吧，我们不能再回到我们当初说要去的那个地方！”

“为什么！”我急着对他嚷道。

“我们要设法留在这个城市。只有留在这里，我们才能更好地发展自己。”

“我们当初说过什么？”

“是说过……”

“你以前可从没改变过主意。”

“正因为这样，一旦觉醒了，心里就更着急。”

我怎么也想不到，他发生了这么大的变化。我一时无法反应过来，我只是急着问他：“你什么时候改变主意的？”

“我也不知道。反正我现在已经决定了。当然，以前没认真考虑，也没事先做工作，现在就是想些办法。我和岳志明合写东西，就是为这个的。我答应满足他的虚荣心，他答应帮我和你办事。我想到《北方》杂志社去工作，你就留在林业学院……”

“不！”泪水不知不觉已经涌满了我的眼睛，“我已经给学校说过，我不留校。现在留校的人已经确定了。”

“这可以改变。”

“不！不！不！”我当时只是这么嚷着，心里难受极了。我第一次朦胧地感觉到，尽管薛峰现在仍然用胳膊亲切地搂着我的肩头，但有一种东西已经横在了他和我之间，我感觉到了这个，不知为什么，却更紧地靠在了他的身上。

一种从未有过的悲哀和伤痛漫上了我的心头，就像看见一种可怕的疾病缠在了自己亲人的身上。是的，我不会嫌恶和躲避他，我要想办法让他恢复健康。我能做到这一点吗？

我已经慌乱到了这样的程度：我好像觉得他真的是病了，于是忍不住用手在他宽阔的额头上摸了摸。并不发烧，体温是正常的。

我在急忙中讲不出什么大道理来说服他，只好央求他说："我们还是回家乡那里去吧！我求求你，一辈子在城市生活我们习惯不了……"

"慢慢就会习惯的。我已经习惯了。回去反而会不习惯！"他插嘴说。

"那就从我们的事业来考虑。我学的是水土保持专业，回到山区和沙漠就能更好地发挥专业知识。你搞文学，也只有在生活中才能写出好作品来……"

"这不是理由。你的专业在大学能培养更多建设四化的人才。我留在文学刊物也就可以使自己的才华不致湮没。从五四以来的许多大作家都是编刊物的。至于生活，只要有活人的地方，就有生活。因此，这不能是我们不留大城市的理由。"他雄辩地说。

"是的，这也许不是理由……"我从他的胳膊里挣脱出来，对他说，"你什么时候也变得这样世俗了？我们所看重的理想，我们所看重的献身精神，我们一直像孩子那样所珍爱的一切，你都一点也不要了？"我感到自己的心在"怦怦"地跳着。

"我们现在不是孩子了……"他说。

是的，我们不是孩子了。我亲爱的人！我们长大了，但我们却开始吵嘴，开始分裂。如果是这样，那么，我宁愿我们两个人永远都是孩子啊！

我感到头晕目眩，口干舌燥。我怎么也想不到在我们之间竟然出现了这样的情况。

我望着他那张漂亮的脸，意忍不住冲口说："那咱们分手吧，各走各的路！"他一下子从地上跳起来，吃惊地望着我。

我也站起来，又忍不住扑在他怀里，伤心地痛哭起来。我多么难受：为他，为我，为我们。

“小芳，回去想想吧，今天我们再不说这事了。我相信你会同意我的决定的。”他温柔地抚摸着我的发，轻轻地说。

我没有再说话。这并不是说，我已经顺从了他。

三

（薛峰）

真热。

我知道不仅天气热，我的心也在发烧。

一切都权衡过了，结论已经相当明确。剩下的只是用行动来使目标成为现实。

过去那些想法——具体地说，就是到一个艰苦的地方去创造不平凡的业绩——不管那是崇高的还是狂热的，反正一切都已经退远了。

从内心深处来说，这的确叫人有些伤感。向过去这样一些视为神圣的东西告别，总是一件很痛苦的事。这也如同我们希望成为大人，但却又眷恋着自己的童年。这个比喻不太恰当。不管怎样说，我和亲爱的小芳曾经共同制作了一叶理想的风帆。是的，风帆。这风帆一直行驶在我们心灵蔚蓝色的海洋里……

但这叶风帆现在应该转向。是的，转向。转到现实生活逻辑所铺成的航道上来，而不应该再在理想的王国里任意漂游了。作为一个农民的儿子，我对故乡的山水和那里的乡亲永远抱有深情。我一直无法割断我和这一切的感情联系，总想不管怎样，我还是要回到他们中间去。

但后来心情慢慢矛盾起来了。

说心里话，我虽然上的师范大学，按理就应该去做一名教师，但我当然更愿成为一个诗人。如果我像原来想的那样去山区，就只能到一个中学去任教。教师，那意味着无穷无尽地讲课，改作业，开会。如果再代个班主任，那就是成天跟在几十名二混小子的后头瞎折腾。这能写诗吗？诗人应该听交响乐，看芭蕾舞，进行广泛的交游，才能获得灵感。可是，沙漠里只能听蒙古风粗野的吼叫，看一望无际、没有任何生命的黄沙丘。几十里路上甚至连人影都找不见，写什么呢？也许只能去反复赞颂那些可怜的沙柳了……

我也许说得太过分了。是的，那里毕竟有雄伟古长城的遗迹横卧在荒漠之中；驼铃，海子，烽火台，以及壮丽的落日和直升的炊烟，也都是诗。我想我就是留在大城市，今后一定也要去那里的。但这应该是一个诗人去漫游，而不是去充当那里的一个永久的居民。这正是我现在和过去想法的不同所在。

当然，这一切变化是慢慢发展的。

我进大学后，渐渐发现，像我和小芳抱有的那种浪漫生活观点的人，几乎很难找到。所有的人都是实际的。他们一边拼命学习知识，一边拼命追逐据说是属于他们自己的东西。

说实话，我一开始瞧不起这些人，自视自己的境界要比他们高。我曾经直率地对同学们说出我毕业后的打算，结果招致了一部分人的无情嘲笑。他们说我还停留在“四人帮”的时候，坚持要“上山下乡”呀，以后大家甚至渐渐不理我了，似乎我是一个怪物似的。

我经历了痛苦的孤独。

当时，我反复从内心审视了自己灵魂的殿堂，再一次看到那里所供奉的东西仍然是崇高的。

同时，我也开始不抱偏见地观察和琢磨嘲笑我的那些人的生活观点。我当时是这样想的：既然这么多人所信仰的东西，我有没有权利轻易地去否定它？

一开始，我发现这些东西和我心灵中的东西还是对立的。我无法效法。

尽管我在我的环境中孤独，但我有我的小芳。我只要和她在一起，精神便感到无比舒畅和激昂。这不仅仅是我深切地爱她，更重要的是我们有相通的心灵。她的美丽、善良和正直，她的火一样的热情永远使我迷恋和陶醉。我们经常在一块谈沙漠，谈诗，谈树，谈未来我们所要进行的工作……所有这一切都使我有勇气在我的环境里坚持自己的观点。我想只要我和小芳在一起，别说是去毛乌素沙漠，就是到冰天雪地的北极去也是幸福的。

回到学校的时候，我听到的仍然是一些老话题：如何走后门留在城市；如何逃避当中学教书匠的命运；用什么方法，在几年内取得什么样的学位；一个现代化的家庭应该是个什么样子；如果要从事一项事业，必须找一个没事业心的贤妻良母或者一定既要是贤妻良母又要有事业心等等。

不久，突然有一个人主动和我交朋友。这就是我已经提到过的岳志明。

岳志明从一切方面来说一看就是个高干子弟。他能把浮华掩饰在质朴之中；能把俗气深藏在脱俗的表面下。本质是傲气的，但又可以居高临下地关怀别人。就拿穿衣服来说吧，外衣是不讲究的，但衬衣又特别讲究。大家都知道他是谁的儿子。班上有几个女同学都争着接近他，大概是想当省委常委的儿媳妇——尽管她们知道他已经和省军区一位副政委的女儿在恋爱。岳志明和我交朋友是我在报刊上发表了几首诗以后。我愿意和他交往倒不是因为他是某某人的儿子，而是他愿意和我交朋友本身。大家知道，班上是没人和我交朋友的。

岳志明一下子便给我打开了另外一个世界。

他把我带进了大门上有军人站岗的省委大院他们的家——顺便说一下，平时我路过这大门，甚至不敢用眼睛往里瞧一瞧。现在进这里竟然如入无人之地，并且连那些站岗的严肃的军人还含笑点头——这当然不是对我，而是向岳志明致敬。我跟着他坐着他父亲的小车，看过国外交响乐团那些令人陶醉的辉煌的演奏，欣赏过北京和上海来的芭蕾舞团激动人心的表演。这些高级的演出通常很难买到票，而我们连票也不要买，还能坐在最好的位置上。

与此同时，我的朋友还引荐我结识了他那个圈子里的许多非凡人物。这样的圈子通常都是一些确有才华的青年和一些虽没多少才华但出身高干的子弟组成。要么出身显贵，要么才华惊人，否则入不了这种圈子。我敢肯定，那些在大街上行走的普通人，绝不会知道在这城市里有这么一些世界存在。我被岳志明介绍为“著名青年诗人”，因此也就堂而皇之地成了他们中的一员。我在这里听到过哲学方面的极其艰深的辩论；听到过艺术方面最新流派的介绍。萨特，毕加索，弗洛伊德，魔幻现实主义，意识流，是经常的话题。当然还有中国的，外国的，古代的，现代的，未来的各式各样的话题。另外还可以去看一些内部电影，听什么硬壳虫音乐等等。我眼花缭乱，目瞪口呆。在这样的场合我只是用耳朵听，一言不发。我有什么可说的呢？我曾试图退出这个舞台，但这就像喝酒上了瘾一样，又一回也不愿缺。公正地说，我在这里还是获取了一些极有教益的东西。我增加了知识，扩大了眼界，看到了一些全新的天地。但我也为此付出了代价。我发现自己的意识、感情、心理都发生了一些变化。开始是些微的，皮毛的，后来就渐渐开始进入血液，开始燃烧起一种新的火焰，激荡起一些新的思潮。我发现我很少再能用一种诗人的美妙的心情来倾听远方我那故乡小河朗朗的流水声；而耳朵里是交响乐排山倒海的喧叫和小夜曲轻柔的有点伤感的旋律。我也再很少追念起故乡的山水和野花点缀的土地，以及那微风吹拂着的绿色的山岗和打麦场上金黄色的麦堆；我眼前时不时旋转着的是那些造型健美的芭蕾舞姿和大城市里五光十色的场面……

唉，我呀！我有时对自己的这种变化感到无比羞愧，尤其是我每次见到小芳的时候。每次她站在我面前，就像一个巨大的惊叹号一样叫我的心不由得猛烈地颤动起来。她身上似乎永远带着一股清新的风，一下子就吹醒了我乱哄哄的头脑。我每次和她在一起，就更能清楚地看见她对我有多么珍贵。我一旦和她在一起，也就可以恢复一些我原来的东西。当然我也不愿过多地给她讲述我后来的许多遭遇。我爱她，我怕她产生误解。在我离开小芳的时候，我就身不由已地又卷进了我已描述过的那个世界。这一切是多么令人矛盾和痛苦！

到后来，我慢慢对我的两个世界都适应了。我甚至想在这两个世界中间取长补短，把自己塑造成另外一种人。我不愿变成纯粹像岳志明圈子里的那种人，但我也再不想和过去一样把自己束缚在那种单纯的意识形态中了。我自信在新的生活追求中，我也能掌握自己的命运。

我感谢岳志明把我介绍给《北方》杂志社的总编辑——这是他父亲的老朋友。由于这个关系，我受到了这家杂志社的重视。在第三学年的暑假期间，我被临时请到这个编辑部帮助搞工作。从编辑部的角度考虑，是用这种方法培养有才能的新作者，从我的角度考虑，我可以在这里学到学校所不能学到的东西。

我在这里勤奋地工作，并且把我看稿的诗歌组办公室经常打扫得干干净净，甚至还为其他部门殷勤地打开水。在这期间，我曾几次聆听了本省几位著名老作家的当面教诲；听过几位在全国得过奖的青年作家的文学讲座课。最重要的是，一个多月里，我已经和编辑部的许多编辑以至总编辑本人都像朋友那样好了。我在这里写了许多诗，其中那组《青春乐章》被发表在了《北方》当年的第五期上——据说后来这首诗编辑部还收到许多青年读者的来信。

暑假结束后，我是怀着依恋的心情离开这编辑部的。说老实话，我当时曾想过，我如果能在这里工作一辈子该多好啊！当然这无疑是一个梦想。但不管怎样，我相信我给这里所有尊敬的人们都留下了一个好印象。这一切已经使我心满意足了。你会想象，这以后，我再想起沙漠会是一种什么样的心情呢？沙漠啊，我和小芳所热烈眷恋过的那个地方——那片神奇的土地，现在在我眼前已经是一片荒凉了；我看见那里只有一弯孤寂的残月照耀着的无边的沙丘和被遒劲的蒙古风所吹乱的零星的沙蒿丛……

认识和思想一旦改变，我一下子就火烧火燎地着急起来。

现在我想：我尽管不愿完全像岳志明那样去生活——这也不可能，但我想我至少应该追求一种在我看来更理想的生活——这生活将肯定再不会是去沙漠了。是的，我为什么不应该留在这座城市工作呢？当然，最好是能去《北方》编辑部。

我认为我已经从过去的一个深沉的梦中醒过来了。

但同时我又想到，我的小芳现在仍然还沉浸在那个梦中。

这不要紧。凭我们深沉的爱，我相信我会把我心爱的人从那梦中摇醒的。如果摇不醒呢？这也不要紧。只要她同意生活在我身边——带着她原来的梦生活在我的身边，这难道不也好吗？这本身也许就是诗。但是，我怎样才能实现我新的目标呢？我的专业是师范专业，按规定毕业后应该教书。当然也可以改变这个命运——不是有许多人就改变了吗？但这需要强有力的社会关系。我没有这种关系，在我们家和亲戚中，我也许就是最有出息的一个了。我马上想到了岳志明，是的，现在只能依靠这个朋友了。毕业分配眼看要临近，必须要抓紧时间做工作。

当我对岳志明说出我的愿望时，他轻松地说："这有什么难的？你就去《北方》编辑部好了。这事包在我身上。我自己是不敢去那里的，那里工作确实要能来两下子，我吃不了那碗饭，弄不好给我父亲的老朋友丢脸，划不来。"

“那你自己准备去哪儿呢？”我问他。

“我准备去省剧协。那里好混。当然我并不是要去搞那些咿咿呀呀的戏曲。我想搞电视剧。现在省电视台还没设专职编剧，听说不久就设的，到时候再调过去，现在先过渡一下。”

我犹豫了一下，又对他说：“我有个女朋友在省林业学院……”

他马上说：“这也好办。咱们到时去找找我妈，她在教育局管分配……唉，提起女朋友，我很苦恼，我的女朋友……”

“怎啦？”我问他，“你的女朋友不是在省军区吗？”

“那个早吹了。我现在对高干的女儿反感透了，浅薄，自以为了不起，除过花钱和撒娇，屁都不懂……哼！我现在又看上一个姑娘，是平民出身。她虽然是个工人，但很有才能，长得也不错，而且爱好文学，已经在咱们省和外省的刊物上发表过几篇小说了……唉，我自己连一篇东西都没有发过呢，这方面好像配不上人家……”

“那你也可以写一写嘛。”我对他说。

岳志明立刻就从口袋里掏出一卷纸，说：“我写了一首诗，你能不能改一改？算咱们合作！”

“可以。”我说。

当我在宿舍里看岳志明的作品，不禁大吃一惊：这哪里是什么诗，简直是些胡说八道！

但没有办法，我只得给他改写。说是改写，实际上等于重写。一开始，我还想保留他的某几个句子，但不行。后来又看能不能起码保留他的几个字,可是最后竟然连一个字也用不上。诗“改”完后，我发愁了：我这样对待他的“作品”，他的自尊心怎能受得了呢？正在我发愁的时候。岳志明迫不及待地跑来催问我改写得怎样。我只好硬着头皮把我重新写的诗给他看。

他看了看，竟然说：“行！你改好了！”

我的脸红了，志明却若无其事地在标题下面署上了我们两个人的笔名——不过，他谦虚地把自己的名字写在我的后边。他兴致勃勃地拿着诗去了省报——他说他认识省报管文艺的副总编。就这样，我们俩“合作”的诗在省报发表了。

志明一下子对我更亲热了，他说他还准备和我合写小说，叫我过两天到他家去商量提纲，完了顺便再一块去省教育局找找他妈，谈一谈我的女朋友毕业分配的事……

到这时，我才想起，我要赶紧和小芳把这个问题谈明白……

四

（薛峰）

我和小芳在我们相会的老地方分手后，没回学校，径直向岳志明家赶去。我现在要马不停蹄地为我和小芳留在这座城市而奔波。忙碌，紧张，快速，在混乱中盯住目标大踏步前进，这就是大城市生活的节奏。以前我极不适应这种生活，现在可以说基本上适应了。记得刚开始上大街，我从来不敢骑自行车。就是步行，不是撞了别人，就是让别人把自己的鞋后跟踩掉了。过十字路口的斑马线，紧张得就像贼娃子一样。

现在我骑自行车奔驰在大街人行道的人流里，轻松而自在，就像组成这条生活长河里的一个自然的波浪那样运行。在通过诸如东门滩这样的自由市场的人海时，我的自行车也能像鱼在水里那般穿行。来到通向省委的那条宽阔的大道上后，行人稀少了，只有中心道上穿梭着一些拉起窗帘的小汽车，像箭一般地飞驰而过。两边的法国梧桐辐射出浓密的枝叶，给街面铺下了很宽的阴凉；头顶上赤日炎炎的蓝天只留了带子般的一条。

我在车上凑合着点着一支烟，一只手扶把，一只手抽烟，并把车速放慢了一些，以便在脑子里思索一些事。

我当然首先想起了刚才我和小芳的会面。

是的，可爱的小芳！她正如我所预料的那样，没有一点精神准备。她仍然在做着她的那些沙漠的梦。

当然，她是无可指责的。在不远的以前，我不是也和她一样坚持要到那个荒凉的地方去吗？我承认，从精神上来说，这种追求永远具有崇高的性质。凡是崇高的东西，都会引起人一种敬畏的情感，以致在背叛它的时候，使你自己都能感觉到一种灵魂的颤栗。我脑子里莫名其妙地冒出达·芬奇的《最后的晚餐》。这使我心里极不愉快。

但我也有为自己辩解的理由：我留在这城市，并不是干坏事。我在这里也许要比在沙漠里更能充分施展自己的才能，这同时不也就对社会的贡献更大吗？再说，充分发挥知识分子的聪敏才智，也是现代我们国家所提倡的政策。这有什么可以称之为卑下呢？我在内心已经不知这样为自己辩解了多少次。当然，我也承认，城市优裕的生活条件也是一个重要的吸引力。但人们活着，不是应该生活得更好一些吗？世界上有谁反对这一点呢？我现在感到惊讶的是，我怎么能一下子就改变得这样快呢？我又感到惊讶的是，小芳怎么能这么长时间一点也没有改变呢？我相信她也会改变的。只要留下来，城市生活的巨浪会慢慢冲刷掉她思想中那些沉积已久的沙丘——这句话简直是一行绝妙的诗！已经到省委家属院的大门口了。我把自行车在对面马路上的存车处存好，就向那个已经进去过几回的非凡的大门口走去。站岗的军人立刻用警惕的目光盯住了我。我虽然跟岳志明来过几回，但军人不会记住我。我的脚步有些慌乱，心“怦怦”直跳，几乎像一个作案的歹徒一样。

“干什么？”军人威严地喝问了一声，就向我走来。

我站住了。

哨兵走到我面前，再一次问：“干什么？”

我回答："我找一下岳志明同志。"

"有证件吗？"

我赶忙在口袋里摸学生证。糟糕！学生证丢在宿舍里了。我只好说："忘记带了。我是省师范大学的，岳志明的同学。"

"你叫什么名字？"

"薛峰。"

"你先等一下。"军人说完便向哨楼走去。

我听见哨楼里传来拨自动电话的声音，接着便听见军人说："喂，岳部长吗？……噢，志明，有个你的同学说他叫薛峰，现在在大门口。让进来吧？噢。"

军人出来，给我打了个让进去的手势，然后又笔挺地站在了原来的位置上。

我赶忙往里面走去。进大门不远，我就看见岳志明穿着拖鞋，懒懒散散地走出来迎接我。我们一同走进了他们家的会客厅。

保姆给我们端过来两杯饮料。我一看，杯子里黑糊糊的，不知是何物。

志明说："你喝咖啡。这很不错，巴西的，速溶，不用煮。"

噢，这是咖啡。我以前只在外国小说里不断看过喝咖啡。我今天也喝了这种高贵的饮料。不过，我喝不惯，觉得有一种奇怪的苦味。

不一会，听见门口有汽车停住的声音。这大概是志明他父亲回来了。

是的，果真是岳部长。当他走进客厅里，志明马上给他介绍了我。

志明父亲是个和蔼的老头，一听说是儿子的同学，便热情地和我握手，问我是哪里人，父母亲是干什么的等等。我非常拘谨地回答他的问话。我还从来没有和这么大的官交谈过，因此说话都有些结巴了。

组织部长索性坐在了客厅的沙发上，和我拉起了家常。他说我们家乡是老区，他解放战争就在那些地方打过仗，并且说出了我们那一带许多地方的名字。这一切使我心里深受感动。志明又告诉父亲，我就是和他合写作品的那个人。老头更高兴了，并且从刚才放在旁边的公文包里拿出了那张省报，说：“你们的诗写得很不错嘛！志明基础差，你要好好帮助他。‘文革’中我和他妈关了牛棚，他没人管，耽搁了。他哥哥就好一些，去年考上了社会科学院的研究生……”

老头看来很爱他的这个小儿子，甚至像对待同志一样称他“志明”，而不呼小名。他看来对儿子能发表作品感到由衷的高兴。

在这个好老头面前，我刹那间涌上了一种羞愧感。我同时也为志明感到羞愧。我知道老头并不真正了解他的儿子。是的，他爱他，但并不了解他。而更令我难受的是，志明竟然能毫不害臊地瞒哄他父亲，以致使这位组织部长竟然相信自己的儿子真能写出什么作品来。他可能是一个明察秋毫的组织部长，但也许是一个糊里糊涂的父亲。

他父亲要休息，志明便把我带到他的宿舍。

他的宿舍并不和他家的房子套在一起，而是在另外的一排的一个单间。

这个房子的布置也是另外一套。新式的沙发床，小酒柜，十四英寸彩色电视机和一个四喇叭的录音机。墙上贴着电影演员刘晓庆和陈冲的大幅彩色照片。

我们开始商量小说提纲。

原来我们准备写一篇反映大学生生活的小说。但志明说，他听了一个故事很不错，可以说是现成的小说。

“什么故事？”我问他。

他说：“我听的是社会上传说的一个笑话。噢，是这样的：某年某月，在某一列客车上，两个彼此都陌生的男人和一个陌生的女人坐在同一节车厢的同一张椅子上。那个女人正好坐在两个男人中间。结果，这两个男人都看上了这个女人。临下火车前，这两个男人都把自己地址写好——当然都还写了一些热烈的求爱话，把这个女人从头到脚赞美了一番。他们把纸条偷偷地往那个女人的口袋里塞去。结果两个人由于慌乱，把纸条分别塞在了对方的口袋里。以后，这两个男人就在两地互相通信，热烈地谈起了恋爱。谈到一定的时候，两个人都想很快和对方相会。他们于是就在信中约定，某月某日某时在某车站某个地方见面。结果一见才发现对方是男的。这两个男人就互相臭骂了一通，然后又各自在心里臭骂了自己一通，就各回各家去了……你看这妙不妙？纯粹是一个契诃夫式的短篇！”他叫道。

我听后忍不住皱皱眉，说：“我好像看见一个杂志上已经发表过一篇小说，就是这个故事。”

“是吗？太遗憾了！这么好个题材叫别人抢走了！”他丧气地说。

我说：“咱还是按咱原来说的构思。”

志明说：“我今天脑子有点乱，咱改天再说吧……哎，你不是说你有个女朋友在林业学院想留校吗？咱干脆现在找我妈去。这事宜早不宜迟！你到《北方》去的事我已经给我妈说了。本来你两口子的事当时可以一块说，但我妈对这些事已经烦透顶了，只好先把你的说了……咱现在去呢！”

我很高兴志明的提议。我正是为此事而来。正是为了我和小芳的前途，我才耐着心和我的这个浅薄的朋友胡扯了这么许多。

我们于是一同骑着自行车去省教育局。

到了教育局大门口，我要下车，志明说别麻烦了，下来还要登记，闯进去就行了。

我们刚进了大门口，就被门房老头在后面喝住了。他有点恼怒地喊：“年轻人连个规矩都不懂！怎么一闯就进去了？你们找谁？”

我们尴尬地下了车，志明说：“我找我妈！”

老头气呼呼问：“你妈是谁？”

“高建芳！”

“不管找谁都要登记！”老头不客气地说。

我们只好又退回去在门房登记完，才被允许进了院内的办公大楼。志明母亲是个大个子女人，头发已经有些花白，穿着一身普通的干部服，看起来是一个很有魄力的领导。

当志明把我介绍给她时，她从椅子上欠起身和我握了握手。那手是生硬的，带着一种勉强，就像握住的是一个扫帚把。大概找她的人太多了，正如志明所说的：“烦透顶了。”

志明给他母亲说明了来意。我在志明说话的过程中，又及时作了一些必要的补充。

分配办主任眼睛厌烦地瞪着志明，听他说完。

她然后转向我，一副公事公办的样子，态度平静地说：“类似的要求很多。大学生分配中谁去哪里，除个别特殊情况以外，权限都在各院校。我们没有权力直接干涉各院校的分配，因此我很难帮助你……”

我脑子“嗡”地响了一声：这下全完了！

我看了看志明，他若无其事坐在那里翻一本《中国妇女》杂志。

我低下头，坐在那里窘迫得一句话也说不出来，就像专门被传来受审的犯人一样。我在心里抱怨志明：既然是这样，他为什么要把我带来见这位铁面无私的法官呢？

那位法官又继续宣判道：“我这里不能搞这些不正之风。全省几十万大学生，如果这样一搞，岂不乱了套？再说，就是可以照顾个别人，但这传出去也会影响许多人的分配，到时不是给报纸写信揭发，就是到省纪委去告状，甚至结伙来我们这里闹……”

我还是一句话也说不出来，脑门子上已经冒出了汗水。我真想一拧身就走。这时候，我听见志明说：“妈，算了别说这些话了，都快下班了，我们还要回学校去……”

我听见这话，赶快站起来准备走。

志明母亲却拿起笔，从桌子上翻开一个笔记本，问我：“你的女朋友是哪个大学的？学什么专业？叫什么名字？”

希望之光一瞬间便像闪电一般照亮了我的眼睛。我赶忙一一回答了她的提问。我看见她把这些都写在了那个笔记本上。

我好不容易才逃出了这个折磨人的地方。

路上，我对志明说：“根据你母亲的态度，我已经不抱什么希望了。”

志明却大笑了，说：“我妈那些话已在她心中录成了磁带，对来的任何人都要放一遍的。可怜的人！你竟然被这位牧师神圣的布道词快吓昏了！你放心，她该办的事会办，否则她为什么要记在笔记本上？”

我脑子里又“嗡”的一声，几乎把自行车都骑到了人行道上……生活啊，你又给我上了一堂课！

五

（郑小芳）

我怎么也想不到，生活一下子发生了这么些变化——或者说，我的薛峰发生了这么大的变化。这变化无疑直接影响到了我。

我怎么办？

如果在我们小时候，要是薛峰坚持要干什么事，我就是心里不情愿，也会毫不犹豫跟着他去干的。可是现在不行。我已经不是一个小孩子了。我二十三岁，并且即将大学毕业。更何况，这是一些多么重大的事，能随随便便附和他吗？我想，一个人在这么大的年龄还缺乏主见，还不能自己掌握自己的命运，那说不定一生都要成为一个可怜虫。

我不能同意薛峰的意见留在这个城市，并不是我对这城市抱有成见。不，在学习、生活以至其它许多方面，这里的条件无疑要好得多。我坚持要去的那个地方是无法和这里比较的。我之所以坚持要去北方的沙漠，不仅仅是那里更需要我所学的专业知识，同时也是我自己的生活观点所决定的。我内心强烈要求我这样做。说句笑话，如果我已经是个老太婆，说不定我会愿意留在这里过一种较为舒适的生活。我现在正年轻，我愿意自己的青春在一种激荡的生活中度过；我愿意过一种充满创造乐趣、更为纯洁的生活。我知道为此要付出一些代价，要牺牲许多世俗的享乐。这一切对于在这个城市生活惯了的某些青年也许是可怕的。

可是，我的薛峰为什么也惧怕了，退缩了？

我怎么也想不通他现在会这样。

记得小时候上学时，我们在大热天穿着破破烂烂的衣服上山去砍柴，又饿又渴不算，连个歇凉的地方都没有，一架山上不长一棵树。在火辣辣的阳光下，我们望着那些光秃秃的山梁，说过我们长大后要在这里栽许多树，而且是果树；不光人能歇阴凉，还要叫树上结满果子。

到高中时，这个愿望仍然纠缠着我们。我们商量好考大学时都报林业学院。薛峰后来改变志愿报考师大完全是因为另外一件事。那年，我们在小学时的一个同学由于没能进入县立中学，在社办中学读完初中后就回去当农民了——没有考上高中。

他十八岁就结婚了。结婚那天，他请我们在小学同过学的人去“过事情”。

十几个小时候一块玩大的青年聚在一起，其间除过我和薛峰上高中，他们现在全都当了农民。严格说来，我们当时还都是孩子，却为我们其中的一个举行婚礼了。大家聚在一起，百感交集。有一个同学说，如果农村教育条件好一些，大家说不定现在还都在读书，可是……他说着便哭了，结果惹得所有的人都哭了，使得这场喜事办得像丧事一样。办喜事的那个同学的父亲把我们臭骂了一通。

回校以后，我和薛峰谈起这件事，都很伤心。薛峰当时说："小芳，你将来还是上林业学院，让我上师范大学。毕业后咱们回来，你给咱栽树，我要为改变咱们山区落后的教育出一把力。我要当中学教师，将来最好能当个中学校长。我要鼓励我的所有学生都报考师范大学，让他们回来发展咱山区的教育事业……你将来当个林业站长什么的……"

我当时心里充满了多么巨大的激情！虽然我们是两个孩子，但我们能为自己认识到自己应该肩负起什么样的巨大的责任而感到幸福和自豪。说实话，这一切使我们从那时起，心里就充满了为某种事业献身的庄严感。它甚至改变了我们的性情，使我们不再像过去那样任性的孩子气了。我们拼命学习，眼睛盯着我们的未来……我们如愿地实现了自己的理想，考上了大学。可是现在，薛峰却猛然要皈依另外一种生活信仰了。

是猛然吗？细细想起来，他身上这种变化的迹象早已开始显露，只不过是爱情那绚丽的面纱遮住了我的眼睛，使我没有认真地看待这些。这些迹象是什么呢？具体的例子我现在几乎举不出来。但我肯定早已察觉到了他身上所表现出来的那些变化。我的过错在于未能及时向他指出并且帮助他认识和克服这些不良倾向。结果导致了现在这样一种局面。

我知道，现在对他来说，重要的还不是留不留城市的问题，而是像通常人们说的：应该怎样做人。

无疑，在我看来，一种有害的东西已经渗入了他的意识。那天在水渠边，我发现他的眼睛都有点混混浊浊的样子。这多么叫人害怕，叫人难过。我知道，这样下去，他说不定将来会变成一个投机钻营、玩世不恭的市侩！

我决定明天找他再好好谈谈。是的，本来今天就应该去，但系里要开干部会，我是班长，必须参加。

下午开完会，我从会议室出来，看见李虹正急匆匆推着她的自行车从对面过来。我和她打招呼，她却把头扭到一边不理我。我看见她一脸怒气从我身边过去了。

我感到非常惊讶。李虹为啥这样对待我？我心想，是不是她家里出了啥事，以致无心和我说话？

我很快打问明白了：她那反常的情绪原来还是因为我。

有人告诉我：现在大家都纷纷传说我又突然改变主意，要留校了，因此又把已经确定留校的李虹分配到了离省城不远的一个山区林场；而原来想去那个林场的一个男同学，却被分配到了我原来要求去的那个沙漠地区。

受到伤害的这两位同学，原来都和我关系很好。可是，现在一下子就变成了我的仇人。他俩除过在班上的同学中间散布我的各种谣言外，同时骑着车子到处告我的状，并且要求组织重新恢复他们曾经得到过的东西，否则，决不罢休！

刹那间，一贯在同学们中间受到尊敬的我，马上就变成了一个伪君子、假先进。我受到了普遍的讥讽、挖苦和攻击。

天啊，这是怎一回事？我糊涂了：是谁又把我留在了学校呢？而这个变化事先根本没有征求过我的意见！

后来，我才一下子明白了这是怎么一回事。是的，这肯定是薛峰利用岳志明母亲的关系而干出的事！

气愤和委屈顿时填满了我的胸膛。这种可耻的做法，已经严重地损害了我的人格——而这一点我一贯看得比什么都重要！面对这情况，我一下子急得手足无措。下午饭我连一口也没吃。我一个人来到体育场后边的小树林里，焦躁地转悠着，走着走着，头竟然碰在了一棵树干上。我抱住这树忍不住哭了：薛峰！薛峰！你现在把我置入了怎样一种境地啊！

我难道听任事情就这样成为现实？

不，这是无法让人忍受的。我不能接受这个事实。

我决定向系里的领导把情况问清楚再说。

我在系办公室找到了系主任刘文林副教授。

副教授一见我，还没等我开口，他就先说开了："小郑，我们原来就想让你留校，你自己硬说不留。可你又跑到教育局找人，让把你留在学校。这是怎么回事嘛？你是党员，又是班长，这样折腾，我们的分配工作怎进行呀？我怎么也想不到，你会变成这个样子……唉，现在的青年怎能叫人尊重和信任……"头发斑白的副教授扶了扶眼镜框，长叹了一口气。

我眼里旋转着泪水，一直等他把话说完，才对他说："刘主任，我也正是为这事来向您说明情况的。我并没有去教育局，也并没有改变我原来的主意……"

副教授瞪大眼睛问："那这是怎么一回事？教育局分配办公室的高主任亲自给我打的电话！我当时就对她说，这个学生我们原来就想留校，是她自己不愿留……"

"那是我的男朋友去做的工作。"我说。

"男朋友？你的男朋友在哪儿？"副教授惊讶地望着我。

"在省师大中文系，今年也毕业。他想要留在省城，因此要让我也留下。"

刘主任眼睛瞪得更大了，一下子不知自己该说什么。

我对他说："您还是按原来的方案把我分到我要去的地方。让李虹留校吧，她学得也很好。再说，她家庭有困难，这您也知道，应该照顾她……"

刘主任沉吟了半天，说：“就我个人来说，我会尊重你的意见的。对不起，小郑，请原谅我误解了你。请相信，我仍像过去一样尊重你。你虽然是我的学生，但这四年中，我在你们班上最看重你的品质和学业……不过，你不知道，教育局主任她丈夫，就是省委组织部长老岳，曾经是我过去中学时代的校长……那是旧社会的事了。他爱人向我打过这个招呼，当时我也答应过，现在你既然还坚持自己原来的意见，我们当然会尊重的，但我应该给高建芳同志解释一下……”

我从刘主任的办公室出来后，太阳已经沉入城市西边的一片高楼大厦之间。几片红云抹在湛蓝的天上，预示明天又将是一个炎热的日子。

现在我无心再回到宿舍去，我要立即去找薛峰。李虹的自行车我是再借不到了。现在只好去挤公共汽车了。

经过一番转车的周折，我终于踏进了薛峰的房间。

我进来时，他和一个人正在商量什么小说提纲。我猜这个人大概就是岳志明。我原来准备一进门就向他发火的。但我克制住了，因为有生人。薛峰立刻向那个人介绍说：“志明，这就是我的女朋友，叫郑小芳。”“噢！”岳志明叫了一声，认真地看了我一眼，然后站起来转身对薛峰一笑：“那你们谈吧，罢了咱再研究。”他然后很有礼貌地对我点点头，说：“你在。”就转身出去了。

岳志明出去后，薛峰从桌角上挂的书包里掏出一颗苹果，连同刀子一块递给我。我接过来放在一边。我无心吃。

我马上问他：“你是否找过岳志明他妈？”我明知道他找了，但我还是这样问他。他有点惊讶地问：“找过了……怎啦？”

我说：“她打电话给我们系里的领导，让我留校。”

薛峰一下子兴奋地站起来，说：“啊呀，志明的话说对了！他妈可真他妈的！你不知道，她当时曾一本正经地说她不能办这种事，想不到这么快就办了。这真是个口是心非的老太婆！”他的兴奋加上满嘴的油腔滑调，一下子更让我生气了。我忍不住大声说：“你把我在学校都弄臭了！大家都叫我是口是心非的伪君子！我决不留校！我决不改变原来的主意！”

薛峰脸上的高兴劲顿时一扫而光。他不理解地望着我，似乎惊讶我怎么能说出这么些话来。

老半天，他好像才反应过来，说，“小芳，我好不容易才做通了工作……再说，我去《北方》编辑部的事已经基本决定了……”我气恼地说：“那你留你的吧！反正我要回去！”

他惶惑地望着我，一下子不知该说什么了。看得出来，他准备用某种雄辩的高论来说服我，但一时又找不到这种高论。

我自己也是准备了一套来说服他的，结果也只能用这么简短而明确的语言来说出我的想法。

此刻，也许实际上双方都知道对方要说些什么。之所以不说出来，是因为知道说出来大概也等于白说……谁也说服不了谁。沉默。我们都可怕地意识到，一道鸿沟已经明显地横在了我们中间。我们很难再像过去那样心碰心地交流思想和感情了。在过去那悠长的甜蜜的年月里，我们怎能想到会有今天这样一种场面呢？不知不觉中，天已经黑了。

薛峰默默地拉亮了电灯。灯光照出了他忧郁的脸和一双恍惚的眼睛。我咬住嘴唇，强忍着没让自己的眼泪流出来。我对他说：“你再去给岳志明他母亲说一说，我不留校了……”

他悲哀地望着我，说：“怎能那样哩……小芳，你再好好想一想，你别折磨我了……”

我看见，原来一个刚直的男子汉，现在已经像抽掉了骨头似的，软绵绵地站在那里，我的心几乎都要碎了。不管怎样，我是多么爱他。此刻，我多么想用我全部温柔的情感去抚慰他。但不知为什么，我嘴里还是生硬地说：“我想了不知多少次了，我决不会改变自己的主意……”

我看见他的眼睛潮湿了。

我心疼他，站起来想过去在他的头发上摸一摸。

但他却误认为我站起来是准备走呀，突然暴躁地挥着手说：“你走吧！我的脑袋都快炸了！”

我一下子呆住了。我只好强忍着泪水，出了他的房门。

我把几滴泪水洒在师大校门口的公共汽车站上，然后跳上车，径直向省教育局赶去。我要亲自向岳志明的母亲谈谈，让她重新恢复我的分配单位。

我转了好几路车，带着奔波的疲倦和心灵的痛苦来到省教育局。我走进门房准备登记。看门的老头问：“你干啥？”

我说：“我找学生分配办公室的高主任。”

他不高兴地用手指了指墙壁上的挂钟。

我抬头看见，已经八点钟了。唉，我已经忘记了时间。

“早下班了！”老头嘟囔了一句。

我退出了这个大门，又来到了街上。

我想：只好明天一早上班后再来这里吧。

六

（薛峰）

昨天，我被分配到《北方》编辑部的消息得到了证实。从系领导那里和编辑部领导那里，我都亲自打问过了，一切都是没有疑问的。这就是说，我留在了这座城市？

就是说，我做梦都不敢想的事，一下子就变成了事实？

真让人不敢相信！可这一切都是真的。高兴吗？当然……一个二十出头的青年，能在这样一个蜚声全国的文学刊物坐一把椅子，多荣幸！多不容易！

我将和一些谢了顶的或者白了头发的老编辑坐在一起，进行一种让别人羡慕的工作。我将借组稿之机，跑遍祖国的名山大川，写出许多四处传扬的诗歌，更重要的是，由于这个位置，我的诗歌就更容易发表。真的，只要我努力，说不定在几年内，我的名字就会被全国文艺界和广大读者所熟悉……我一整天兴奋得手足无措。

体验自己的喜悦需要一种与世隔绝的环境。于是我这一天大部分时间都呆在学校西南角的一片小树林里。

我陶醉在一种难以言语的愉快之中。我想到了命运与机遇；想到了许多得不到答案的神秘的问题……

当然，我要感谢岳志明。他虽然并不令我十分钦佩，但他毕竟使我从一种固执而教条的思想束缚中解脱出来。他给了我宝贵的启蒙，使我重新确定了自己的生活观念，重新认识了自我存在的价值。“对，起码应该在西华饭店请他吃一顿！”我想。

不知怎搞的,我分配到《北方》编辑部的消息这么快就传开了！而且大家还都知道是岳志明为我活动的。

为此，我当然招惹了许多妒忌和非议。大家都记起了我入学时说过的那些豪言壮语——这是攻击我最有力的武器。因为这武器是我自己制造的，现在可以反过来对付我了。

我并不为此过分地脸红。我在心里说：人都有过幼稚的时候。比如说，你们大家和我一样，小时候都是光屁股，而且认为那样好。可后来懂得害臊了，于是我们都穿起了裤子。你们情愿怎攻击就怎攻击吧！反正用不了几天，大家就都各自东西了。说不定你们之中爱写点诗的人，将来还会毕恭毕敬投到老同学的门上来呢！

我虽然为我的分配极其兴奋，但也有不愉快的阴影时不时掠过心头。这是因为小芳。

在短短的时间里，我们之间的感情就变得如此冷淡，这是令人难受的。看来她思想是一时难以转弯的。这个亲爱的、固执的人！我想：就是勉强让她留下来，一段时间也很难和我协调一致。

但我坚信,只要她留下来,她就会改变的。城市将会重新塑造她。我想，现在既然我的分配已经确定了，我就要把全副精力投入去做她的工作。最起码应该让她接受已经留下来这个事实。我抱着一种侥幸的心理，想她上次回去后，说不定这两天已经想通了——我多么希望是这样啊！

第二天上午，我想请岳志明去西华饭店吃饭。这是市内最著名的一家饭店，我只是和小芳在第一层的小吃部吃过饭，上面几层供应高级酒菜的地方从未光顾过。我最近在报刊上发表了几首小诗，有一点稿费，想稍微排场一些请我的这个老朋友吃一顿——我不能把这样一个花花公子领到普通饭馆去。志明没有在学校。我就去他家里找——结果家里也没有他的踪影，我只好又返身回学校。

返回学校的时候，正好路过《北方》编辑部的大门。

我忍不住从自行车上跳下来，停住脚步，向那大门里面投去热烈的一瞥。我看见了我曾经来过、并且以后将要长久生活和工作的地方。前院此刻静悄悄的，各种鲜花正在热烘烘的阳光下开放，一片五彩缤纷。新修的喷水池将一缕烟雾似的水流射向蓝空，水珠子在灿烂的阳光下闪烁着珍珠般的光彩。

如果通过那两行修剪齐整的冬青丛，穿过用碧绿的葡萄蔓搭成的甬道，走进大观园式的古旧的砖砌圆门洞，就会径直来到后院，来到一个安静中透露出紧张工作的所在——那就是编辑部的办公室。不久，我就将会坐在窗口朝东的那间宽敞的诗歌组的房子里。现在，房子里那架“华生”牌立式电风扇，大概正旋转着，发出轻微的嗡嗡声……

本来我现在想去和熟人聊一会，但又打消了这个想法。我怕我熟悉的那些人会认为我迫不及待地想来坐在那神圣的位置上。

我于是就又跨上车了，带着一丝说不出的甜蜜向学校跑去。

我回到宿舍里，发现岳志明这家伙正坐在我的床铺上翻杂志。我对他说："到处找你找不见！"

"找我干啥？是不是分配有什么变化？"他问。

我说："分配没有什么变化，我是想请你去西华饭店吃饭。"

他说："我向来不反感这类邀请，只是今天不行了。一会我得去飞机场送个朋友，他是我父亲老战友的儿子，现在在国务院给一位副总理当秘书……噢，我倒忘了！薛峰，你那个郑小芳是怎么搞的？"他突然喊叫说。

"怎么啦？"我问。

"你怎么找这么个对象？"

"究竟怎么啦？你说呀！"我感到有点紧张——是不是小芳出了啥事？

"唉！"岳志明叹了一口气，"我妈昨天回来把我美美数说了一通！她说你那个女朋友昨天早上去找她，说她坚决不留校，让我妈再给林业学院打电话更正……真扯淡！把我妈都快气昏了！"

我脑子一下子嗡嗡直响：小芳啊小芳！我想不到你竟然这样犟牛顶墙！说真的，我此刻一下子对她怨恨起来了。

我陷入无法排解的苦恼之中。我也不愿意向岳志明解释什么，脑瓜子里乱哄哄的，便躺在了床上。

"你怎么能和这么一个女战士一块生活呢？"岳志明向我投过来讽刺的一瞥。"你准备怎么办呀？"他问我。

我没言语。我不知道该怎办。

"干脆！各走各的路！我看你现在也只能这样。"岳志明来到我床铺前说："像她这种人，全世界也没几个。别人都是扑着命想留大城市。她能留下，可硬要上山下乡去！你留恋她的什么？她漂亮吗？噢，还算漂亮。不过，你到了《北方》编辑部，屁股后面不知有多少漂亮姑娘会跟着来的……要不我现在就给你介绍一个！我有个表妹叫贺敏，在省艺术馆工作，刚从省歌舞团调去的，舞蹈演员，比你那个女战士要俏多了，就在前几天……”

他已经扯远了。我只好说：“你别说了，我现在心里乱得像一团麻！”

岳志明只好停住嘴，用梳子整理了一下头发，说：“我得去飞机场了。”在他要出门时，我才记起请他吃饭的事，便对他说：“明天中午去西华饭店……”他应承了一声，就走了。

我一个人躺在床上，心烦意乱。我真想不到，事情竟然发展到了这样严重的地步！

难道我真的就要和小芳分手吗？

我的眼泪不知不觉已经涌出了眼睛。

不，我不能没有她！如果我失去她，即使我留在这城市，我的幸福也是不完全的……是的，我无论如何还要去说服她，挽回这个局面来。不过，现在即使她回心转意，事情也棘手了——志明他妈是再不会帮忙了。可是，我马上又想起，林业学院不是原来就想让她留校吗？是她自己拒绝的。如果她现在改变主意，说不定还是可以和那里的领导周旋的……

想到这里，我立刻从床上跳起来，决定很快乘公共汽车去小芳那里。我跳上跳下地转车，火速向林业学院赶去。

这多天，兴奋、焦虑、愁苦，加上失眠，再加上到处奔波，使我感到极度疲劳和虚弱。我在心里不由得感叹：也许人为了幸福就得遭受不幸；为了活得尊贵就要忍辱负重；为了得到一些收获，就得失去一些果实……

我怀着一种沉重的心情走进了林业学院。

这座院校虽然没有我们学校大，但环境极其优美。因为是林业学院，树木当然特别多。许多树都挂着牌子——如果不看牌子上的介绍，你根本认不出这是什么树。校园到处都是浓荫匝地。地上只有些斑驳的阳光点，像撒下的一些小金币。鸟儿在林木间欢悦地鸣叫着；一块块碧绿的草坪修剪得非常整齐，其间点缀着五颜六色的花朵。走进这里，你就会忘掉这是在大城市之中，而像是漫步在一个幽静的林区。

我一边走，一边不由得想，如果小芳留在这里，这里就将是我们的家。吃过晚饭，我们会手拉着手，在这林木花草间悠闲地散步；她唱歌，我吟诗……

我心事重重地敲开小芳的门。

正好，宿舍里只有她一个人。

她看来对我的突然出现，感到又高兴又惊讶。

给我沏好茶后，她就用一种开玩笑的口气说："我已经把你颠倒过去的又颠倒过来了……"她望了我一眼，带着一种深切的希望说："薛峰，咱们还是一块回吧！……你现在来，是不是要告诉我，你已经改变了主意，要和我一块回咱们那里去？"她用眼光急切地搜索着我脸上的表情，神态就像孩子一样。我痛苦地把脸扭向一边。

停了一下，我只好直截了当对她说："和你希望的正好相反。小芳，我已经确定分在《北方》编辑部了，我不能再改变这个主意。我来是再一次请求你，留下来吧！和我一块生活吧！我爱你！我离不开你！没有你，我不知道自己会怎样生活下去……"我忍不住鼻根发酸，两只眼睛热辣辣地充满了泪水。

她一下子沉默了。

沉默了一会以后，她再一次说："如果你真的还像过去那样爱我，那么，我就央求你和我一块到我们曾经说过的那个地方去吧……你知道，我也爱你，离不开你……"她的声音也有点哽咽了。

“你为什么要这样讨厌大城市？难道这是一个烂泥坑？不是人住的地方？”我激动地对她说。

“不，”她说，“就条件而言，全省不会有什么地方比这里好。我是说——不，你也曾说过，我们应该去条件艰苦的地方工作，用我们的劳动和知识把那里也变得像这里一样好……”

“可是……靠我们两个人去改变吗？沙漠已经存在了几千年——不，可能几万或几十万年了，现在仍然是沙漠。我们，或者说我们这代人就能把它建成花园？我们两个是救世主吗？”她惊讶地看着我，就像看一个生人一样。我看见她丰满的胸脯在剧烈地起伏着，嘴唇颤动了好半天才说：“薛峰，我真不相信这些话是从你嘴里说出来的……”她难受地扭过头，说不下去了。我自己也感到这些话好像不是我说的——但这确实是我说的。我看见她背转身用手绢揩眼泪。

我也真想放开声哭一场。我看见我亲爱的人那苗条而挺拔的身姿，此刻每一根线条都被痛苦扭曲了。一刹那间，我想走过去，用我的手抚摸她秀丽的黑头发，并且对她说：我亲爱的人！原谅我，我们一块去沙漠吧！

我真的走了过去，用手抚摸着她的头发，但那些话我却说不出来。我仍然这样问她：“你究竟留不留？”

她转过身，蒙眬的眼睛望着我，说：“不，薛峰……我们看来得分手了……”

分手？分手。她说的是事实。是的，分手。如果我们没有人向对方投降，那我们就只得分手。分手？分手……这难道是真的吗？我们什么时候想过这样一个字眼？可是，分手！现在已经不可避免地要分手了！

我站着，不知如何是好。

沉默。一切都是静止的。只有腕上的表在走动；只有我们的心在跳动。是的，时间在走着，永远是一个节奏；而我们的心在跳着，有时是那样平静，有时又这样激烈！

亲爱的人，让我们再说点什么吧！

可我们再说什么呢？是的，再没有什么可说的了——世界上难道还有这样悲惨的时刻吗？……分别的时候到了。我们无言地拥抱在一起。两个人几乎都要哭出声来。我最后对她说："我相信你会在最后一刹那改变主意的。"她对我说了同样一句话……

当我来到大街上时，城市已经是一片灯火灿烂了。夜幕下的城市景象无比辉煌。我上了一辆公共车，闭住眼，也不顾别人怎样看我，只管让泪水尽情地在脸上流……

七

（郑小芳）

看来一切都无可挽回了。

但我每天仍然怀着惴惴不安的心情，等待薛峰突然出现在我面前，并且能对我说：他已经改变主意，将和我一块同行……有时候，我躺在宿舍里，听见门外有脚步声传来，心就由不得怦怦直跳，心想是不是他来找我？不管谁敲我的门，我都带着一种狂喜的侥幸心理去开门，希望我打开门看见的不是别人而是他。我曾在黄昏中的校门口无数次的溜达过，等待他的到来。或者在校门外不远处的公共汽车站，一次又一次在下车的旅客中搜寻过他的身影。有一次，我好像看见他终于夹在一群人中间从公共车上下来了，当我狂喜地准备喊出他名字的时候，我才发现那并不是他，而是和他长得很相似的一个青年。

我成夜地失眠、伤心、叹息；但我时时又抱有一线希望。

但是,随着时间的流逝,这希望已经一天天接近破灭。再过两天,我就要远离这里，到一个新的环境中去生活了。

四年前我来这座城市时，是和另外一个人相跟着走来的。四年后的今天，当我离开这里的时候，难道是我一个人吗?

从早远的年月起，我对自己未来生活的全部考虑，都是和另外那个人紧紧连在一起的。就是在不久以前，我还怀着那么甜蜜的心情，想象过我们将怎样共同生活在那个陌生的地方。啊！难道多年来，这一切都是梦?

梦。这个梦做得多么长……

也许他以同样的心情在等待着我吧?是的，他大概也一天天抱着希望，等待我突然出现在他面前，并且告诉他说，我将留下和他一块生活——他肯定也在失眠、伤心和叹息。我似乎看见他已经煎熬得瘦骨伶仃，由于长期失眠而眼睛深陷（或者浮肿)，头发像一堆乱草，走路都摇摇晃晃……

我承认我在一刹那间曾动摇过，想用牺牲自己的志向去抚慰他。有一次，我曾经疯狂一般跳上了去他们学校的公共汽车。

但就在汽车即将开动的一刹那间，我又跳下来了。不，我不能这样做。这代价太大了。这意味着要改变我一辈子的生活道路，我不能因为自己一时的冲动而铸成终生大错……

明天，我就要走了！铺盖和行李都已经打捆好，准备托运了。只是写着收件人地址姓名的那两块白布，还没有缝在上面。

同学们都在收拾自己的行李,相互间依依不舍在作最后的告别。集体合影已经进行过了，要好的朋友们正在校园内或大门口的校牌下，分别合影留念。我忍受着痛苦，被李虹等一群女同学拉着一块在校门口照了几张合影。拿照相机的同学在按动快门之前，说着笑话，让大家笑。大家都笑了。我的嗓子眼里却不时涌上一阵哽咽……

使我难以忍受的痛苦是，薛峰竟然连最后也不来向我送行。人啊，竟然能这样薄情！

也许有人现在该不理解我，甚至怪罪我到了这般田地，怎么还能爱这个薛峰呢？不。我的爱和当初一样深。如果不是这样，我此刻也许就不会再感到过分的痛苦了。而实际上我现在的痛苦愈加深重。人对人的爱，并不因为对方有了错误就一下子能割断的——如果是这样，也许这并不是真正的爱。人的爱情有时候要比任何其它感情更为复杂，不能用一般的是非观点来评价这种深奥的现象，而你们已经知道，就我们两个人来说，这种比血肉还要紧密的感情，已经那么深远了……

下午系里举行毕业会餐，我硬着头皮去应付了一下。

这是一个非常容易动感情的场所。一切都沉浸在依依的惜别之中。有的地方在笑，有的地方在哭。那些已经确定关系的男女同学们，现在已经大方地紧挨着坐在了一起。一个喝醉酒的男同学正用一种狂野的嗓音朗诵郭小川的《祝酒歌》。接着，男女同学们一个接一个各自朗诵了自己所喜欢的一首诗。我当然没有朗诵，但在心里默念了拜伦的几句：无论我漂泊何方，你在我的心头上，永远是一团珍爱的情愫，一团痛惜……晚餐在热烈地进行着，我对这最后一顿丰盛的饭菜连筷子也没动一下。中间，我以不舒服为借口，退席了。

我一个人在校园里无目的地随意溜达。

夕阳正在西沉，柔和的光芒从树木的缝隙中斜射过来，像一缕缕金黄色的丝线。树上叫蚂蚱的合唱依然彼伏此起。远处传来柔美的小提琴声——不是拉出来的，像是放录音，这是协奏曲《梁祝》。我不知什么时候已经转出了学校大门，又来到了公共汽车站站牌下——这好像不是我的思想指示让我到这儿来的，而是两条腿自己决定走到这里的。

我来这里干什么？我知道我来这里是为了什么。

但我又说不出我来这里到底是为了什么。

我是要去找他？我是在这里等他？我说不清楚。

但我清楚地知道，我是多么想见他一面啊——因为我明天就要走了！我想：既然我不会去告诉他我要留下，那么我就没有理由再去找他……但是，我亲爱的人！你在这最后的时刻，再来看看我吧！给我以祝福，给我以最后的一吻。要知道，过去我总是拉着你强有力的手一同上路的，现在却是我一个人要去远行了……太阳微笑着从远处的一片楼房后面消失了，消失在远方的地平线上。西边的天上仍然是明亮的，东边天上已经开始暗淡——一天又将结束。我一个人孤零零地站了一会，然后便转身急速地向我的宿舍走去，我觉得血液瞬间就在全身剧烈地涌动起来！

是的，既然现在一切都已经过去了，我的目光就应该投向前面。这一时刻，我从来也没有这样强烈地意识到我自己所具有的力量。我意识到，新的生活开始了！不管前面会有多么艰难，我将不会屈服和软弱。是哪个人说过：弱者，你的名字是女人。不，男人并不全是强者，女人也不全是弱者。让我们走着瞧吧！这样想的时候，我甚至感到了一个人也有一个人的好处。不必牵肠挂肚，不必情意缠绵。尽管失去了一些甜蜜蜜的成分，但也增强了某种坚挺的力量。

我回到宿舍后，几位原来约好的男同学正等着要去火车站托运我的行李。我把先前写好地址姓名的那两块布很快缝在了我的行李上，同学们就扛走了。现在，宿舍已经空了。同宿舍的人都已经把她们的东西收拾干净，带走了。她们自己大概也分别出去做这个时候应该做的最后一些事去了。我一个人在光床板上坐下来，准备在这里度过最后的一夜。火车票是明天早晨八点钟的。我将坐三个钟头的火车，然后转乘汽车，三天以后才能到达目的地。明天早晨，我大概六点多钟就要离开这里。半夜，我躺在光床板上。我断言我今晚不会睡着。

一晚上我似乎听见了无数的声音，看见了无数的画面和人，也在心里说了无数话——当然大部分话都是对薛峰说的。我竟然不知道在什么时候睡着了。睡着的时候，又做了无数的梦。醒来时，已是五点钟。

我一骨碌从床上爬起来，洗了把脸，很快收拾好了提包。我要走了。本来，隔壁几个没走的女同学，说好要送我到火车站。我现在也不准备叫醒她们了。

我出了自己的宿舍，给这几个女同学住的房门上别了一张纸条，上面写了几句情长意深的话，就一个人悄然地离开了我生活过四个年头的地方。

当我跨出林业学院的大门时，我又回过头向它瞥了一眼。我顿时忍不住热泪盈眶。亲爱的母亲！你在四年里给了我知识，也把我培养成了一个可以独立生活和工作的人。我将永生惦念着你，并且不负你对我的一片栽培之恩。别了，老师和同学们！别了，我的湖泊般的树林和绿茵茵的草坪，以及草坪上所有你们笑吟吟的花朵……

经过两次转车，现在我来到了车站广场。

我内心涌动着潮水般的感情，提着提包，随着长龙似的人群，慢慢地进了站，走进了自己的车厢。

我把提包放在行李架上，便在靠窗户的我的座位上坐下来。我看了看表，离开车时间还有十来分钟。

我把车窗上的大玻璃提起来，把头探出去，向进站口那里望去。不知为什么，我多么希望此刻能看见薛峰从那站口奔进来。旅客们鱼贯地从进站口走进来，我虽然不抱任何希望，但眼睛仍然不放过任何一个进来的人。所有的面孔都是陌生的。

突然，我浑身的血“轰”一下子全涌到了脸上！

我猛然看见：薛峰提着一个大网兜急促促地从进站口奔了进来。是他吗？是他。是的，正是他——我的薛峰！

我的眼睛像蒙上了一层潮湿的雾，一下子模糊了。我大声喊叫他的名字！他听见了，即刻就跑到了车窗前，把一网兜水果塞上来，用手背擦了一下脸——是擦汗还是擦泪？

他难受地说："……我不知道你今天走。你为什么不来找我？……你不能走！我……怎办呀？你下来吧……"

"我的行李已随车托运了……再见吧，薛峰，别忘了常给我写信……"

"我永远等着你！我随时准备迎接你到我身边来……"

"我也永远等着你！我也随时准备迎接你到我身边来……"我们仍然在各自的现实中。

进站口的大门关闭了。

我看了看表，离开车时间只剩下两分钟。

车站上的工作人员走过来，让车下送亲友的人都退到站台上的白线以外。我很快掏出我的笔记本，从里面抽出一片丁香树的叶片，递给薛峰。这叶片是我刚才在校园里摘的，一共两片，一片给他，一片我将带着留作纪念。

薛峰接过这树叶，泪流满面，然后便离开车窗口，退到站台上的白线以外。我知道他会把那绿色的叶片夹进他的笔记本，很好地保存着的，我也知道，那片丁香树的叶子很快就会在他的笔记本里枯干的。但是，我亲爱的人，你的心应该常是绿色的。你不听人说，绿色象征着生命……

汽笛一声吼叫，列车剧烈地一颤动，就像人的心猛地一抽搐，紧接着，便缓缓地启动了。

我透过蒙眬的泪眼，看见他在站台上绝望地撵着火车跑。

我伸出手拼命地挥动着，挥动着，向他告别，向他召唤……

八

（郑小芳）

时间像流水一样涓涓而去……

转眼间，我到这座塞上的古城已经七八个月了。

这座城市位于毛乌素沙漠和黄土高原接壤的地方。有趣的是，城南是黄土高原连绵不断的山岭，城北就是一望无际的毛乌素大沙漠。如果站在明代建筑的古城墙上，一眼就可以看到两种不同的地貌。而这座城市就像一枚图章压在一张介绍信的下联中间线上。不论是黄土高原还是毛乌素沙漠，所能展现的全是一片黄颜色。据说黄色在生活中表示幸福，可在这大自然中却是荒凉的象征。夹在黄土和黄沙中间的这座城市砖瓦建筑的房屋居多，呈现出一片灰蓬蓬的景象。可爱的绿颜色只是在城西那条河的两岸才能看得见。那里除过浓密的杨柳树带，甚至还有碧绿的稻田。没有哪里的绿色比这里的绿色更惹眼——因为和这绿色形成对比的是大片大片的荒凉。

我来这里后方知，这座城市历代都属于边防重镇。在古代，出这城，就到了当年所说的“胡马之地”。这里连年都曾在兵战之中。在那漠漠的黄沙之下，谁知道掩埋着多少人尸马骨。那时候，走出这城市，也就是本地民歌唱的《走西口》——大概就是到包头一带吧。遥想当年这深切而凄婉的歌声，如诉如泣如祝福，曾经和那单调的驼铃一起伴着寂寞的旅人，走过了那茫茫的、没有尽头的大沙漠……

现在这城市是一个地区的所在地。它管辖的版图有台湾省那么大，人口约二百万左右。住在这城市的居民大概有六七万人。无疑，这座古城现在已经变成向沙漠进军的前哨阵地。再往北走，已经是蒙汉民混居的世界——那里已经是毛乌素大沙漠的腹地了；几十里路上看不见一棵树，也不见一个人的踪影……我毕业后被分到了地区林业局。

我很快就爱上了这地方。它的传奇色彩，它的浪漫情调，它的广阔而荒凉的大地，正是一个热血青年理想的乐园。

但我前一段的日子过得却并不快乐。这倒不全是因为薛峰——一想起他，仍然叫人痛苦不堪。尽管我们一直通着信，保持着联系，但我们终究已经远隔万水千山。

我的不快乐主要是由于自己的工作。

我初来这里后，没有人重视我。一些重要的工作领导也不让我做，怕我干不了，因此基本上一直处于打杂状态。

后来，又让我去整理林业局的档案。这些档案从一九五五年开始，各种类别混在一起，堆得像小山一样。技术、计财、办公、业务、文书等等，多年来没人好好管理，现在如同乱麻一团。我得分类，换封面皮子，搬到太阳底下晒发霉了的部分，整天搞得头昏脑涨。除过吃饭，我整天钻在档案室里，单位上甚至忘了还有我这么个人。

后来，有一件工作终于轮到了我。

林业局根据省上有关部门的指示，准备在一个沙漠农场大面积试验种植一种固沙植物花棒。同时还准备试栽一些桑树苗——有史以来，桑蚕可从来没在那个地方出现过。

这工作无疑具有重大的意义。当然，主要的劳动要依靠那个农场来完成。但局里需要抽调一个干部去那里，既是这项工作的领导者，又是技术指导——实际上是由这个人去主持两项重要的试验项目。没有人愿意去。因为那地方已到了大沙漠的腹地，离这个城市少说也有二百多里路。至于生活条件，无疑是极其艰苦的。而且实际上，这两项试验是需要它的主持者长年累月呆在那里的。领导找了局里许多技术干部，所有人都以一些堂皇的理由拒绝了。领导本身当然也不愿意去。

这正是我的机会！

我乘虚而入，去向领导请战。

正副局长都瞪大眼睛看我。他们不敢相信眼前这个黄毛丫头竟要求去完成这么重要的工作。

但他们还是被我感动了，加之又没人去，因此就决定把这个并不轻松的担子搁在了我的肩头。

我交待了局里的工作，简单地收拾了一下，就一个人搭长途汽车去我的工作目的地。

此时正值三四月间，也是这地方一年间气候最恶劣的日子。大黄风卷着沙粒，没明没黑吼叫着。除过不得已外，人们宁愿一整天足不出户。虽然已是春天，但气候仍然极其寒冷。我裹着棉袄，坐在颠簸的汽车里缩成一团。

车窗外什么也看不见，天和地都被风沙搅得一片混浊。虽说是白天，汽车有时候还得开灯，道路大半已被沙埋没，只留了一点路的痕迹。人坐在汽车里，就像坐在风浪中的一叶小舟上，五脏六腑都要颠出来了。我感到恶心，但强忍着没吐出来。望着车窗外飞扬的沙尘，我心里不由得想：在省城，此刻人们大概已经换上了单薄的衣裳。风清日丽，公园里和人行道的垂柳已经吐出嫩黄的柳丝。一群一伙的人们，正以无比愉快的心情，在春天明媚的阳光下散步。林业学院各处的迎春花大概已经开得金灿灿了——不，迎春花已经凋谢，现在应该是桃花如火似霞的时候。大街上，那些爱打扮的姑娘们，早已经脱掉臃肿的冬衣，而换上了鲜艳的春装。她们一定为自己身体和胸脯的线条被重新勾勒出来而容光焕发……

是的，那里的春天是真正的春天，而这里的春天比冬天还恶劣。冬天虽然寒冷，但风沙还要少一些，而一到春天，风沙几乎把世界都要埋葬了。

一阵寒风扑进车窗，我把自己的老棉袄往紧裹了裹，靠在椅背上闭起了眼睛……下午四点钟左右，我才在终点站下了车。

这里是一个公社的所在地，离我要去的农场还有十多里路。这段路只能步行了。我带着我的简单的生活用具——一个大网兜和一个小提包，打问了一下方向，就不停歇地向农场赶去。我走得很紧，因为天快黑了，我怕迷路。

我已经完全变成了一个土人。嘴里总是含着沙子，怎么吐也吐不完；眼睛被风沙吹得泪水直淌，因为逆着风，每走一步都极其艰难。走了约莫四五里路，我实在走不动了，就想瞅个地方歇一歇。左右环顾，没什么地方可以避风。只好席地而坐。

我坐在路边，任凭风沙吹打。无论远处还是近处，什么也看不见，满眼都是一片混浊的黄色。也听不见什么声音；只能听见风沙的吼叫声和自己的心跳声。心跳的声音现在听起来格外清楚。我歇了一会，又开始赶路。路只能勉强辨认出来。初次在沙里走路，软绵绵的，极不习惯，就是用很大的劲，也走不快。这时候，我突然听见身后不远的地方传来一阵拖拉机的吼叫声。这声音一下子打破了沙漠的寂静。

声音越来越大——看来是从我身后开过来的。

我站在路旁，准备给它让路。

拖拉机吼叫着开过来了——竟然是有方向盘的大拖拉机，后面拖着斗车。但没有驾驶室，拖拉机手坐在上面，浑身是土，像神庙里的一尊塑像。

拖拉机猛然在我身边停下来了，但发动机还继续轰鸣着。

那个驾驶员在车上弯过身看我。我只看见他的一排白牙齿。“你去哪？”他开口问我。

“去农场。”

“听声音，我可以说你是个女人。”

“不听声音，我也知道你是个男人！”我对这个人的话很生气。

“哈……”他笑了，“如果你愿意的话，请坐上来，我正是要去农场的……”

我有点讨厌他说：“不了，我自己走着去。”

他大概也看出我生气了，赶快解释说：“我的确没认出你是个女的！因为你完全成了个土人。再说，这地方很少有女人……噢，女同志。女同志！你上来吧，天都快黑了，路还远着哪！”我有点犹豫了。正在我犹豫的时候，那个驾驶员已经从拖拉机上跳下来，走到我跟前，把我手里的东西拿过去，放在了斗车里。他的动作很敏捷，是一个身强力壮的小伙子。

看来我只好坐这拖拉机了。

我踩着车轮胎上斗车，但车沿很高，怎么也上不去。

拖拉机手就站在我旁边，“嘿嘿”笑着，看我出洋相。我生怕他动手扶我。我一边继续往上爬，一边紧张地防备着他是否走近我。但他没有这样，这使我开始放心这个人了。

我终于勉强跨进了车厢。

他跳上驾驶座，转过头对我说：“手要把车沿抓牢，路不好，小心把你掼倒！因为顶风，把头拧到一边去，最好把眼睛也闭上……”他细心地安咐我说。

我忍不住问他：“你是哪个单位的！”

“我就是农场的。”他一边回答，一边戴手套。

“农场的？”我高兴地喊叫说：“我就是去你们农场搞花棒和桑苗试种的！”他惊讶地扭头瞅了我一眼，说：“为什么不派个男人来？”

“女的怎啦？”我看出他瞧不起我。

“女的？……噢，女的能顶半边天！”他“嘿嘿”地笑出了声，接着便启动了拖拉机。

就这样，我坐着拖拉机，没用半个钟头就到了农场。这时天已经黑了——也许只是傍晚，由于遮天盖地的风沙，才使夜幕提前降落了。农场是个什么面貌，现在一点也看不见。

下车后，拖拉机手拎着我的东西，带我去找农场领导。现在我已经知道这个小伙子叫吴有雄。

吴有雄把我领到了一排亮着灯光的砖房前。

在中间一个房门口，他向里面喊叫说："曹书记，有客人来！"房门打开了，出来一个五十来岁的男人，光头，体格魁梧——看来这就是曹书记了。

曹书记详细地看了看我，说："你是郑小芳？"

"是。"我回答说。

他笑着说："好，好，好。地区林业局已经打电话了，说你要来，我们把房子都给你收拾好了……有雄，你给灶房的人说一下，让给这位女同志做饭……噢，先打些洗脸水端到一号客房去！"吴有雄把东西递给我，向我点点头，就走开了。

曹书记把我领到了准备好的"一号客房"里。

房间是极其简陋的——这我以前就想到了——不过比想的还要简陋一些。曹书记我把领到房间后，问候和安咐了我一番。他叫我吃完饭好好休息，其它事明天再谈。他临走前补充说："我叫曹生荣。"洗脸水和饭菜都是吴有雄为我张罗的。

他已经洗过了脸。我这才完全看清楚了他的面貌：脸方方正正，肤色黝黑，年纪大概有二十七八，一副很纯朴的模样。我一再感谢他。他反而不好意思地说："这有什么感谢的……"他把洗脸水和饭放下后，就走了。

我一下疲倦地坐在炕栏石上，感到头晕目眩。

稍微歇了一会儿，就先洗脸，然后挑着吃了几根面条。现在我只想睡觉，对于房间的其它状况，我也无心察看。

只是在脱衣服前，我详细地检查了一下被褥。

真叫人恶心！肮脏不说，一下子就发现了一个虱子！

尽管我瞌睡得要命，但在这床铺盖面前畏怯了。

没有办法！既然到了这样的环境，就什么都得忍受。

我举着煤油灯，费了好大的劲，仔细地把被褥上的虱子捉完。我打消了脱衣服的想法，便和衣躺在褥子上，被子只遮住胸脯以下，就吹灭了灯，睡在了一片黑暗中。

外面的风在继续吼叫着，像大海的涛声那般汹涌。沙子把窗户纸打得“啪啪”价响，像谁用手大把大把扔在上面似的。

尽管我瞌睡极了，但一躺在这黑暗中，反而又睡不着了。

不知为什么，薛峰的脸突然在黑暗中浮现在了我的眼前……是的，在这风沙怒吼的夜里，在这荒寂而陌生的地方，此刻我又不由得想起了他。他啊！现在怎样了呢？一切都像他当初想象得那样好吗？

九

（薛峰）

我现在的一切都可以说相当好。

老实说，像我这个年龄的人，能有我这样的好运气是不容易的。人要知足而乐。先不说社会上那大批和我同龄的人在城市待业、在农村劳动了，就是大学毕业，要进入一个理想的工作单位也是很困难的。

而我现在已经是一个著名文学刊物的正式编辑了。

我在编辑部上班以后，几乎得到了所有老同志的喜欢。由于这单位老人手多，现在进来了一个青年人，大家都感到很高兴。我当然分在诗歌组当编辑。

这个组连我一共三个人，我先前已和他们熟悉了。其中的一位正休创作假，我和另外一个老编辑值班。这位老编辑叫吴洁，经常在全国各地报刊上发表诗作，是我很崇拜的一位诗人。老吴让我看初稿。他叮咛说，如果我认为不错的，填个稿签送给他；如果不行，我就可以直接退掉。

我坐在稿件堆积如山的办公桌前，开始了工作。工作量尽管很大，但我兴致勃勃。这工作叫人感到神圣而庄严。我，一个二十出头的青年人，就像法官一样，每天对无数人的稿件进行判决。我会让一些人充满欣喜；也会让一些人感到失望——当然，失望的是大部分人。因为投稿的人太多，而刊物每期只有十来个页码发表诗，所以挑选的数量是极有限的。

每天，我把大量的诗稿都分别装在信封里，抱到收发室退掉了，只选出少数十几首送给老吴复审。而老吴还嫌我送得太多，让我再精选。一般说来，我对初学写诗的作者比较看重。因为我自己就是刚开始发表诗作，知道一个人能在《北方》上发表一首诗该是一种什么样的滋味。我愿意让许多陌生的青年朋友能尝到初次发表作品所带来的喜悦的幸福。

但实际上，这些诗很难发表。这倒不是说这些诗没水平，主要是作者没名气。刊物每期发表的大部分是一些名人和外刊物诗歌编辑们的作品。名人的稿件一般不会到我的桌面上，作者通常都是直接寄给老吴或休假的老林；有的甚至直接寄给主编本人；再由主编转给老吴，又由老吴送审主编。

有时候，老吴会把国内一位著名诗人的作品让我看。这当然不是说让我看能不能发表，而是让我学习。这些名人的诗，哪怕完全是胡扯，一般总是来稿必登。

老吴有时也向我征求对这些诗的看法。我已经学会了油滑，不管这些名人的诗写得好不好，照例要大大赞扬一番。

但老吴有时反倒不以为然地说："我看完全是平庸之作！"

平庸之作？是的，平庸。但你为什么又要发表呢？

不管怎样，这一切和我没什么利害关系——这并不影响我发表诗。我来这里才七八个月，已经在全国各地刊物上发表了十几首诗。很怪，现在每次寄到外地刊物的诗，几乎没有退回来的，都发表了。也不怪。因为我本人也成了诗歌编辑。不久，有些外地小有名气的诗人，寄他们的作品时，也开始在信封上写："吴洁、薛峰收"。这说明我也成了个人物。

老吴对我很满意，经常在主编室说我的好话。

他应该对我满意。我除过努力完成好他交给我的工作外，组里的一切杂务，包括扫地、抹桌子、打开水，都由我一个人包了。这编辑部是个搞艺术的单位，但在日常生活中也要讲究艺术。这里虽然听不见什么争吵声，但并不是一团和气。有些无声的争吵比有声的争吵更厉害。等级观念是明显的。任何人都要在任何场所明白自己的地位，并以和自己的地位适当的方式说话、动作。你不能表现的太无能。无能在这里是站不住脚的。长期下去，说不定连行政人员都对你不屑一顾，说不定发电影票都把你遗忘了。这里对人的污辱不是打骂和训斥，而是干脆把你忘掉。

当然你也不能把才气显露得淋漓尽致。再高明的意见首先必须用谦虚的方法讲出来，否则有人会把你的好意见撇在一旁不管，而主要关注你的方法和态度，给你一个坏的评价。这里和任何地方一样，也少不了个把是非精，他们工作和创作都很平庸，整天打探各种人的各种事，到处传播，挑拨离间。看见谁工作好或者有能力，专门打击谁，一直想把这些人弄得和自己一样卑鄙和无能才甘罢休。总之，对于一个年轻人来说，在这样一个环境里，最聪敏的做法是埋头工作，默默地承担最繁重的劳动，而把一切荣誉和出风头的事让给别的同志。我一开始就小心翼翼。一切做得看来还算好。

我身上的血液终究太年轻了。不久，尽管我压制着不让燃烧，但还是沸沸扬扬得压抑不住。我渴望运动，但这里没有一件体育器材。老同志们的锻炼形式主要是慢跑和打太极拳。我想唱歌，但这里最忌讳大喊大叫。我想天上地下地和谁聊天，但在这里肯定是一种浅薄的表现。这里一切应该表现为严肃、安静和学者风度。

我只有在下班以后，才能把自己还原成一个青年——上班时走路要慢、说话要慢，尽量要像一个成熟的人。

下班后吃过晚饭。我就骑着用积攒的稿费所买来的那辆“永久”牌自行车，投入到了街上的人流里。

这永远沸腾和运动着的大街，总给人以说不尽的快乐。

我有时候没有什么目的地，只是骑着车子在人群中随波逐流。当然大部分是有目的地的：通常都是去看体育比赛，看电影，看文艺演出。我喜欢交响乐和歌舞晚会，不喜欢戏剧——尤其是传统戏剧。但我去的最多的地方却是戏剧家协会——因为我的朋友岳志明分在那里工作。到社会上工作后，我和岳志明仍然保持着一种亲密关系。除过单位上的同志，我在这个城市没有熟人，岳志明当然还是我生活中的一个重要伙伴。

隔那么几天，我总爱到岳志明的宿舍去泡上一段时间。他那里有立体声录音机和许多磁带，可以听国内外时髦的流行歌曲。他也不知从哪里搞来许多乱七八糟的消遣书，可以躺在他床上尽管看。如果碰上什么内部电影，志明也总有办法搞到票的。他对戏曲也不感兴趣，正试着搞电视剧。这事他当然离不开我，我经常帮助他构思和修改。我们合作的一个电视剧本，竟然被外省的一个电视台选中了。后来电视台又通知说，剧本宣传部门没有通过，不拍了。害得我们两个瞎高兴了一场——为庆贺此事，我们已经在西华饭店大吃了一顿。

不瞒你说，我的名字在本省文艺界已经为人熟知了，省上其他单位开个什么会，也开始给我发请帖，同时，我每天都要收到许多作者写给我的信和随信来的诗稿。给我的信写得极其恭敬，并且把我的诗吹上了天。

在编辑部上班时，也有不少作者亲自来送诗稿的。尽管他们之中有些人从年龄上说可以做我的父亲，但他们却开口闭口叫我“薛老师”。一开始听着极不舒服，后来慢慢也就习惯了。总之，我现在越发知道我现在的这个位置是多么荣耀，是的，《北方》是省内外瞩目的刊物，而诗歌编辑只有三个人——

我就是三个人中间的一个！

现在除过工资我每月都要收入几十元稿费。这可以使我买一些质量较高的时新衣服，也可以不时去西华饭店那样的高级餐馆去吃一顿。有个好工作，受人尊敬，又不缺钱花，我能不愉快吗？也有不愉快的时候。我时不时想起小芳。一想起她，就如同一块黑云彩遮住了阳光，给我明亮的心境投下一层阴影。

不要以为我们分别了这么长时间，你就会认为我已经忘记了她。不，不会忘记的。

有时候，我在大街上的人群中走过，突然会一下子停住脚步，失魂落魄地站在道路上——因为我想起了她……

我经常想起我们过去在一块的那些时光；想起她对我的那些甜蜜的、充满深情的爱。我怎么也想不到，我们现在竟远隔两地……她现在在哪儿呢？

当然是在风沙蔽天的沙漠里。她已经来信告诉我了——唉，我们后来的信也通得这么少了！

开始通信时，我们仍然在纸上继续着我们的辩论。我让她回来，她让我回去。结果还是谁也说服不了谁。到后来，两个人就几乎都没什么可说的了，只是像朋友那样给对方写信——而且间隔时间很长。时间的流水冲刷着我们感情的堆积，但它还是不能把这一切连根剜掉……这时候，编辑部一些热心的老同志开始关心起我的对象问题。许多人要给我介绍据说非常出众的姑娘，但我都婉言谢绝了。可是最近以来，我越来越为此事痛苦。

尽管我不愿意承认，但现实生活仍然使我清醒地意识到：我和小芳最终结合的可能性越来越小了；即使我在感情上割不断对她的爱，但实际生活也迫使我最终不得不和她各走各的路。另外，我的年龄使我不只是想念一个我看不见的姑娘，而需要一个姑娘在实际生活中和我在一起。

每当我在街上或者公园里，看见一些多情的姑娘挽着小伙子的胳膊走路的时候，我就受到一种强烈的刺激。我也非常渴望有一个姑娘挽着我的胳膊走路。

我敢说，喜欢我的姑娘并不少。有些是留在这个城市的我的那些女同学，她们常来找我谈天说地。有的时候一些爱好诗歌创作的女作者，常拿着她们的作品来“请教”我，实际上是向我示爱。但她们之中的所有人我一个也看不上。因为所有的人出现在我面前，她们实际上就等于站在了一面镜子面前——这镜子就是郑小芳。她们没能比上小芳的。除过漂亮，我的小芳有一种女人难得的品质：质朴，从不矫揉造作，并且富于牺牲精神。但我现在只能面对现实。我简直不能忍受现在这种孤独的单身汉生活。岳志明了解我的心情。有一个星期天。他突然把他的表妹领到了我的宿舍。他以前提起让我和他的表妹见面，我当时表示没有这种心思。现在，这家伙居然把她领到了我的面前！

岳志明的表妹无疑是一个漂亮的姑娘。这漂亮甚至使我吃了一惊。她叫贺敏，完全是舞蹈演员的身材，脸像白色大理石一样光洁；最时髦的服装把她衬托的像一朵正在开放的玉兰花。

贺敏非常大方。到我宿舍后，她就毫不拘束地和我东拉西扯交谈起来。通过交谈，我感觉她知识不少，也并不浅薄。

我承认我一下子就动了心，迷上了她。我当时想，要是我和她一块相跟着出现在公共场所，一定会引来许多羡慕的目光。尽管我还不会全了解她，但我肯定已经爱上了她。

岳志明待了一会就借口溜走了。

这一天，我和贺敏单独在一块呆了很长时间。下午，我们甚至一块去西华饭店吃了一顿西餐。

上帝！我怎么也想不到，我和另外一个姑娘开始恋爱了……

十

（郑小芳）

在风沙的吼叫声中迷糊着睡了几个钟头，天就明了。

天明的时候，风仍然没有停。

我睁开眼睛，好半天才明白过来自己此刻在什么地方。

我跳下炕，把那床肮脏的铺盖收拾起来。

这时候我才留心了一下我的住所：墙壁是砖砌的，但房顶却是用沙柳捆子棚起来的。沙柳捆子呈弓形状，每一捆都像一条巨型蟒蛇，给人一种恐怖的感觉。

墙角挂着蜘蛛网；炕席上落着一层尘土——只是在放被褥的地方扫开一块。看来这房子好久没人住，为了迎接我，才匆匆收拾了一下。我看见地上扫帚画了一些道道，表示扫过了；而垃圾就堆在了炉坑里。房里一张油漆剥落的小木桌和一个没有靠背的小方凳，全都落满了沙尘。

使我惊讶的是，屋里竟然吊个电灯泡。我拉了拉灯绳，不亮。

总之，房屋里一切都给人一种极不愉快的印象。

但我想，不论怎样，这里长时间就将是我的家了。不要紧，我能把一切都收拾好的。

我打开门，来到了院子里。风沙仍然飞扬着，但比昨天要小一些了，远远近近的景物都能分辨出来。

我怀着一种亢奋的心情开始在各处溜达，察看起了我将要生活的这个地方。农场有三排简陋的房屋，没有围墙。院子里到处丢弃着坏了的农机零件和犁铧。就是一些看来能用的机械也搁置在院子里，全部都长着红斑——看来好长时间不用，也没人管。

院子里到处都是粪便，有一股臭烘烘的味道，看来这里的人都是随地大小便的。真的，我竟然没有发现厕所在哪儿。

农场周围有一些农田，树木还算不少，但看来都是多年前栽下的。在农田和乔木以外的地方，还有一个植物圈，长着草和灌木丛。这一圈植被的面积相当可观，但从生长情况看，也是多年前营造的。东面像是一个大碱滩，白茫茫一片——那里没有什么生命。更远的四周，就是一望无际的荒凉的大沙漠了。我想，如果在夏天，从远处望这里，无疑算是一块绿洲了。这里有草，有树，有庄稼。在大沙漠的腹地，这是不可思议的。这是一块宝地。可惜看来农场眼下的管理并不怎样。

我一边溜达，一边留心细看。除过三排房外，东面还有一排南北坐落的低矮的柳笆庵子。这是仓库，里面的粮食就堆在地上。从破烂的窗户可以看见一群麻雀在里面尽情地啄着。这进一步证实了我对这个农场管理方面的恶劣印象。

当我又转回到前面一排房前时，看见我昨天坐过的那辆拖拉机，还静静地停在院子里。

我突然听见有人说：“你起来了？”

我一惊。四周没有人，谁和我说话呢？

紧接着，我就看见是吴有雄。他从拖拉机斗车下面爬出来，手里拿把钳子，身上糊满了土和油污。

他拍打着两只手，对我笑笑，说：“这地方你两天恐怕就得逃跑了。”

我说：“我准备长期住下去呢。”

“是吗？”他怀疑地斜视了我一眼，说，“……你还没洗脸吧？”

“没有。”我说，“……这间房子是干啥用的？”我指了指旁边一座大房子问他。

“发电房。里面有 195 型 12 马力柴油机一台，是照明用的，可惜坏了。”

“能修好吗？”我一下子想起我房间那个电灯泡，便急切地问他。

“这机器另外一个人管，他说修不好。实际上能修好……我看过了。”

“那你为什么不修？”

“我们有电灯没电灯无所谓，煤油灯凑合惯了……不过，看来你不是愿意用电灯吧？”他有点揶揄地对我笑笑，就又钻到斗车下面去了。这人有点怪。我转身朝我的宿舍那里走去。

就在我走的时候，我听见斗车下面吴有雄说：“我建议你今晚上试试拉一下你的电灯开关……”

我忍不住笑了：这人真有意思！

回到宿舍后，我先洗了脸，然后把房间仔细收拾了一下，并且把那床臭烘烘的铺盖搭在了屋外的铁丝上，让晾一晾。

收拾完后，我就去找曹书记（他同时兼任场长），以便商量种植花棒的事。农场工人下地去了。这里一早起来先下地，上午十点钟左右才回来吃饭。一排房子都锁着门。不锁的那间房子肯定是曹场长的。

我在门上敲了敲。

里面传来一个粗鲁的声音：“谁？”

听声音好像不是曹场长。

我说:“我找曹场长。”

“找我？……噢，进来进来！”

原来这就是曹场长。我推门走进去。我看见曹场长正和一个粗壮的汉子蹲在炕上喝酒。两个人看来都有些醉了，脸红彤彤的。

我一下感到很尴尬，站在地上不知如何是好。

那个粗汉瞪着一双醉眼，极下流地看着我。

曹场长醉意十足地用筷子指着那位粗汉，向我介绍说:“这是侯会计……你有什么事？”

我站在地上说:“这次花棒准备种植八千多亩。量很大，光农场的工人怕忙不过来。是不是能在这个公社联系一下，组织附近生产队的社员们帮助种呢？按规定我们林业局可以按劳动日付工资……”

“那是你们的事！”曹场长突然吊下脸，“我们才不和公社打交道呢！我们连我们自己的事也转不开轴……当然，下种时，我们的人手都可以参加。其它事我们管不了！”

如同一盆子凉水泼在了我的头上。

我到这里来，原来是指望他们帮助的。想不到这位场长竟然这么对待这项工作。尽管他们是县办农场，不属地区管，但我们这项工作不是支持他们农场吗？如果周围的沙被固定了，不是利于农场今后的发展吗？……

我看着曹场长那被酒烧红的胖脸，心里对他产生了反感。我现在知道，我刚才看见的农场那种破败的景象原因在哪里了。

真令人心痛！这么一个宝贵的地方，竟然让这么一个人来领导！

我被曹场长那冷淡而粗暴的话呛得不说什么。

这时候，那个侯会计竟然举起他的酒杯，摇摇晃晃地递到我面前，嘻皮笑脸地说:“来！来！干上一杯！早听说了，咱们这儿要来个女人。

真稀罕！就像沙圪梁上长出一朵玫瑰花！喝上……一杯呢！”

我气愤地一拧身就走。

在我出门的时候，听见醉了的曹场长说：“别……生气，侯会计…… 醉了……”

我几乎是跑着回到了自己的宿舍。

我呆坐在炕沿上，真想哭一场！

怎么办？我没有想到这工作会遇到这么大的困难。这里艰苦的环境我不怕，但遇上这么些人可怎样开展工作呀？花棒的播种工作五月初就得开展，而现在已经到了四月下旬！

我突然想起了吴有雄。

是的，尽管刚和这个人认识，但我对他的印象还不错，我是否找他谈谈，看能不能帮一下忙呢？

我很快去找吴有雄，并向他说出了我的难处。

吴有雄严肃地听我说完，皱着眉头沉思了一会，然后他说：“我陪你去公社一趟。公社赵书记人不错，他肯定会支持你的。”

我对吴有雄一下子充满了一种感激的心情，同时也对他产生了信任感。

我问他：“曹场长这个人怎样？”

“怎样？”他嘲讽地一笑，“整天蹲在炕头和那个侯会计喝酒，一天到晚发牢骚，嫌共产党给他的官太小了。我看共产党干脆不要让这些人当官。说不定事情还能办好。这个人来几年了，把好好一个农场糟蹋得一烂包，我看不惯，平时爱提个意见，就成了他和侯会计的仇人……不过，我不怕。”

“你是哪个学校毕业的？”

“就在这公社中学毕业，读完高中，没考上大学，就在这里当了工人……唉，这可是个穷地方啊！从我记事起，这公社没有考上过一个大学生，也没一个大学生来这里工作……你是大学生吧？”

他问我。

“我去年刚从省林业学院毕业。”我说。

“那你是来这个地方工作的第一个大学生了……你种完花棒就走吗？”

“不。我准备长期呆在这里。我不仅要看着花棒长起来，还要在这里栽桑树养蚕呢！”

“是吗？”吴有雄激动了，“那可太好了！你别管他曹场长和侯会计什么态度，这里所有的工人都会帮助你的！你有什么困难就给我们说！”

我很高兴——这么快就有了一个事业上的热心支持者。

吃完午饭，我坐着吴有雄的拖拉机去了公社一趟。

公社赵书记正像吴有雄说的那样，是个好人。他热心地支持我的工作，说这实际上是给他公社办好事哩。他说播种花棒的劳力由他们公社组织，让我放心好了。什么时间要人，只要通知一下就行。

下午回来后，我又找了一次曹场长。在他的房子里，我向他谈了我去公社的情况。

他的酒看来醒了，说：“那好……你是坐拖拉机去的吗？”

我说：“是的。”

他说：“唉，这个吴有雄！一点组织纪律性都没有！怎能随便把拖拉机开出去呢？”

我说：“他拉回来一车炭。”

“炭？现在又不需要炭！”

我突然听见大立柜后面人说话：“这拖拉机要变成专车了！”

这是侯会计。我不知道这个下流的酒鬼在柜子后面。

我不愿和这些人磨嘴，就转身出了门。

下午，我详细地制订了花棒种植的规划。种多少亩，用多少种子，需要多少劳力，计划几天完成，得付出多少工资等等都写成了报告。我准备上报局里，并且也给农场和公社各送一份。做完这一切后，天已经完全黑了。

我闭住眼靠在椅背上休息了一会。这时，我突然想起，我应该给薛峰写一封信。不知为什么，上次给他写信后，好长时间了没有收到他的回信。是不是他出了什么事？病了？

我这样想的时候，突然听见外面传来一阵机器的轰鸣声，这声音不像是拖拉机的声音，是什么在响动呢？

我笑了。我记起了上午有雄对我说过的话。

我走过去，拉了拉电灯的开关。

黑暗的小屋子一下子被电灯光照得雪亮！

多么好，电灯！我兴奋地坐在了桌前，铺开纸在明亮的灯光下开始给薛峰写信——我要把我的新生活和全部喜悦的心情告诉他……

十一

（薛峰）

我现在完全陷入到与贺敏的热恋中去了。

这一段，我几乎每天都要见她。除过上班，所有的时间都设法和她泡在一起。

她是一个各方面都“现代化”了的姑娘。衣着不必说，爱好也是最时髦的。喜欢朦胧诗，喜欢硬壳虫音乐，喜欢现代派绘画，喜欢意识流小说。

虽然她的爱好不一定我就爱好，但我仍然装出和她一样爱好，甚至比她还要爱好。这全因为我喜欢她。

有一次，她硬拉我去看一个非公开的现代派画展。那些画我实在看不出个所以然来。有的画看起来就好像是把搅拌起来的各色颜料，随意倒在画布上的。至于雕塑，更是莫名其妙：有的是几切废钢管横七竖八焊接在一起；有的干脆就是一块奇形怪状的树根或者打掉几个豁口破碗——只不过下面都冠个名称。每件“作品”都配一首朦胧诗，读起来像咒一样难解。

贺敏完全被这些“艺术”陶醉了。她津津乐道地向我评说这些“作品”的超凡脱俗之处。

我自己尽管看不懂，但为了投她所好，也就跟她瞎说一通。岂不料贺敏对我的瞎说评价颇高，说我不愧是个诗人，见解极其精辟。这使我哭笑不得。仅从这一点上看，就可以知道这个“艺术展览”有多么荒唐。

不久，这个展览会就被查封了……

但在这个城市，我们的去处是很多的。我们听音乐会，去游泳，去公园和孩子们一起挤着坐转椅，踏跷跷板……更多的时间，我都是在她的宿舍里度过，听西方那些古怪的音乐——那声音就像弹棉花一样，叮叮咣咣的。

当然，我并不感到这一切都是令人舒服的。有时候，我也能意识到，这种所谓“高级”的生活，实际上埋伏着一些危机。这将导致我完全可能变成另外一种人。什么人？我也很难说清楚。但我已经很难从这里拔出来了。我迷恋贺敏。

她当然也不是个妖精，而是一个具体的、漂亮的姑娘。正如我原来预料的那样，和她一同在街道上走过，总有许多羡慕的目光投向我。这极大地满足了我的虚荣心——这种虚荣心也许青年男女都有吧？

这恋爱使我每天心神不宁。我的精力、智慧全用在了与贺敏的周旋上。为了博得她对我的更深的爱，我几乎每天都给她写诗——

恨不得从她的头发一直赞美到脚后跟上……

由于精力不集中，工作无疑受到了影响。

糟糕的事终于发生了：我竟把本省两个稍有名气作者的稿子退错了——这个人的稿件装在了那个人的信封里。

这两个人最近本来就由于寄过多稿而刊物没用，心里很不高兴，现在又发生了这样的事，使他们非常气愤。

他们都直接给主编写信，反映这件事。

在编辑部的全体会议上，主编念了这两封信，并且批评了我。我本来在编辑部混得还可以，这下可完了。

紧接着，倒霉的事又出现了：我负责校对的一期诗稿，竟然出现了几处严重错误。这次不仅作者提出了抗议，连许多读者也投书编辑部，对这种粗疏而不负责任的工作作风表示了强烈的不满。编辑部上下立刻议论纷纷，都说这样下去，刊物恐怕没有多少人订阅了。我在编辑部一下子抬不起头了。

主编找我谈了几次话，狠狠刮了我一顿。

这些丢人事使我非常苦恼。为了弥补过失，我开始尽量克制着少和贺敏见面。我有时候躺在床上，脑子乱成一片，对自己的思想和生活理不出一个头绪来。我似乎意识到，在这些短短的日子里，我已经很难把握住自己了，就像醉汉驾驶一叶小舟盲目地航行在狂涛巨浪中，随时都面临危险，但又充满一种危险中的快乐。

尽管我减少去找贺敏的次数，但她找我的次数却增加了，因此我们在一起的时间实际上并没有少。

有一次，正是工作间休息的时候，大家都在院子里聊天。这时，贺敏却闯到这地方来找我。我尴尬极了——我早吩咐过她，不要在上班时间来找我，以免给我造成不好的影响——我在这里的影响已经不好了。

她的出现，立刻引起了编辑部院内一片无声的哗然。

她太显眼了！才是五月时光，就穿了一条鲜艳的裙子，而且头发毫无拘束地披散在肩头。这种服饰打扮在这里只能引起鄙视。贺敏好像根本不在乎这些，走到我跟前，说有个事要对我说，但又不说出来——分明是个秘密。在大家看来，我俩似乎有什么不可告人的事。

我脸烧得像一把火，只好把她引到我的宿舍里。

一到房子，贺敏的两条胳膊就勾住了我的脖子。我极不高兴地推开她，说："上班时间你找我什么？有什么了不起的大事呢？你也不看看这是个什么地方！"

她不高兴了，说："这是个什么地方？中南海？"

我说："你这身打扮太刺眼了，我们这单位很严肃……"

"巴黎圣母院！"她刻薄地说。

"你究竟有什么事嘛？"我问她。

她说："下午三点人民剧院有一场电影。现在离开演只剩半个钟头，打电话老是占线，我就跑来了。"

"你这不是开玩笑吗？我上班时间怎能去看电影？"我确实有点生气了。

"不看就算了。不过你可别后悔！"

"什么电影？"

"《甘地传》！"

"《甘地传》？"我一下子急了。我知道，这部电影已经风靡全球，并且得了多项奥斯卡金像奖。但这部影片我们国家没有进口，怎么会在这个城市放映呢？

我以为她在骗我，说："这电影咱们国家没进口，怎能……"

"这片子是美国可口可乐公司资助拍的。为了推销他们的'汽水'，带着这片子在全世界做广告，现在周游到这里来了，并且只能放一场。听说导演也来了，票非常难搞，这两张票是我缠我姑父才弄到的……怎么？你不去就算了！”

我赶快说：“我去！”

真的，这个机会可不能放过！甘地是我小时候就敬仰的一位伟人，更何况这部电影名声这么大，不看太遗憾了。

我很快编造了一个请假的理由，给老吴打了招呼。就和贺敏一同骑车奔向人民剧院。

五月的阳光暖洋洋地照耀在熙熙攘攘的大街上。

这是一年里一个美好的季节：寒冷已经过，炎热还未到来。人们换上了单的衣裳，尽情地让温暖的风吹拂着。街道两边的树木，已经全部换上了嫩绿的新叶，叫人看着十分舒心爽气。石榴树正在开花，在绿色中像燃烧的火苗一样耀眼夺目。

此时，大街上穿裙子的姑娘几乎很少见，因此我身边的贺敏极受行人的注目。当然，这不像在我的单位，因此我并不为贺敏害臊，心里反而美滋滋的——让陌生的人们注目吧！这个过早地敢把自己的腿袒露在阳光下的时髦姑娘，正是我的女朋友！

当我们来到电影院门口的时候，这里已经黑压压地聚集了许多人，看来大部分人没有票，只有怀着一种侥幸心理，看能不能钓个“鱼”。这鱼太难钓了，谁愿意放弃这个大饱眼福的机会呢？

大部分人只好眼睛睁看着少部分人鱼贯进场。

进场的有的一看就是领导干部身份的人，但大部分看来都是领导干部的子女——一般都成双成对。

所有能进入这种场所的人，大概觉得这不仅是欣赏艺术，而且也是来显示某种地位和身份的，因此脸上都带着一种优越感。这使得进不了场的人羡慕中带着某种愤怒。

当我自己被贺敏挽着胳膊穿过人群，走向那个小门的时候，就像步入一个神圣的殿堂一般。那副样子虽然庄严但肯定已经有点可笑了。

影片如同想象的那般激动人心。赤身裸体、全身只缠一块白布的甘地，他为国家独立和民族尊严所表现出来的伟大献身精神，强烈地震撼着人的心灵……

我敛声屏气地看完了这部电影。

我送走贺敏，仍然长久地沉浸在电影的情节中，甚至返回单位时都没有骑自行车，一直推着车子走去。

单位上已经下班了。我来到门房取报纸和信。

我一眼就看见了小芳给我的信。我一把拿起来，心里热辣辣地，像塞进来一把火。

我回到宿舍，用发抖的手拆开了她的信。

她用火一样热情的语言，描述了她在沙漠里所开始的生活和感受；并且仍然用那么赤诚的语言表达了她思念我的深情……

我躺倒在床上，望着屋顶久久地发呆。我似乎看见她正从风沙滚滚的路上向我走来，而身上也缠着一块白布……

是的，我太对不起她了！我已经瞒着她和另外一个姑娘恋爱，而好长时间也不给她写信。

我啊我啊！我即使没有勇气跟她去生活，但起码再不应该对她隐瞒自己和贺敏的关系了。

我决定马上给小芳写信，对她说清楚我现在的一切。

我写好信，又来到了大街上。

当我走到邮筒前时，手却抖得像筛糠一样，怎么也把那封信投不进去了。我看见邮筒上的那道缝，像一个微微张开的严厉的嘴巴……

我犹豫了半天，这封信还是没有投进去。

我把信又装进自己的口袋里，怀着极其痛苦的心情又回到了单位。

十二

（郑小芳）

你不要以为沙漠的气候总是那么叫人讨厌。沙漠也同样有清爽的风，沁人心肺的细密的雨丝，以及别的地方没有的新鲜空气和洁净的地面。

现在，一场雨过后，沙漠完全又是另一个面貌了。一些有水或者潮湿的地方，绿色的生命已经顽强地生长。所有的乔木、灌木，也开始缀上鲜嫩的绿叶，给人一种生机盎然的景象。

远处无边的沙漠，像一个巨大而动荡不安的海突然凝固不动了。真有意思！那些在初春的大风中滚动过的沙兵，现在却像无数头疲倦的黄牛卧伏在地，但它们还保留着运动时的姿态。沙丘的曲线妙不可言；整个大沙漠就是用这些互相衔接的、无数美妙的抛物线而组成。

农场周围更是变得让人有一种说不出来的喜悦。由于这里树木多，从远方向这里看，已经是绿蒙蒙一片了。有些无名的小黄花，像碎金一般点缀在草木间。如果在城市和肥沃的平原，这些草木花朵也许并不怎样令人稀罕，可这里是沙漠呀！

我们的农场据说原来只是一个低洼的滩地，由于远方的沙漠在大雨过后来不及吸吮它的水流，然后就漫过来，聚汇在了这里。年经月久，竟然形成一个大水潭。沙漠里的人爱水如命，见大自然给他们送来这么大一片水，喜欢得不得了。在热天，周围的农牧民就成群结队来这里洗澡、游泳，结果先后淹死过许多人。迷信的农民认为这水里养起了妖精，便用人工把这潭水排入了远方的波浪河。

水流走后，地上渐渐出现一层植被。后来就在这里建起了农场。

经过十几年的营造，这里已经出现了大片的农田和林草……现在我来到这里，正是企图扩大这片绿颜色的。

令人遗憾的是，这农场现在的领导人看来对我的工作并不热心。但是，不管理怎样，既然来了，非要干出个名堂不可！

经过一段紧张的准备工作后，花棒的种植就开始了。

公社组织了九个生产队上百个人，准备把四千多斤花棒种子播入将近一万亩的沙丘上。

这一天，远远近近的农牧民们，有的步行来，有的骑马来，有的坐着拖拉机来，纷纷聚集到农场西边的草滩上。

我一下子成了一个大战役的总指挥，忙得前后乱跑。

吴有雄充当我的助手，和我分头给各队的负责人讲解播种技术。有雄相当灵，也爱钻研，我只给他说过一次，他就把有关的技术要求记熟了。

曹场长自食前言，推说农活忙，只给我打发来几个工人。但我并不沮丧，因为公社赵书记也亲自上阵来帮助我了。

播种工作进行得相当混乱，有人为了早完工，故意不按技术要求播种。我，有雄，赵书记，不时地在几十个大沙梁上跑来跑去照应。

经过两天乱哄哄的忙碌，播种工作基本搞完了。

当所有的人马撤走以后，我就不由得一个人在这些沙梁上转来转去，心情就像一个指挥士兵打了胜仗的将军一样视察激战后的战场。我极其快乐地想到，用不了几年，这些多少年寸草不生的地方，将会被茂密的花棒所统治。那紫蓝里透出粉红颜色的花朵，将会开满这荒沙野地……

播种完后，我每天都往这些沙丘上跑。

半个月后，我终于欣喜地看见了第一棵花棒苗。

我兴奋得不知如何是好。我躺在沙堆里，看着这刚冒出地面的小生命，心里涌上一股甜蜜的感情——就像母亲看着自己刚出生的孩子一样。不知为什么，这时我想起了自己从毕业到现在的全部不幸的生活际遇；也想到了自己孤单一人到这里所受过的那些艰辛……

我躺在沙丘上，躺在我的“孩子”的身边，望着白云在蔚蓝色的天上流动着，四野里静得没有一点声响。远处农场那边，偶尔传来一声马的嘶叫，才打破这梦一般的寂静。是的，多么寂静……

人在静下来的时候，反倒容易想起那些五彩缤纷的生活场景。此刻，我又不由得想起了在省城和薛峰在一起度过的那些时光……现在，那里的石榴花一定又开得像火一样红了吧？亲爱的人还记得我们一起唱过的歌吗？“花儿为什么这样红？红得好像燃烧的火焰。它象征着纯洁的友谊和爱情……”而城市郊外的麦田，现在肯定已经是一片绿汪汪的海洋了。我们俩经常去的那个“老地方”，水渠两岸的杨柳一定长得像两堵绿色的墙，那清澈的渠水正喧哗着从其间淌过……一切，都成了过去。亲爱的“老地方”！我是再也不会去你那里了，但我永远记得我和他在你那里所度过的那些甜蜜的时光……

是的，这一切都过去了。但我无限的情思还通向那里——那里有我热爱的人。尽管我们已经这样了。我仍然爱他。我怎么也想不到，这爱的最后结果将会是什么……可是他呢？他现在还像我爱他一样爱我吗？我已经很长时间没有收到他的信了。也许他忙，也许他到外地出差去了……

在以后的几天里，我把一切又都忘了。我只是怀着一种疯狂的兴奋，从这个大沙梁跑到另一个大沙梁。我看见我的花棒已经大片大片从沙里面冒出来——无数的生命破天荒在这不毛之地诞生了！可是，有一个沙丘上的情况却叫我伤心万分：这里的播种者竟然把种子大把大把埋在地下，现在隔老远出来一大丛，大部分地方没有一棵苗。这是偷工所造成的恶劣后果。这意味着这座沙丘将来会像秃子的头发一样稀稀拉拉——根本起不到固沙作用！

我回忆一下，这个沙丘是我们农场工人播种的。我的愉快此刻一扫而光了。

我几乎是跑着回到农场，去找曹场长。

曹场长正光着上身，和侯会计坐在宿舍外面。从那麻木的神态和各方面判断，这两个又是刚喝完酒。

尽管他光着上身，极不雅观。但我还是不顾一切走到他跟前，说：“曹场长，咱们农场工人播种花棒偷工。他们负责的那个沙丘都是把种子大把大把埋在地下，现在……”

“怎？”他瞪着一双醉眼看着我。

“你去看一下。”我说。

“你不看我醉了吗？”他非常可笑地说。

“你醉了也得去！”我强硬地说。

这时，旁边那个无耻的侯会计开口说：“哎呀，你这么厉害！曹场长的老婆也不敢这么说曹场长……”

我忍不住骂了一句：“把你的粪嘴闭住！”

“风嘴！我是雨嘴……”

“驴嘴！”曹场长醉醺醺地对另一个醉鬼说。

他现在勉强起来，回宿舍穿了件衣服，出来说：“看就看吧，已经成了那样子，看了又能怎？”

不管怎样，我得让这个醉鬼领导去看看。

我看他走路的确有点东倒西歪，我只好去把有雄叫来。

有雄搀扶着曹场长，我们三个就一块来到这个沙丘。

曹场长尽管醉了，但也看到了他派去的人手做下了什么营生，醉脸上露出了尴尬。

“怎办？”他问我。

“补种。”我说。

“补种？”

“嗯。”

旁边的有雄对曹场长说：“这两天我不出车，把这事交给我吧。你只给我拨个人数，具体人我来找。曹场长，不管怎说，你是一场之长，咱们就这样搞生产，恐怕非烂包不可。实际上，现在已经烂包了！”

曹场长的酒似乎也醒了点，面有愧色地说：“确实烂包了……他妈的！我看还不如把这农场解散了！龟孙子们，只忙着回家种责任田，谁操心这农场的事哩？”

“那你呢？”有雄不客气地问他。

“我？我明说在这里混日子哩！过两年退休回城呀！我才不把这骨头埋在黄沙里呢！哼！我能来当这个烂场长就不错了，我不知道呆在城里的单位享福？”他振振有词，似乎有什么功劳了。

我顾不上和他磨嘴，我只关心我的花棒。我对曹场长说：“一定要补种。”

曹场长只好说：“补就补吧，让有雄负责找人去……”

第二天，我就和有雄带着一些工人，重新补种了这个沙丘。这些工人都很老实，又都是有雄的朋友，因此活干得既认真又负责。

好了，开头的工作尽管难，但终于熬过来了……

转眼间，三个月过去了。

不用说，我的花棒已经在沙漠里扎下了根。

我从早到晚，天天都在这几十个大沙梁上巡视着，以防附近生产队的羊群和牲口来侵害。我在这些沙丘上洒下了许多汗水，但也得到了说不出的喜悦——劳动和收获的喜悦，皮肤是黑了，手也粗糙了；衣服经常邋里邋遢，头发乱糟糟的像一棵沙蓬，并且经常像男人们一样赤脚片走路……但我的心灵却从来没有这样充实过。

我现在也基本上适应了这时的生活，我的房子也变得像个女同志的宿舍了。有雄已经帮助我用柳条和废报纸糊了个天花板，把屋顶上那些“蟒蛇”遮盖起来。他甚至从城里捎回来一些白灰，把我的墙壁粉刷得雪白。

我先前已坐有雄的拖拉机回了一趟城里的机关，把我的铺盖和大部分生活用品都搬到了这里。我用画报把炕周围贴了一圈，房子里一下子变得洁净而有了生气。我还在门前种了一些牵牛花——现在它的蔓子已经扯长，常常在早晨或者晚间，把那鲜艳而相互的花朵缀满了我的窗户……

沙漠里的夏天是一年间最好的季节。天高地阔。空气清新，甚至有一点甜丝丝的味道。当然，阳光是炎热的，但沙漠用它那松软的皮肤尽情地吸收着热量。太阳一落，很快就凉爽下来。风是轻微的，吹在人裸露的胳膊腿上，像孩子的手掌在轻轻抚摸。农场周围的庄稼由于管理不好，长得并不景气，但仍然叫人喜爱。谷子有的已经开始抽穗；大片的向日葵正开得金灿灿的——那炽热的花朵常常会引起人一种激情。荞麦也正在开花，白粉粉的，像一片轻柔的云彩落到了田野上。

农田外墨绿的沙蒿，鹅黄的沙柳，淡红的雾柳，都正在发旺。撵狼嚎草像灰色的浓雾一般漫在洼地里。开小红花的秃钮子草、肥头大耳的羊耳根子、棉蓬、抓地草、马前草、苍耳、苦菜、蒲公英、水灰条、旱灰条，点缀在灌木丛中。小路两边和房前屋后的土地上，形成了一个极其热闹纷繁的植物的世界。谁能想到，沙漠里还有这样的天地呢？

实际上，只要人的脚步可以到达的地方，就会有青草、鲜花和其他的生命。

实际上，就是现在那些繁花似锦的大城市，说不定以前也是一片荒凉；是过去一代一代的人们用汗、血和生命的代价才开拓出来的——现在生活在那里的人们，是不是越过这一片繁华，用自己的眼睛看到过去这一页页人类劳动和创造的历史呢？是的，幸福属于现在的人们，而光荣则属于过去的开拓者。我们有权获得前人创造的幸福，但也有责任继续为后代开拓……

不要想这么多——这是常识。

为什么不想呢？我们在生活中往往忽略的是常识——而这往往也是重要的。你们知道，不管我怎样认识这一切，但我现在生活的这个天地，给我带来的是说不尽的愉快。

为了我的愉快，我要深深感谢一个人，不用我说，你们也会猜出我指的是谁。是的，我说的是吴有雄。他对我的帮助，你们已经看到了。

最近，恶毒的侯会计已经在散布我和有雄的流言飞语。我并不因此就躲避有雄。我像对大哥一样信任他。再说，这里谁都知道，我已经有了男朋友，他在省城工作——为了在这样一个全是男人的环境里生活，我早就让所有的人都知道了这一点。

十三

（薛峰）

真热。讨厌的夏天又来。这个城市立刻就像被扣在了一个大蒸笼里，不管穿多薄的衣服，白天黑夜都被汗水弄得浑身湿透。

我的心也是热的！

现在，我和贺敏的爱仍然处于热烈的状态中。

我承认，恋爱影响了我的工作。因而也影响了我在编辑部的威信……现在我想起来了，自从上次我没把那封断交信塞到邮筒后，我已经收到小芳的好几封信，但我一直还没有给她回信。回什么信呢？如果说我现在已经完全打消了和郑小芳一块生活的想法，这是真的。但是如果说我在和贺敏的恋爱中已经把小芳从感情上一笔勾销，这可不是真的。每当想到她，心里就不由泛起一缕负疚的感情。我之所以下不了决心给她写信，就是因为这个原因。要是写信，我就不能回避我目前和贺敏的关系——因此一直拖着。现在看来，这个装聋作哑的局面是很难再维持下去了，我必须很快向她说明一切——我们要彻底分手。

分手？

是的，分手。

分手就分手吧！拿凤姐的话说：天下没有不散的筵席。

我经过反复犹豫，终于下决心给小芳写了一封短信——一封断交的信，寄出去了。

信寄出去以后，我一个人在宿舍里偷偷哭了一场。不管怎样，我爱过她，我现在仍然爱她——仅仅是不能在一块生活才弄成了今天这样一个下场。唉！我个人的一段历史就这样被一封简短的书信结束了……

但愿我和她都能承受住这个痛苦。我们年轻，各自还有漫长的道路要走……

流了许多泪水，心里反而轻松了。

从精神上说，我似乎卸掉了一沉重的包袱。现在我成了一个自由人。不用说,我把我的感情依附在了贺敏的身上,现在在我的眼里，她就是我的爱人。我整天开始在脑子里编织着未来家庭生活的美好花环……

为了和贺敏的“现代化”风度相适应，我用积攒的一点钱，买了一套上海出的时髦的青年装，三接头皮鞋擦得黑明锃亮，并且还买了一副廉价的蛤蟆镜。头发也故意留长了——可惜不是串脸胡，因此无法留大鬓角。

编辑部的人都开始用异样的目光看待我。

我知道大家在背后怎样议论——肯定说我是受了资产阶级的影

响。我不管这些。我是个青年诗人。——诗人应该浪漫一些，就是衣着穿戴也应和一般人不一样。大家议论吧！现在是新时代，难道只有剃个光头和穿一条大裆裤才算思想意识好吗？

当然，不是为了贺敏，我也不会这样的。我希望同志们谅解我——我现在正谈恋爱。你们大家也有过年轻的时候，也谈过恋爱吧？我整天头脑热烘烘地和贺敏泡在一起，两个人好得像一个人。可是，有一天，在我和她之间却出现了一宗不愉快的事。

那一天晚饭后，我和贺敏本来约好去和平电影院看香港电影《三笑》。这片子我们一块已经看过三次，但还想看一次。

我像通常那样，在电影开演前五分钟赶到电影院门口等她。但一直等到电影开演，她还没有来。这真奇怪：她从来在这种事上不失约。是不是出了什么要紧事？我决定再等一会儿。

又过了有一刻钟，她还没来。

我的心一紧：是不是她病了？

我于是骑着车子，火急火燎地向她的单位赶去。

我进了省艺术馆的办公院。她是单身，办公室也就是她的宿舍。院子里一排溜房子都黑着灯。

好，她的宿舍亮着灯光——这证明她在。

我怀着紧张的心情来到她房门上，用指关节轻轻敲了敲门。里面竟没有声音。她不在？

我又用劲敲了敲，这才听见那熟悉的声音问："谁？"

"我。"

听见贺敏"噢！"地叫了一声，接着就打开了门。

我进了门，一下子怔住了。我看见单人沙发上坐着一位风度翩翩的男青年。贺敏看着我，突然两手一拍，恍然大悟地叫道："噢！你看我这脑子！我忘了今晚上还有一场电影哩！"她看了看自己的表，"完蛋了！开演已经四十分钟了……"

贺敏脸通红，看着我说：“真对不起……真对不起……我给你介绍一下。”她指了指沙发上的青年，“这是我中学时的同学，后来到了部队文工团拉小提琴，现在复员回来到咱们省乐团了……我们几年没见面……因此我把看电影的事也忘了……”

那青年没有站起来，坐在那里派头十足地对我点点头。

我在一秒钟之内就开始反感他。

我也派头十足地对他点了点头，过去坐在了贺敏的床上。一种极度的不愉快开始在我心头蔓延开来。

房子里十分闷热。贺敏把立式电风扇开在了快速上。三个人在一刻间都无话可说。房子里只听见电风扇均匀的嗡嗡声。为了礼貌，我正准备和贺敏那个傲慢的同学搭几句，那青年却站起来，说：“你们在，我得走了……”

“没事再来！”贺敏有点尴尬地对他说。

那青年对她点点头，然后冷冰冰地和我握了握手，就走了。贺敏出去送他。我此刻坐在这个空荡荡的房子里，心里不知涌多少滋味。

贺敏即刻就回来了，脸仍然通红，说：“怎么，你吃醋了？……你这人特土！”

“你在……我走了……”我也站起来说。

贺敏神经质地笑了笑，说：“真有意思！刚送走一个，又要送你。”

“我不要你送！”我粗暴地说。

我很快从她的房子里出来，推起自行车就走。

贺敏撵到门口，但我连头也没回……

大街上冷冷清清的没有了多少行人，两排街灯平行地伸展前去，又在远方交叉在一起——这种交叉实际上是眼睛的感觉，其实这两排路灯并没有交叉。“唉！真是！像生活中的某种现象一样……”我一边骑车，一边自言自语嘟囔说。

一路上，我头脑乱哄哄的，两只握车把的手也微微发着抖——是的，今晚上我真的生贺敏的气……

这气过一两天就平服了——我仍然想和她在一起。

我打电话去约她。这回轮上她不理我了。她说她忙，单位上离不开！

一连几天，她都不来我这里。

两个下午，我都去她单位找她，她也不在！

我的心毛乱极了……下班后，我只好在自己的宿舍硬着头皮看书，但一页也看不下去。后来只好来到院子转圈圈走——惶惶不安，如同一只丧家之犬！我怎么也想不到，贺敏为这么大点事，就不理我了。

我突然想起了岳志明。她是他的表妹，他总可以出面弥合一下我们的关系吧？再说，当初正是他把这个任性的东西介绍给我的。自从和贺敏恋爱后，我当然不常去我的这位老朋友那里了。但他现在已经成了我的表哥——当然，我只是在常理上承认这一点。

这天下午，我就到省戏剧家协会去找岳志明。

他的门开着，但人不在。

房子里有一个他的朋友，正打开录音机听音乐。

这个人我也认识，只不过记不起名字——我原来跟岳志明在那个“沙龙”里和一群人高谈阔论时。这个人也是其中的一员。我只听说他是省军区一个副政委的儿子。

我问他：“岳志明呢？”

“看戏去了。”他说。

“一会回来吗？”

“不会的。是什么汇报演出，他是评委会的，一晚上得看几场……你有事吗？”他似乎也好像认出了我。

“没啥事。闷得慌，出来聊聊天……”

“好久没见你了……你认得我吗？”

我点点头，表示认识。

这种熟人相互间甚至连名字都懒得问。他打了个哈欠，关掉录音机，说：“有没有兴趣去参加舞会？”

“舞会？我不会跳舞……”

“不会跳可以看看，反正你不是没事吗？”

“哪个机关组织的舞会？”我问他。

他奇怪地看了我一眼，说：“机关？机关组织的舞会去干吗？老一套……这是家庭舞会，跳迪斯科。”

迪斯科？我知道这是现在风行的一种舞蹈。据岳志明说，早先是非洲的一种民间舞，后来传入西方国家，现在不知怎么的又传到中国来了……不过，我从来没见过跳这种舞。我最迷恋的是芭蕾舞。但出于一种好奇心，我同意跟这个人去看看。

从岳志明家出来后，我就跟这个人骑车径直来到省军区一座家属楼上。已经是傍晚了。我们进了二层楼的一个单元。

刚一打开门，我就听见那弹棉花似的电子音乐。

我们进入客厅。客厅没有人，只是这里那里扔着一些时髦衣服。舞会正在另一个房间举行。从客厅望过去，通过那扇半开的门，可以看见里面晃动着的身姿。

领我的这个人一边脱长袖衣，一边招呼我说：“进去吧？”

我说：“你先进去。我想坐一会，有点热。”

他穿着背心，迫不及待地进去了。

我在椅子上坐了一会，便怀着一种近似于恐惧的心理推开了那扇门。

我立刻看到一群像我这么大的青年男女，正随着弹棉花似的音乐声，兴致勃勃地跳着。一个个都累得满头大汗，大张着嘴喘气，有的人热得只穿个小背心，浑身上下大汗淋漓。我的第一个感觉是：

这些人正在这里活受罪！

这就是著名的迪斯科？

也许我欣赏不了这种艺术。在我看来，舞姿疯狂而有点放浪。男男女女屁股扭来扭去地乱窜，把好生生一人弄成鼠头鼠脑的样子……

我真不好意思看下去，并且非常后悔来这里。我正准备远离这个闹哄哄的世界，突然透过窗户的玻璃，发现阳台上有一个人的身影似乎很熟悉。

我认真辨认了一下，脑袋里"轰"地响了一声！

我看见这个竟然是贺敏！

是的，这的确是贺敏。她竟然和一个男的正在阳台上跳这种该死的迪斯科！我马上又认出来了，那个男的正是上次在她房间里碰见的那个人……我感到一种眩晕，赶忙用手扶住了门框。

这时，弹棉花声停止了。这群疯狂的人都先后落下架式，等待换磁带。我看见阳台上的那两个人亲密地挤在一起，开始接吻……

我猛地转过身，穿过客厅，打开房门，从二层楼上尽快地拾级而下，绊绊磕磕地找到了车子，出了省军区家属院。

我在黄昏中的街道上飞驰而行！

我眼前一片混浊，也不知道此刻在哪一条街道上，更不知道向哪里去……一辆汽车在几米远的地方"嘎"地停住，司机探出头，恶狠狠地骂道："送死呀？"

我一惊，猛地捏住了闸，结果连车带人都摔在路边的排水沟里。眼前金星乱冒，身上有好多地方都像火钳烙了似的灼疼。我感到左脚上黏糊糊的，便用手摸了一把——在路灯桔黄色的光亮中，我看见自己的手掌上染满了血……

十四

（郑小芳）

我怎么也想不到，薛峰已经和另外一个姑娘恋爱了！

我看完他的信，就忍不住扑在床上痛哭起来。

一切梦想最后破灭了，而我原来还指望出现奇迹——有一天，他会突然出现在我的面前……

可是，我怎么能想不到今天这个结局呢？

是的，薛峰既然下决心留在了城市，他就很难再离开那里。他在那里将生活一辈子，怎么可能再和我结合呢？他当然要另找一个姑娘——不管迟与早，这件事终归是要发生的！

实际上，我早在心里清楚这一点，只不过在感情上不愿意承认罢了。但现在这件事真正发生了的时候，却仍然是这样难以令人置信，难道这是真的吗？

真的……既然已经成为现实，所有的前因后果就不必再多想了。只是静静地痛苦吧！静静地忍耐着让这痛苦成为麻木！

两天来，我一直躺在床上。

身体没有什么病，但又好像所有的地方都不舒服。每天只吃一顿饭，一顿只吃几口——黄米在嘴里嚼着就像沙子一样……

第三天，我还在炕上躺着的时候，听见有人敲我的门。

我勉强下去打开门栓，看见进来的是吴有雄。我知道他前几天出差去了。

“……我刚回来，听说你病了？”他局促地站在脚地上，问我。

我没说话，指了指桌前的椅子让他坐。我自己无力地靠在炕沿上。

他小心翼翼地坐下，不安地看了看我，说：“要不要我开拖拉机送你到城里的医院？”

“不。我没病……”我的眼泪竟然忍不住夺眶而出，说实话，我不怕有雄看见我的眼泪。

我看见他慌了，赶忙站来说：“你快躺着休息吧……”说完就笨拙地退出去了。

我没有留他。但我内心倒希望他能多呆一会。

大约一个钟头以后，我又听见有人敲门。

我打开门，看见仍然是吴有雄——他端进来一碗面条，里面还泡着两个荷包蛋。他把面条放在桌子上，说：“你吃一点吧。听灶房里的人说，你两天等于没吃饭……”我深受感动地瞥了一眼他，又瞥了一眼那碗面条。

我一下子感到自己真的十分饿了。

我端起那碗面条，问他：“你会做饭？”

“胡凑合呢……”

我吃面条，他蹲在门槛上，掏出一巴掌长的旱烟锅，低头抽烟。这时候，听见院子里工人们吵吵嚷嚷，敲打着碗筷——

显然是开饭了。听见有个工人嚷嚷：“郑技术员几天没出门，听说病了？什么病，这人可常不害病！”

“那是害娃娃哩！你不看肚子都在了吗？”

这是侯会计恶毒的声音！

听见工人们的哄堂大笑……

我气得浑身发抖，一下子把碗放在了桌子上！

吴有雄“吧吧”两下磕掉烟灰，两片嘴唇骤然地颤动了起来。

又听见那个工人说：“她还没有人，哪来的娃娃嘛！”

又是侯会计恶毒的声音：“男人刚给她做了碗面条，里面放了不少醋……害娃娃爱吃酸的嘛！”

众人又开始哈哈大笑了！

吴有雄“呼”一下站起来，冲出去了。

我想拦住他，但已经晚了。

外面立刻打起了架。听见侯会计杀猪一般尖叫着:“救命啊……”

有人喊:“快!鼻子里的血!拿盆凉水来……”

我原来想忍着不出去，但怕有雄闯下什么祸，就跑出来了。我来到院子里，看见有几个人正围着侯会计，给他洗脸。他们把他的头往一盆水里按——大概是止鼻血。有雄蹲在一边，皱着眉头抽旱烟。

不一会，侯会计像落汤鸡一样直起身，用一只手捂着腮帮子。有雄的气看来还没消，又向侯会计冲过去了，旁边的人慌忙捉住了他。他向侯会计喊:“你再敢放一个臭屁，我就揍死你!”

侯会计没敢再出声，连饭也不吃了，灰溜溜地回了宿舍。

人们现在都夸有雄是个英雄汉，而侯会计却是头狗熊——在这个几乎没有什么文化的男人的世界里，拳头是一种重要的威胁力量。

我转回到宿舍里，心里涌上一种说不出的味道。

生活是严峻的。改革大自然需要一种强大的力量;但是要战胜人自身的弱点，这需要一种更强大的力量，我想不管怎样，我不应该再倒在床上哭鼻子了——一种责任感把我从感情的痛苦中唤回来。我首先想起了我的花棒——这几天有没有牲畜进去糟践呢?……唉，我暂时也许没力气去跑那十几个沙丘了……

第二天下午，我还是挣扎着出了房门，去察看我的那些花棒。我穿过那一片沙柳和沙蒿丛，向远处的大沙梁那里走去。

太阳火辣辣地照耀着大地，远处的大明沙看起来像燃烧的火堆一样。好多天没下雨了，农田的庄稼晒得蔫头耷脑。谷穗卡住脖子抽不出来，糜子只长了尺把高;有些植物已经开始枯干。只有耐旱的牛心草仍然墨绿墨绿的——这种有毒的草甚至在大明沙里也活得很旺。

我走过长满一层抓地草的大碱滩，就到了大沙梁的边缘——已经到了种植花棒的地域。

我正在往沙丘上爬，看见沙梁上面走下来了一个人。

谁？这些地方很少有人的踪影。

我很快认出来，这是吴有雄。

他也看见了我，来到我面前，满头满脸的汗水。他问我："这么热的天，你又有病，跑来干什么？"

"来看看花棒。"我说。

"我已经给你看过了。好着哩。"

"噢……"我感激地望着他淌汗的脸，不知该说句什么话。

我只好又和他往回走。

路上，他和我相跟着，拘谨地抽着旱烟，挽过头问我："你的病好些了？"

我不知为什么说："我本来就没病……"

"没病？"他迷惑地看了看我，也就不说什么了。

吴有雄敦厚的身躯和纯朴的脸，使我感到一种亲切感。我突然产生了一种想法——想把我的不幸告诉这个人。我现在需要有一个我信任的人来倾听我的委屈和痛苦，否则我在心里确实要闷出病来。

我犹豫了一会，便用一种拉家常的语调向吴有雄叙说了我和薛峰的前前后后……

有雄一边走，一边静静地听我说。

等我说完后，他一下子站住了，他大概想安慰我，又不知自己该说什么。过了一会儿，才说："你……想开些。要不，你先回城里住一段，我开拖拉机送你。要不，你干脆请假再去找找他……"我惨淡地笑了笑，对他摇摇头。

他怔了一会，然后说："要么这样，明天晚上农场工人都要去黑龙滩大队看戏，你也去散散心……农民祈雨唱戏，很有意思！"

我想了一下，觉得出去走走也好。我对他说："那好，我去……"

第二天下午吃过饭，农场所有的人都穿上了自己的见人衣裳，有的还洗了头，刮了胡须，就像要去参加什么典礼似的。大家的高兴可以理解，沙漠里一年也没多少这样的娱乐机会。拖拉机在前院里吼叫起来，大家纷纷向那里赶去。

我知道拖拉机没座位，就拿了个小凳。

我来到前院，看见拖拉机的斗车里挤了许多人。有雄已经坐在了驾驶座上。车厢旁边有个小土墩，我踩着土墩进了车厢。我把小凳放在一个角落里，便坐下来。车上，有的人手把着车沿站着，有的人带个破麻袋铺下，席地而坐。

我对面坐着曹场长。他穿一身新衣服，光头上戴一顶新制帽，笑嘻嘻地对我打呼。车里的人见我也去，都惊讶地看我，并且向我开玩笑——当然不太粗鲁了。

拖拉机出了农场，就在当地人称“羊脑子地”的白黏土路上跑起来。

道路坑坑洼洼，把人的五脏六腑都要抖出来。我在小凳上坐不稳，就站起用手把着车沿。

拖拉机进入到一望无际的大沙漠的腹地。视野之内全是一片单调的黄色，只有个把牛心草点缀在道路边上。拖拉机剧烈地颠簸着，我的手震得发麻，但不敢松开。

我们的曹场长在车厢里不时被掼倒在地，像皮球一样滚来滚去，惹得大家哈哈大笑。最后边站着的侯会计走过来坐下，和曹场长脊背靠脊背，才算救了他的驾。

走了好一阵，路边出现了一个村子。我看见，村子周围的庄稼都快晒干了，马槽井里看不见一滴水。

拖拉机在村中停了下来。我以为到了黑龙滩，但听车上的人说这是有雄他们村。路上已经挤了许多人，把有雄拦住了——他们显然想要搭他的车去看戏。有雄无奈，只好挥了挥手，让他们上车。一群男男女女很快抢着往上挤，把车厢塞得满满的。

车一走动，车厢里的人被挤得直叫唤。喊声、笑骂声和拖拉机的吼叫声，使得荒凉的沙漠充满了一种欢乐的热闹气氛……

不久，拖拉机就开到了目的地。

这是一个方圆有二华里的大草滩。地势平阔，植被尽管稀疏，但栽着许多幼小的柳树——现在都变成了拴马桩。几乎每一棵树上都拴着马。整个草滩上到处都是散乱的人群，一片嘈杂热闹的景象。远处一个土台挂了一些红红绿绿的布帐，上面正在唱戏——不过看戏的人并不多，大部分人散落在各处做各式各样的事。蒙古人全家席地而坐，一边喝酒，一边唱歌。一些姑娘在照相摊前摆好姿势，等待打扮得流里流气的摄影师按快门。不时有人离去或走来，大部分人都骑着马。我看见许多蒙族或汉族妇女骑在马上，头上扎着五颜六色的头巾，有的怀里还抱着孩子。有的男女青年同骑一匹马，男的搂着女的腰，给人一种极浪漫的情趣。

在看戏的人围外边，是一圈卖吃喝的小贩。这些人就地挖了炉灶，卖的大部分是羊肉，往往大块大块煮在锅里。洗碗水和熬羊肉的汤脏得不堪入目，但许多人却吃得津津有味。空气中弥漫着沙尘，弥漫着一股难闻的羊膻味。

我们的人从拖拉机上下来后，就四散了。有雄跟大家约定，八点钟到拖拉机旁边集合。

我一个人怀着新奇而兴奋的心情，先在这个闹哄哄的世界里瞎转了一通，然后又来到戏台下看了一会戏。戏是旧戏，是一个公社剧团在演出，水平极低，加上扩音设备不好，连一个字也听不清楚，只听见一群人在台上瞎嚷嚷。打问了一下周围的人，说唱的是《玉堂春》。

我对戏没兴趣，就又走出这个人圈，穿过卖羊肉杂碎的摊子，向大草滩的边缘走去。我看见远处像有一个村子，笼罩在一片浓密的沙柳丛中。

我突然碰见了吴有雄。他让我去看龙王庙。他说那里面景致多着呢！我于是又跟他去看龙王庙。

路上，有雄告诉我说，这个庙很早以前就有，“文化大革命”砸烂了。现在的庙是前年才修起来的，资金由周围几个村子筹集。听说还建立了庙会，负责人都是各大队书记——这次唱戏，就是庙会组织的，目的是求龙王爷普降甘霖，以拯救快要晒死的庄稼……既是党支部书记，又是庙会负责人，这真是神权一体，政教合一了。在这边远落后地区，目前这种现象并不少见，县上乡上对这类事也大部分睁一只眼闭一只眼。

我们来到一个沙丘上，进了一座土墙围着的小院——这就是庙。一座砖砌的小房，凹进去的窗户上挂了许多红布匾，布上面写着“答报神恩”、“有求必应”之类的字。右房角挂一面铜锣，左房角吊一口铁钟——此二物不知何讲究！门两边写一副对联，上有错别字两个。对联曰：入龙宫风调雨顺，出龙宫国太（泰）明（民）安。

我看着这些玩艺，只感到新奇而好笑。

我问有雄：“你信不信神？”

他犹豫了一下，说：“我不信。但我从来不敢说不信。因为这里许多老百姓都信……你要说是不信，大家就把你看成野蛮人了！”

“啊？不信神反倒成了野蛮？”我惊讶地叫道。

我们都笑了。然后一块进了庙堂内。

庙堂里画得五颜六色。

水泥供台上供着木牌神位。神位前有灰盒，香烟正在神案上飘绕——整个庙里弥漫着一股卫生香的味道。一盏长明灯静静地立在香灰盒边。地上的墙角里，扔着一堆照庙人的破烂铺盖卷。抬头看，正面墙上面画着五位主神：五海龙王居中，两边分别是药王菩萨、虫郎将军、行雨龙王和一位无名神。两侧墙上都是翻飞的吉祥云彩，许多骑马乘龙的神正在这云彩里驰骋。看来造神者画技极其拙劣，所有的神都画得不成比例——也许神形就是如此吧？我和有雄谁也不说话，静静地看了一会就出来了。

我们俩转出来的时候，我突然发现，在那一排挂着的匾中，竟然有写着“曹生荣敬献”的一块。别人是红布，这人却是红绸子，上写“我神显灵”四个字。

我怀疑是别处有个叫曹生荣的人挂的，但有雄笑了笑，说：“就是咱们曹场长的……他老婆有肝炎……”

这真让人哭笑不得！一个共产党员场长，有病不求医而求神来了！我们回到草滩的时候已经快八点了。

农场的工人们都纷纷聚集在了拖拉机旁，有的人已经坐在了车厢里。远处的戏台上，一个老生在枯燥无味地唱着什么。

我们返回的时候，夜幕已经扑落下来。

沙漠沉浸在无边的黑暗中。拖拉机的车灯扫射着前面的路和远处的沙丘。天空似乎罩上了一层乌云似的，远处已经亮起了闪电。不久，就传来一声闷雷——看来要下雨了！

车上的人都欢呼起来，都说这祈雨戏唱好了，五海龙王即刻就显了灵。大家高兴得又喊又叫。曹场长坐在我对面，脊背仍然顶着侯会计的脊背。

借着一道闪电的亮光，我看见这位信神的共产党员抬起头敬畏地看着天空……

我忍不住笑了。

十五

（薛峰）

我吞食了自己播种的苦果以后，便觉得人世间的生活一下子暗淡了。

我厌恶别人，也厌恶自己。

我再无心去听什么音乐会了：所有的音乐听起来都是噪音。我也再不去看画展：所有线条和色彩看起来都是些乱七八糟的涂抹。我不读书也懒得看报——这些东西似乎都与我的生活不相干。我也不经常上街了。我现在不明白街上的人为什么要喜气洋洋——有什么可乐的呢？

但不管怎样，我还总得要按时上班。

上班时像没魂儿似的无精打采，我已经分不清诗稿哪个算好哪个算坏，反正看来都差不多。凑合着挑几篇送给老吴吧！老吴显然对我的工作越来越不满意了，常常叹一口气说："这是些什么诗啊！你怎么能把这样的诗挑出来送审呢？"

你说去吧，我就这个水平。我看不出来有什么好诗。不管怎样，你把我一下子也赶不出诗歌组。这种机关也不是吃大锅饭？你就得让我吃下去。至于诗稿，好坏有个什么标准？那些名人的诗明明不好，也不是都发表了吗？为什么对业余作者就这样苛求呢？……至于我自己，好长时间连一个字也没有发表了。前一段还能给贺敏写点爱情诗，现在什么诗也写不出来了。我完全丧失了创作的灵感。我整天昏昏沉沉，什么也不能使我激动。

过来的一切都变得那么遥远。就是想一想前不久的事，也像垂暮之年的人在回忆自己的童年，朦朦胧胧的。

这天下午，我像往常一样，又到西华饭店的小酒铺。三盘小菜，二两白酒，自酌自饮。我几乎每天都要把一块多钱送到这里，每月的工资花得不剩一分。刚开始工作的时候，有点稿费，还能抽出一二十元寄给家里劳动的父母亲，以报答他们的养育之恩。现在没稿费，加之在抽烟之外又多了一项酒的开支，也就再不能尽孝道了。反正现在责任制了，家里起码有饭吃……

我一边喝酒，一边吃菜，一边茫然地看着周围的人。要么，就在心里数着小卖部玻璃窗后面塑料啤酒杯。从左到右，一排一排往过数。数完后，又从右到左往回数。酒杯有拿走的，也有交回来的，每次数完后数字都不一样。如果碰巧有两次的数字正好相同，心里就会发出一声得意的惊叹，就好像过去突然写出来一行好诗一样。

真无聊——我自己也知道这一点。

一个人挡住了我的视线——从背影看似乎很熟悉。等他转过来，我认出这是副政委的儿子——就是上次带我去跳的那个人。

他也认出了我，一只手端两盘小菜，一只手举着一大杯啤酒，过来坐在我的桌旁。

他把东西放下，问我："你那天怎偷偷溜走了？"

我撒谎说："我肚子有点疼，也没顾得给你打招呼……"

我们把彼此的菜盘拼在一起，两个人举起酒杯碰了一下，就一块喝起来。

"还去不去？"他夹了一口菜，边嚼边问我。

我勉强笑了笑，没有回答。

"愿意去的话，今天晚上还有……"

我的心动了一下。我不是说，我现在已经愿意去跳那种迪斯科了。我是想在舞会上去碰见贺敏。这也不是说，我还对她有什么留恋。我是怀着一种恶毒的心理去见她和她的那个"同学"，想给他们制造尴尬或某种不愉快或其他一些什么……

我于是随口对副政委的儿子说："那好吧，我再去看看。"

就这样，我怀着一种说不清楚的心理状态，当晚又出现在省军区家属楼的那个单元里。

情况还和上次一样，里间正在响着"弹棉花"声；虚开的门缝里可以看见各种扭动的身姿。

副政委的儿子给我打了个招呼，就急匆匆地投身于那个混乱的场所里去了。我坐在客厅的椅子上犹豫起来。这一刻，我又后悔起来，觉得来这里没有必要。既然贺敏是这样一个人，我为什么还要和她纠缠不休呢？我想了一下，准备再一次从这里溜走。

这时候，我发现在这空荡的客厅里还有一个姑娘。她坐在我对面的暗影里，一声不吭地在抠自己的手指头。

我站起来准备走的时候，那姑娘似乎奇怪地看了我一眼。她突然开口说：“你走吗？”

我说：“嗯。我不会跳。”

“我也不会跳。和我一块来的人不走，我想回去，晚了，不敢走……你是哪个单位的？”

我说了我的单位。我们单位是个有名的单位，这姑娘马上说她知道。她说她是西华饭店的，离我们单位不远。

“西华饭店？我常在那儿吃饭，好像没见过你？”

我说完后，那姑娘笑了。我自己也忍不住笑了。饭店那么大，我怎能认识她呢？

她说：“我在四楼，专为洋人服务……”她犹豫了一下，说：“我能不能和你一块走？我一个人不敢上路……”

我犹豫了一下，说：“可以……”

她跑到里间给她一块来的人打了招呼，就出来提起她的小提兜，和我一块下了楼。

我和这位陌生的姑娘骑着车，在人迹稀疏的街道上走着。

我问她：“你是第一回来这里吗？”

“是的。”她说，“我最近心里不痛快，我们一块的一个大姐就带我来这里解闷，她说跳迪斯科能把一切不痛快都忘了。可我一来，吓得连看都不敢看……你也是第一回来吧？”她问我。

我只好说：“嗯，我也是由于不痛快……”

“你们是文化人，有那么好的工作，社会地位又高，有什么不痛快的！不像我们，当个服务员，端茶送饭，谁也看不起！”

“西华饭店的服务员可非同一般！”我说。

“照样还是侍候人的！我原来有个男朋友，和我一个餐厅的，后来考上了大学，就看不起咱这个端饭的了，另找了一个大学生……现在是大学生吃香……”她竟然给我说起了这些。我一下子沉默了——她的不痛快原来是这样。

不知为什么，这个姑娘的话使我心里有点不好受。某种程度上，我像她一样，都被别人甩了。而另外一方面，我又和她的男朋友一样，也甩掉了别人……

我不知怎样再和这个陌生人对话了。只好说：“你也可以自己学，在知识上撵上他们，这也许是最好的报复办法……”

“我现在就学电大文科，只是基础差，跟不上课程进度……你一定文化程度很高吧？你们那种单位都是大知识分子！”她在车上扭头看了看我，有点不好意思地说，“你能不能帮助一下咱呢？”

“我？”我一下不知该怎样回答她。

“你不是说你常来我们饭店吃饭吗？捎着就能给我辅导……你吃饭不要排队，我给你从里边端！”她竟然认真起来了。

我不知该怎办，只好糊里糊涂答应了她……

从这天以后，我就又认识了这个叫赵燕的姑娘。

我几乎隔一两天就去西华饭店给她辅导功课。不知为什么，我很乐意这个自找的差事，也许这样能稍微填充一下我的空虚的精神世界。我非常认真地帮助这个纯朴天真的女孩子学习。她对我非常尊敬，叫我薛教师。我感到了一种友谊和温暖。由于赵燕对我的尊敬，使我觉得自己的一头长发实在丢人，就到理发馆剪掉了。那副蛤蟆镜也扔掉了。

我愿意和赵燕的这种友谊长久地存在下去……

但是有一天晚饭后，她一见我，就极其兴奋地告诉我，今天上午，她原来的那个男朋友突然来找她，说要和她恢复关系……他说那个女大学生把他甩了……他请她原谅，并且发誓赌咒要和她一辈子好……我问赵燕："你原谅他了吗？"

"原谅了……"她说，"人都会有过失的。不管怎样，我心里一直爱他……"两行泪水挂在了她的脸上。

她用手揩了揩脸，说："我对他说了这一段你对我的帮助，他说他很想认识你，和你交朋友……"

我真诚地为赵燕高兴——愿她的幸福天长日久……

但我想，从这个晚上后，我再不会来这里了。赵燕的功课将会有另一个人来辅导。我不应该再来这里了，以免她的男朋友产生误会——这种误会在恋爱的青年人中间极容易产生。当我离开西华饭店的时候，鼻根不由得有点发酸。我突然听见有个熟悉的声音似乎在远方亲切地呼唤着我的名字……我在大街上的人流中急速地走着，夏夜温热的风爱抚地摇动着街上的树叶，亲吻着行人的脸颊。

黄昏来临后，自行车的高峰也过去了，街道上清爽了许多。我随意走着，不知不觉竟然来到了人民剧院的大门口。

这里像通常那样挤着许多人。我看了看广告。知道是省乐团在演出交响乐。我已经很长时间没来光顾这个令人喜爱的地方了。我想起了和贺敏一块看《甘地传》的情景……那时候心情是多么快活。谁能想到，后来事情会发展到了这样一种地步呢？

过去的就让它过去吧！我现在还是我。

我看了看表，还没有演。我现在很想去听这个音乐会——

尽管省乐团一般说来，不可能演奏高水平的乐章。

交响乐在这个城市才刚刚开始兴起。一般年纪大的人不来听，他们宁愿不厌其烦地去看那些老掉牙的地方戏曲。来这里的大部分是青年人，多数是男女结伴而来。

售票口的小门已经关闭了——说明票已售完。

我在最后一刻终于钓到了一张票。

我走进剧场，在自己的位子上坐下来，心情不像是来听音乐，而是到这个地方来休息一下——我已经在街上瞎转了好长的时间，脚片子火辣辣地疼。

一开始就是一个大型交响乐曲《北方的冬夜》。这是本省音乐学院一位副教授的作品。

我没想到，我一下子就痴迷地进入了音乐所创造的境界。

我闭住眼睛，陶醉在音乐之中。

在那美妙的乐曲声中，我似乎置身于故乡冬天的夜晚。我看见清冽的月光照耀着荒凉的山野；山路像一条灰白的带子从村子里伸出来，消失在远方黑黝黝的山弯里；古铜色的山岗静悄悄地屹立着。河道里，冰面闪耀着暗淡的微光；寒风吹过山坡和原野，割去穗子的高粱秆和树枝上的枯叶发出了飒飒的响声。村子沉睡了，不时传来一声公鸡的啼鸣和狗的吠叫。突然，耳边隐隐约约传来说书匠的三弦声，刷板的呱哒声……声音越来越近……现在已经是在一个弥漫着旱烟味的热气腾腾的土窑洞里了。瞎眼的说书匠正在倾斜着上半身，醉心地弹着三弦，说着古朝古代的故事。农人们有的头低倾，有的大张嘴盯着说书匠的表情变化，一个个听得如痴如迷……窑洞外面，风轻轻呜咽着，地上铺满银色的月光……河道里的那座小桥上现在似乎走过来了三三两两的人，烟锅的火光一明一灰……这些人进了村子，向那个传出说书声音的土窑洞匆匆赶去……

……当乐曲停止以后，我还完全沉浸在这一片梦幻之中。

以后再演奏了些什么，我根本没有听。

我在演出中间就离开了剧场，重新来到了街道上。

街上几乎没有行人了，只有延点的电车“哐当”地行驶着，两条长辫子在空中的电线上碰击出蔚蓝色的火花。晚风迎面吹来，给人一种舒心爽气的凉意。

我觉得脸上湿涔涔的，用手摸了摸，才发现我不知什么时候流泪了。我用手绢揩了揩脸，急匆匆地向机关走去……

十六

（郑小芳）

过去的某种事不管怎样在人的感情上留下难以磨灭的痛苦，但一个理智健全的人总能够面对现实的——因为人不能掉头重返过去，而总得迈步走向前面。

这并不是说，薛峰和我断绝关系给我带来的痛苦已经消失。不，这伤口已经留在心上，很难痊愈。但我终归不是林黛玉，视爱情为生活的全部。如果是这样，当初我也不会来到这里，会留在他的身边的。在爱情以外，生活中还有我们更值得珍爱的东西——那就是劳动、事业和理想……

我现在的全部心思都在我的工作上。上万亩的花棒成活率相当不错。现在这些小东西已长到二三寸高了；嫩嫩的、灰绿色的茎叶，即使在长期的干旱中也显得很有活力——这是因为它们的根扎得极深——甚至比地面上的茎叶都要长得多。花棒之所以能在沙漠里生长，就是因为它能把根扎在很深的地下，因此不怕干旱。这小生命对人难道不也具有一种启发意义吗？旅人们如果从远方向这里遥望，现在不会看见这里有什么变化——仍然是黄漠漠的一片。只有亲临此地，你才发现这里已不再是荒凉，已经有了幼小的生命。

也许过不了几年，这上百个黄沙丘，就要变成了一片绿色的海洋，并且有繁密的花朵点缀在其间。不用说，猖狂的毛乌素大沙漠将会又丧失它的一个前沿阵地。

这就是我的最大安慰。

我整天在这些沙丘上转来转去，防止牲畜进去侵害，查看是否出了蚜虫——我已准备好了乐果乳剂以对付这个敌人。

一个人在这些荒无人烟的地方转来转去，确实很寂寞。我唯一的谈心对象就是我的花棒。真的，我在心里不知对它说过多少温柔的话。当然，有时也和沙漠吵嘴，对着它那无边无际的大本营发出诅咒或者挑战！

在这期间，我同时准备我的下一个试验项目——栽桑树。我已经跑了周围许多的村子，搞了一些调查，总共只发现了不到十棵桑树。但这些桑都是灌木类，像柠条一样，桑叶营养价值不大，叶片又小又粗糙，这里的人主要用于编织，从不养蚕，许多老百姓连蚕也没见过。

我准备今年十一月份从外地运来桑树苗，先在这里试种一百亩。当然，我知道乔木桑在这里不好越冬，这里最冷的气温有时要达到零下37℃。春夏少雨，桑苗长不起来，而秋天雨多，长得又太快，这样组织不充分，木质化不够，比较脆弱，越冬时很容易冻坏。

我在心里祈告我的第一批小桑树苗将能越过今年冬天。到明年，我就可以用南方耐寒的甜桑来嫁接了。我知道这件事的意义多么重大——如果我的试验能获得成功，这沙漠里将破天荒有了养蚕事业！

这些日子里，我在农场也另外搞了点小小的革命。

我和吴有雄一块把一间闲置的仓库打扫干净，开辟了一个文化场所，原来的一些报刊杂志都堆在曹场长的办公桌下，我们把这些东西都挪到了这里来。我把自己的一些书籍也拿到了这里。另外，我们把建场时上级奖给这个农场的几面锦旗，也从一个仓库的角落里翻开来，洗干净，挂在了这里的墙上。这个文化室俨然像一回事了。连曹场长也乐呵呵地在这里转了几回。

在我的强烈抗议下，曹场长不得不派人修起了厕所。在这以前，农场的人都随地大小便。真气人，有些粗汉甚至大小便故意不避开我！

不用说，在平时的生活中，我还是和吴有雄交往最多。

他是一个极好学的人，对什么知识都有兴趣。

最后，他竟然把不适用本地耕作的小型拖拉机播种机和畜力播种机，重新组合配制成了一种新型的播种机，拖拉机和牲畜都可以牵引，拉起来轻便，开沟效果好，播下的种子疏密合理，容易通风透光。这个小小的改造已经引起地区农机局和农机研究所的极大重视，许多地方都在推广使用了。

他不仅喜欢机械知识，对于农业、牧业和林业方面的学问也很爱钻研，常来请教我一些有关专业方面的知识。

至于我自己，需要有雄帮助的就更多了。

我不想隐瞒我的感觉——我已经感觉到了：有雄对我怀有一种比友谊更深的感情。这不是说他已经向我表露过什么，而仅仅是我的感觉，我的感觉不会错。

至于我，尽管我喜欢他，但我还并没有对他产生比友谊更高的感情。我的心过去一直让薛峰占满了，没有给别的男人留下位置。就是现在薛峰已经离开了我，但我仍然不能改变多年所沉淀下的这种感情。对我来说，要把爱情再给另外一个男人是多么不容易啊！但我谅解有雄。我看得出来，他对我的感情不含任何鄙劣的成分，而且从来没有做出什么过分事，让我窘迫和为难。

至于我自己的事以后怎么办，我现在根本没有考虑——

让今后的岁月慢慢去回答这个问题吧……

八月下旬的一天，我正在家里整理一些资料，突然传来了一个坏消息，说吴有雄到外地的一个煤窑去拉煤，结果碰上两个挖煤工人煤气中毒倒在坑道里，情况非常危急。他让人用绳子拴着腰，进去抱出了那两个工人，而自己却躺倒在了坑道里。当人们把他拉出来时，他已经昏迷不醒，现在已被送到地区医院紧急抢救……还有另外一种说法是他已经死了！这消息就像谁用棍子在我头上猛击了一下。我的腿抖得连站也站不住。我们这里不通电话，城里的电话是打给公社的，公社又派人来传话给我们。事关重大，曹场长立即出发去地区医院。

我不由分说，也跟上他去了。

我们从公社坐班车来到城里，就急匆匆地奔赴地区医院。

到医院后，我们才知道有雄已经脱险——现在已经转到住院部了。我们又急忙赶到住院部。

按规定，这里只能有一个人进病房探视病人，曹场长是领导，当然应该由他进去。

曹场长进病房后，我惴惴不安地坐在走廊的一张椅子上。由于心情焦急，加上一天没吃饭，觉得头晕目眩，恶心得直想吐。我现在虽然知道有雄已经脱险，但心里仍然七上八下，怕有意外的变故。我现在越来越清楚，这个人的一切方面都是多么可贵。曹场长出来后，脸上带着满意的笑容，说：“情况好着呢！哎呀，把人吓死了！有雄真是舍己忘生的英雄人物！”说这话的时候，他脸上带着某种真诚——为此，我这一刻甚至原谅了他的许多缺点。

当天下午，我在街上买了许多东西回到我们林业局。我在一位同事的家里，利用他们的锅灶，给有雄做了一些饭菜。

当我提着这些吃喝走进他的病房时，他一下子从床上坐起来，对我笑着。我看见他眼里旋转着泪水。

我自己的眼睛也潮湿了。

他首先告诉我，他什么事也没，只是“睡着”几个钟头罢了。我把盛好的饭菜递到他手里，就在他床边坐下来。

他吃得很香，就像平时在农场一样。我看着他这时候还是那副狼吞虎咽的样子，忍不住笑了。

他看我笑，也笑了，说：“医生让我多住几天，可我什么事也没了。我想回家里息养几天，这里那股药味我实在受不了……”

这时候，一位护士进来，对有雄说：“地区报有几位记者要来采访你……”

有雄一下急了，放下碗筷对护士说：“千万不敢让他们来！叫他们饶了我吧！这么屁大一点事，传播出去我就不要想安生了！你就说我生命垂危，不能会客……”

护士被他逗笑了，对他点点头，转身出去了。

这就是吴有雄。他把这种事当作一种灾难。

第二天，什么人也说不下，有雄非要回家不可。地区卫生局只好派了一辆小吉普车送这位犟脾气的“英雄人物”回家。我和曹场长也随车回来了。

车到我们农场时，有雄叫我们回场去，不必送他回家来了。曹场长看他身体状况基本恢复正常，也就下车了。

我不下车，非要送他不可——我实际上是想去一趟他家里。他当然乐意我去。但下了车的曹场长却用那么一种目光朝吉普车里瞥了一眼，这使我昨天对他刚产生的一点好看法又一扫而光了。我也不管这些，就和有雄一起乘车回了他家。

有雄家看来并不富裕，房屋是那简易柳笆庵子，一共三间。两间套在一起，是住人的。另外一间看起来是放杂物的。

有雄的父母亲和他的妹妹，热情而惶恐地接待了我们。三个人忙出忙进为我和司机准备饭。

有雄把地区卫生局的小车司机安顿在炕上，让他喝茶，嗑葵花子。然后就引我在他家的房周围转了一圈，而且给我讲了许多这一带的民情风俗。

在我们吃饭的时候，屋里屋外涌满了村里的许多人。

我一开始不明白这是怎一回事。后来才清楚了：他们是来看我的。我听见屋外有几个妇女唧唧喳喳在议论。

“这就是有雄的媳妇！”

“听说还是大学生呢！”

“啧啧，长得俊格旦旦的……”

我端着饭碗，感到又羞又臊。我甚至看出来，有雄父母亲和他妹妹也认为我是有雄的……唉！

有雄十分尴尬，但又不好说什么，只是对我说：“你吃完饭就坐车回农场去，你也累了，好好休息一下……”

我确实受不了这种境遇了。

吃完饭后，我就坐卫生局的车回农场。路上，那个司机对我说：“你爱人力气真大！硬是把两个人抱出坑道……”

显然他也误会了。我赶忙说：“我是他的同志，一个农场……”

“啊？”司机为自己冒失吓了一跳，几乎把车开到了沙梁上！他赶忙说：“实在对不起！我还以为……”

我被他的狼狈相逗得直想笑！

到农场的路口时，我下了车，向我们宿舍那里走去。

当我走进院子的时候，一下子惊呆了：我看见薛峰正靠在我房子的窗台上，手里拨弄着一朵牵牛花，向我微笑。

天！这是真的吗？他怎么会突然出现在这里呢？

真的。这就是他吗——我亲爱的人！

泪水一下子模糊了我的眼睛。

我撒开腿赶忙向他跑过去……

十七

（薛峰）

我怎么也想不到，我此刻会出现在这里。

前不久，家里打来电报，说父亲病了，让我回来看看。

等我回到家后，父亲的病已经基本好了。实际上，父亲的病并不重，是两位老人家想念我，想借此让我回来一下，让他们看看。细算一下，已经快两年没有回家了。几年大城市的生活使我对家乡观念淡漠了许多。而这一年多又热衷于恋爱，连父母亲也想得少了。现在回来，心里有一种惭愧。

家乡的每一个角落都是那么眼熟。这里的一切都没有改变老模样。只是我自己变了——这从乡亲们的目光中可以看到。因此，尽管我对家乡仍然抱有亲切的感情，但家乡看待我已经如同看待一个外来的客人。

我自己也知道我身上是发生了许多变化。

是的，我不再是那个顽皮、瘦弱的、穿戴破烂的小峰了。我现在穿戴入时，并且风度翩翩，像一个在大地方干事的样子。

有一点叫我特别脸红，就是我的本地话说得极不纯正了，时不时冒出几句乡亲们称之为“咬京腔”的醋溜普通话。别说他们听着别扭，连我自己也觉得很不自在。

我尽量纠正着，力争恢复说地道的本地话。因此说个什么就得慢一点，结果又像外国人说中国话一样难听！

村里人的确都已把我当客人对待，几乎每家人都请我吃了饭，规格和请新女婿一样——按我们这里的风俗，村里谁家女儿结婚，全村人都要请她的女婿吃饭。

以前，每当星期六我从学校回到村里，许多和我年龄相仿的青年农民都要挤到我们家来串门，言谈说笑，毫不拘束。现在，这些人都不敢随便上门来了。就是来，也都规规矩矩坐在我家的炕栏石上，双手恭敬地接过我递上的纸烟，礼节性地拜访一下就走了。我现在的位置已经明显地使我和村里人隔开了距离。使我难以忍受的是，连我父母也不像从前那样对待我，现在也对我抱有一种尊敬的态度，在我面前说话行事都不随便——好像只有这样，才算是适合当这个有出息儿子的父母亲。

回家几天后的一个晚上，父母亲才用一种试探性的口气问我，要不要去看看郑大叔和大婶呢？

我一时窘迫得泛不上一句话来。

他们说的是小芳的父母亲。

在我小的时候，小芳的父母亲曾像对待他们自己的孩子一样对待过我。他们没有儿子，因此特别亲我。

记得上小学时，我们村和他们村中间隔一道大马河，夏季这条河常常发洪水，我下午放学后要是洪水落不下去，就回不了家。每当这样的时候，小芳就会把我领到她家，这时，她父母亲就会把已经做好的普通饭收拾掉，专门给我和小芳做好吃的。晚上，他们会把平时那床一直搁在箱子里准备招待客人的新被褥拿出来，让我盖，我晚上就在他们家过夜。那时我和小芳都还小，就睡在一个炕上，也不害臊。

就是平常的日子里，如果他们家吃好饭，总要让小芳把我叫到他们家去。有时我有事不能去，他们就把好吃的给我留着，非要把那属于“小峰的一份”让我吃掉，他们才高兴……后来，我和小芳长大了，周围村子的大人们就开玩笑说，他们两个是天生的一对。不用说，郑大叔和大婶并不反对别人这样说，而且乐意让人们去说，但他们自己从来也不提起这事。他们尊重我们自己的决定。但谁也看得出来，这两位老人为我和小芳相好而高兴。可是现在……当父母亲向我提出这个问题后，就把我心上的一个没有痊愈的伤疤揭破了。我怎能再上郑大叔家的门呢？我和小芳的关系现在已经成了这个样子！但我没有向父母亲肯定或者否定我去不去。

第二天，我怀着一种惆怅的心情，独自一个人去我小时候读过书的学校逛一圈。

正在暑假，学校还没有开学。院子里静悄悄的，教室和老师们的住宿都上着锁。学校新修了不少窑洞，院子也大了，并且有了围墙。不管怎样变化，这地方仍然是熟悉和亲切的。

我在这院落里转悠着，透过窗户纸的破洞向每一个教室和宿舍看了看。我看见了我曾经坐过的位置——小芳曾经坐在我旁边。我似乎还发现了我和她当年共同坐过的那张小木桌……在我从学校返回家的中处，突然碰见了郑大叔。

他老远就喊我的小名。

我惶愧地走过去，站在他面前，不知如何是好。

郑大叔却好像什么事也没，笑呵呵地打量我，并且用那双劳动磨练硬的手亲切地抚摸我的肩头。

我强忍着没让眼泪涌上眼睛。

郑大叔硬拉着让我到他们家去吃饭。吃饭！我曾经吃过他们家多少饭……我无法推辞，只好硬着头皮到了他家。

大婶同样热情地欢迎我。老两口即刻就紧张地开始为我准备饭。我用眼睛的余光看见，大婶一边和面，一边不时用围裙上去抹眼睛，而大叔却用严厉的目光制止她……

我的心顿时作疼起来。我溜下炕栏石，去看墙壁上镜框里的相片。这里面有许多我。有中学时全班同学的合影；有我和小芳以及其他同学的照片。在镜框的左上角，是我和小芳在上大学时——正确地说是谈恋爱时的一张合影：我笑着，她也笑着，依偎在一起。

我真想哭……左下角，是小芳在沙漠里的一张照片，她站在一丛沙柳前，穿一件棉大衣，背景是一片荒凉。

荒凉。没有什么能比得上我此刻心境的荒凉了……

我看见照片上的她好像比过去瘦了一点，脸上是一种严肃沉思的表情。我的目光久久地盯着她。她也在久久地盯着我……

吃过饭以后，我就匆忙而难受地告别了大叔和大婶。他们仍然像过去一样对待我，而我现在却不能直视他们的眼睛了。我知道我有负于他们年老而慈爱的心。

回到我们村子的时候，我惊讶地看见，一辆吉普车停在我们家院子的门前，车周围围了村里的许多人。

我打听了一下，原来这是县上专门派来的小车，接我去城里给业余诗歌爱好者讲课——我原先就认识的县文化馆长亲自接我来了。这件事当然在村子里引起了轰动，因为在本地代表某种荣耀和地位的小吉普车，从来也没有光临过我们村。

村里的人此刻都在羡慕地议论我父母生养了个有作为的儿子。我父母亲更是惶恐而庄严，跑前扑后张罗着给馆长和司机做饭。两个人都有点手忙脚乱。

县文化馆长热情地拉住我的手说："我们早听说你回来了，县上好多业余作者纷纷要求你去县里讲课。好不容易呀，咱们县出了你这么个人才……"

我自己也很兴奋。我不无感慨地想到，几年前，我在县城还是一个普通的中学生。当时没有几个干部认识我。现在县上竟然派了通常只是县长县委书记的吉普车专程来接我，让我去讲课……

这件事一下子压住了我最近的那种灰心丧气的情绪。

我从这件事里又一次意识到，尽管我在生活的其他方面不顺心，但留在省城，进入《北方》编辑部工作这条路无疑走对了。试想，如果我大学毕业回到这里，当个普通的中学教师，我能有这么荣耀吗？我的家乡能这样抬举我吗？

我觉得我一下子又重新有了活力。我在心里说：家乡，我是爱你的，但我不能留在你身边……

县上讲课时，我受到了可以说是隆重的接待。听课的人很多，大部分是比我还要小点的青年，也有我的同学和一些干部。他们纷纷尊敬而佩服地向我问这问那。

讲完课后，县上主管文教的县委副书记和副县长专门来文化馆看望了我。晚上还举行了个小型宴会，县文化局长亲临宴会以表示对我的尊重。

第二天，又是小吉普车把我送回了家。

是的，我在《北方》编辑部是个小人物，有时免不了还要受点气，但一到下面，俨然就是个人物了。

假期眼看就要到了，我本来想很快返回单位去，但我想起了小芳。

说实话，我心里渴望见她一面。

我想念她——因为我内心深处仍然爱着她。尤其是我在爱情上走了这段弯路以后，我实际上更爱她了。

我知道她现在一个人生活在那里有多苦，我想，她也许已经悔悟了当初去那里的决定，只不过她要强，不愿承认罢了。是的，她外柔内刚，不会轻易否定自己的行为，哪怕是错了大概也不会回头的。但也说不定。我想我有可能去把她说服，让她离开那里，再回省城去，再回到我的身边去。我多么愿意和她生活在一块……也许她已经不会原谅我了，因为我在这期间和另外一个姑娘谈过恋爱——其实等于胡闹了一场……

不管怎样，我强烈地渴望见她一面！

……就这样，我离开家，搭车继续北上，来到了这个地方。分别一年以后，我终于又看见她。

相见的一刹那间，我们都忍不住热泪盈眶。我们谁也不提过去的一切，只是为终于又能见到对方的面而高兴。

但拥抱是不可能的了，只有四只手紧紧地握在一起……

她看起来和我在她家照片上看到的差不多，只不过现在是夏天，她穿着一身朴素的单衣裳，勾勒出了她更加苗条的身材。脸黑了一些，但仍然非常光洁，嘴角上那丝妩媚的微笑也没有消失。傍晚，她亲自到灶房给我做了一碗鸡蛋面条，像过去那样亲切而温柔地看着我吃完。唯一不同的是，她的话少了。我自己也不知该说什么。双方大概在心里都有一个默契：刚见面，先不要谈那些伤心动情的事。是的，不要……

晚上，她安顿我在她的床上睡，而她自己到隔壁的客房里睡去了。我躺下后，怎么也睡不着。夜静得叫人心慌意乱。外面没有什么响动，只有风和树叶在谈心，发出一些人所不能理解的低声细语……我和她一墙之隔。我猜想她此刻也没睡着——她在想什么呢？

十八

（郑小芳）

我不知道自己在想什么。此刻我躺在黑暗中，思绪像泛滥的洪水一样漫向四面八方……

我心里是高兴的还是难受的？我也说不清楚。大概两种成分都有吧。我是高兴的。是的，不管怎说，一年之后，我终于又看见了他。从外表上看，他好像没有什么变化，还是那么健壮漂亮。皮肤比过去更白皙了——这是因为常不见太阳的缘故……

想到此，我下意识地在黑暗中摸了一下自己的脸。我的脸比过去黑了，也粗糙了。

他的外表变化不大，但眼睛里似乎有一种阴郁的东西。是什么造成的呢？我不清楚。按说，以他自己的观点看，他现在应该是幸福的。他有一个许多人都羡慕的职业，同时又找到了一位漂亮的城市姑娘……

我是难受的。是的，不管怎说，他现在已经和我断绝了那种最亲近的关系，我们充其量现在是一个要好的朋友罢了。

我之所以难受，是因为我仍然没有在感情上割断对他的爱。不瞒你说，最近我也在心里悄悄地试验过，看我能不能去爱吴有雄。但不能。我对吴有雄只能产生一种友爱和尊敬的感情，而不能成为爱情。也许时间长了，说不定我也能对有雄产生这种感情吧？也许永远不能对他产生这种感情。最起码现在是绝对不行的。我和薛峰现在的关系，就像我亲手种下的一棵瓜，虽然果实被别人摘走了，但蔓子还长在原来的地方……这比喻恰当吗？既然没有了果实，那蔓子又有什么用呢？是的，没有用。但它仍然在我的心里盘缠着。

我现在也没有弄清楚，他为什么突然来到这里？

是出差路过看一看我，还是有其他……他也没有给我解释。我能张开口问他吗？不会的。我的自尊心强了。

那么我现在该怎样对待他呢？

哦，我应该像一个要好的朋友那样来对待他；我要把一切属于高兴和难受的情绪都统统深埋在心里……

我不知道是什么时候睡着的。醒来的时候也不知道是几点——反正天已经大明了。

我赶忙穿好衣服，过去看他起来了没有。

门开着，他显然已经起床了。

我走进去，心一沉：他不在房子里。

等到我看见他的挂包仍然挂墙上时，又由不得为刚才的一惊而不好意思。我马上打扫了房子。我端着小簸箕到房后倒垃圾时，看见薛峰正在远处的沙柳丛中串游。从他走路的敏捷和不断地东张西望看来，他的兴致不错。

我很高兴。我为沙漠的独特风光而自豪。看看吧，我们的沙漠……我们的沙漠？是的，这沙漠曾经是我们共同热爱和向往过的。哦，沙漠……

我赶忙转回去给他准备早点。

我们这里一年四季都不吃早点。第一顿饭通常都在上午十点左右才吃。我已经入俗了，但我知道他已经习惯于城市生活，早上不吃东西不行。

我把自己积存的鸡蛋、奶粉和白糖拿出来，到灶房里煎了几个荼包蛋，冲好了奶粉并加了白糖。主食有蛋糕（这是前不久从城里带回来的）。

我把所有的东西都准备好，就转到屋后去找他——我看见他也正往回走。等他走近前来，我问他："昨晚睡好了没有？热不热？"

他笑着说："比城里凉爽，但没睡好。"

"为什么？"

"蚊子太多……"

他问我："你睡好了吗？"

我看见他的眼睛闪烁着意味深长的光芒。

我没有回答，摇摇头，对他说："回去吃早点吧……"

"早点？"他惊讶地说，"你们这儿还吃早点？"

"怎么？这儿的人连饭都不吃了吗？"

我们都笑了，然后走回宿舍。

好长时间来，我第一次这么早吃东西，而且是和薛峰坐在一块吃。这使我心里有一种说不出的滋味。我一边吃，一边不由想：当初我不正是这样幻想每天早晨和这个人一块坐下来吃早点吗？……想着想着，我根本不知道有两颗泪珠已经挂在了脸上。等薛峰盯着看我的时候，我才感觉到了。

我赶忙用手揩去脸上的泪水，放下手中的一块蛋糕，装着去打水，提起暖水瓶出了门。

等我提着暖水瓶回来的时候，我看见薛峰也把半块蛋糕放在纸上，不吃了，呆呆地坐在椅上了。

我已经稍微平静了一些，对他说："你快吃吧，杯里的奶快要凉了。”他一言不发，仍呆呆地坐着。

我自己也不知该做什么，放下暖水瓶，就靠在炕栏石上，低头专心地抠自己的手指头。

沉默。过了一会，薛峰抬起头，突然问我：“……小芳，你还喜欢我吗？”我抬起头又把头低下。

“我仍然喜欢着你……”他补充说。

喜欢？这并不等于爱。爱，是的，他不会再说出这个字来。可他又开口说：“我永远爱你！小芳！”

他现在怎么还能这样说呢！我甚至为此有些愤怒。

我抬起头，发现他眼里旋转着泪水。

“你怎么还能这样呢？你已经……”我带着责备的口气对他说。

“不！我盲目地闯进了一个烂泥塘……”他痛苦地喊叫说。

停了一会，他便把他后来的情况，尤其是和贺敏的前前后后，都给我说了。我相信他没有撒谎。

说完后，我们又是一阵沉默。

我竟然忍不住哭了。我并不只是为他和贺敏的恋爱而痛苦；也不只是为他和她断了关系而庆幸；我主要为他自己难过。在这一年多里，他过的是一种什么样的日子啊！难道我热爱的薛峰就成了这样一个人吗？他痛苦地望着我，问：“你能饶恕我吗？”

“这只是你的事……”我说。

“不，我问你，你能不能饶恕我！”他叫道。

“我的心你又不是不知道……”我低下头说。

“你能不能饶恕我？”他固执地再一次问我。

我沉默着。我觉得心里打起了一个热浪。

现在我知道他已经从椅子上站起来了，并且走近了我。

我没有躲避。他紧紧地抱住了我，并且把他泪水斑斑的脸贴在我的脸上……我也忍不住伏在他的胸脯上抽泣起来了。是的，我又重新拥抱了我已经失却了多时的幸福，并且由此而感到多么委屈……当我们重新面对面坐下来的时候，双方都感到了这一刻有多么美妙。就像一个贵重的物品丢失后又重新回到手中——尽管东西还是原来的，但好像比丢失前更珍贵了。

停了一会，平静了一会，薛峰怀着激动的情绪对我说："……小芳，当然重新再见到你的时候，我知道你对于我是多么珍贵。我再不能没有你了；我也再不会做出那些荒唐事了；我一定要和你生活一块……跟我走吧！到省城去！我们一辈子会很幸福的……"

"啊？"我瞪大眼睛望着他，怔住了。

像一年前一样，我立刻又回到这个严峻的问题前面来了。

是的，闹了半天，由于感情冲动，我竟然忘记了横在我们中间的那条老鸿沟。

"小芳，你不要再折磨我了。你应该知道，现在时代不一样了，不一定到艰苦的地方就是英雄模范，而留在城市里的就是落后分子。实际情况恰恰相反。现在的许多英雄模范都产生于大城市和高级学术单位。蒋筑英，罗健夫，孙冶方……"他又开始滔滔不绝地阐述他的关于新时代的高论了。

我冷静下来了。我平静地对他说："你对我误解了，我来这里工作，并不是要做英雄模范。我只是一个普通人，我并不想让谁封我什么头衔。薛峰，你应该了解我是个什么人。再说，你也知道我学的专业是什么，我只有在这里才能更充分地发挥自己的知识专长……"

"但是，我也知道，你来这里，是带着一种理想主义色彩的！"他辩驳说。

"我并不忌讳这一点，"我对他说，"我们这么年轻，如果没有理想，就不会有正确的生活目的。"

"那么理想就是只能在这沙漠里？"

"不要鄙视沙漠。它虽然荒凉，甚至是一块不毛之地，但它仍然是我们的土地，祖国的土地。”

“你怎么唱这样的高调！”

“这怎么是高呢？我说的只是事实。这是我们的土地，祖国的土地，这难道是高调吗？如果因为贫困而荒凉，我们就不要它了吗？正如我们的父母亲因为他们贫困甚至愚昧，我们就不承认他们是我们的父母亲吗？难道承认他们是我们的父母亲，就是一件丢人的事吗？我们因此就可以逃避对他们的责任吗？

“这是一个最简单的事实，可遗憾的是，我们的许多同辈人往往视自己是新时代的产儿，只有操纵电子计算器，才算当代风流人物。别忘了，就是我们的生活全部进入电子时代，但这并不能取代人本身的一切，人，应该永远追求一种崇高的生活，永远具有一种为他的同类献身和牺牲的精神……假如有一天，全世界每个人都坐在了火箭上，够先进了吧？但火箭上的这些人已不再是真正的人，而是狼或者狐狸，那这种先进又有什么意义呢……”

“你真能胡扯！”薛峰打断我的话，忍不住笑了。

我也笑了。真的，我怎么扯得这么远呢？实际上我的想法简单极了：最重要的不是我们在什么地方生活，而是我们如何使自己的生活更有价值一些。这里贫困、荒凉，需要人来改革和建设，我就来了——就是这样而已。我不愿意说留在城市工作就不好，我只是说，这里更需要年轻而有知识的一代人来工作。尤其是我的专业，在这里工作是理所当然的。

薛峰停了一会，叹了口气，说：“就是你说得对，但我来这里干什么呢？和你一块种草栽树？”

“不，”我说，“你不知道，这个公社有史以来没有一个大学生在这里工作过；而这地方也从来没出过一个大学生。如果你要能来这个公社的中学教书，你就创造了这个公社的一页历史，以后这里的人们将会记得，你是第一个来他们公社工作的大学生。如果你要是能用你的知识使这里的农牧民子弟考上大学，那你又给这个地区书写了一页历史，大家会用感激的心情记得你为他们所做的好事。但是作为你自己，你应该把你所做的一切都看做是最自然不过的事……”

“噢！我创造两项纪录，再加上你创造的纪录，这就好几项了……”他有点揶揄地说。

“薛峰！我多么希望你不要变成一个玩世不恭的人！过去的你到哪儿去了呢？淳朴、热情、崇高，连那双眼睛也是深沉而明亮的……你看看你现在吧，真叫人难过……你自己也应该看见你变成怎样一个人了……”

我说着，泪水已经汪满了眼睛。

他低下了头，发出一声沉重的叹息……

十九

（薛峰）

唉，多么让人苦恼！我来这里时，对小芳的回心转意还抱一丝幻想。

是的，幻想。我本来就应该想到她决不会改变主意的！

现在怎么办？我投降她吗？

我自己也转不过这弯来。我不能忍受在这里生活一辈子。

这里太苦、太落后了。物质条件极差，吃的主要是小米饭——和当年八路军的伙食差不多。蔬菜几乎吃不到，水果比药还缺。方圆几百里，连一盒像样的饼干也买不到。

肉倒是不少——主要是羊肉，可没有什么调料。白水煮羊肉，再加一点盐，就被视为美味。

至于文化生活，那就更谈不到了。别说交响乐，连县剧团也不常来。几个月看一回电影，都是老掉牙的。巫婆比医生多，无神论者比迷信的人少。

最要命的是，一年里就有半年多坏天气。黄风斗阵，天昏地暗，长时间看不见一点绿颜色，看不见一朵鲜花。整个生活艰苦、单调、寂寞，几乎和外面的世界处于隔绝状态！

唉，可这里又有我亲爱的人……

她美丽、温柔，但不听话。我害怕这个环境，可我又离不开她！我现在不愿再和她争辩那些理想呀、生活意义呀……我知道我很难说服她。当然，你又很难说她坚持的这些东西有什么错。最主要的问题是，今天大多数人都变成了现实主义者，可她还生活在理想之中……

第二天中午，小芳硬拉我去到外面转一转。

她给我戴了一顶遮阳的硬邦邦的柳条帽。她自己也戴了一个。我们沿着屋后那条小路向沙漠的远处走去。

走着走着，路就没有了。

我们爬上了一些长着沙柳丛的小沙丘，一直向前面的不毛之地走去。我每走一步都感到很吃力。脚上软绵绵的，用不上劲。小芳显然习惯了，像硬地上那样行走自如。她看我如此狼狈，得意地笑了，把她的手伸给我。

我握住她的手，感觉到一种热流传到了我的全身。那手是纤弱的，但又是有力的。我愿意永远不放松这只手。

我们没有直接到大明沙中间，而在植被蔓延的边缘上停下来，坐在一丛大沙柳下。

面前是一望无际的光秃秃的大沙漠，在中午的阳光下闪烁着刺眼的淡红色光芒。在地平线那边，似乎有一块像小圆镜似的东西在黄沙中闪闪发光，并且微微凸出于地平线之上。小芳告诉我，那是刀兔海子，离这里少说也有一百多里路。

远方无边的大沙漠，没有任何一点生命的踪迹，给人一种荒凉而又恐怖的感觉。我想，就是月球表面也不过如此罢了。侧身向东南方向望去，一片黄沙中，似乎有一条褐黑色的带子蜿蜒伸向看不见的远方。我知道那是古长城。城墙残破不堪，相隔矗立的烽火台大部分也已崩塌，但气势依然极其雄伟——这是几千年前劳动者留下的伟大印记。

猛然，我觉得一种情绪顿时像潮水般从我的胸中涌动起来。我知道这是一种诗的激情——好久都没这样一种激情了。

我立刻感到一种愉快的颤栗，便用一只胳膊搂住小芳的肩头。

“你怎么啦？”她脸通红，惊讶地看着我。

“没什么……”我仍然望着远处那条褐黑色的古长城的遗迹。

“你的手有点抖……”她说着，用手在我的额头上摸了摸。

我笑了，说：“我有点激动……”我指了指远处的古长城线，“我真想写诗！”

我看见她的眼睛一下子明亮了：“你快写吧！真的，这古长城能引起人一种说不清的情思。这里长城不像北京八达岭的，那是经过现在的人整修过的，而这里完全是原始的……咱们当年在沙漠里那个县城比赛篮球，曾经就上过长城，你当时说你要为沙漠和长城写许多诗……”

是的，生活并不是诗……

我在她身边躺下来，透过沙柳丛望着湛蓝的天空和洁白的云朵，望着壮阔的大漠，望着雄伟的古长城的遗迹，心里翻腾得非常厉害。在这一刹那间，我感觉到了一种新奇的激动。我真想用一种朗诵式的声调喊出：啊，沙漠！啊，长城！啊，我亲爱的人！我将永远留在你们的身边……

但我没有喊出这些字眼来。另一个声音在耳边警告我说：生活并不是诗……

我很快又回到我的现实中来了。

我首先想到的是，后天我就得离开这里——因为假期到了。但直到现在，我此行的目的还没有踪影。和她的讨论是再不会有什么结果了。看来我只能按期离开这里。

我们今后怎么办？我不知道……

我们在这里呆了一会以后，她又领我到了西边大明沙中间的一些沙丘，让我看了她的花棒。花棒刚从沙里长出来，像婴儿的头发一样纤细。我想不到，就是这些可怜的小草把她拴在了这里。我在心里感叹：唉！我活得竟然连一棵小草都不如……

第二天，小芳尽管看来很难受，但还是张罗着要给我包饺子——因为我明天要走了。

中午的时候，她说灶上没酱油了，让我到公社的商店买一点。她自己要剁馅、和面。

我也正想一个人出去走走，于是就提了个洗干净的空葡萄酒瓶子去公社买酱油。农场离公社大约十来里路。

我在路上走着，一直没有碰见一个行人。我想。买点酱油得跑十来里路！假如我要生活在这里，免不了就得经常提着这么个瓶子在这路上走来走去……

到公社商店后，商店的门关着。问了旁边一个老乡，说下午两点才开门。真急人！我这一个多钟头到哪儿去消磨呢？

我于是在这个方圆几十里唯一的集镇上瞎转起来。

这实际上只是一个小村子。除过公社几个机关和一个小商店、一个邮电所、一个汽车站外，也没有多少人家和建筑。

我突然发现，一个破败的大门口挂着这公社中学的校牌。我马上想起小芳动员我到这个中学教书的事。

现在让我去看看这是个什么地方。

学校放学了，不见一个学生。教师们此刻大概也和大多数中国人一样午睡了。我一个人手里提着空瓶子，开始视察这个学校。

学校看起来就像一个废弃了的大院落。院子里堆满沙子。几棵老柳树大部分的皮都被牲口啃光了。到处都是马粪和驴粪蛋——看来老百姓赶集时，可以随意把牲畜拴在学校的院子里。没人管吗？两排砖砌的教室，门窗都没油漆，日经月久，木头都沤成了黑的。院子的墙角里长满杂草——这倒看起来很惹人喜欢。如果在大城市的学校，这些杂草恐怕早被铲除了，但在这里，杂草是一种很好的风景。

整个学校是用一道黏土墙围起来的。从墙里望出去，就是无边的大沙漠。现在，那沙丘已经一直涌到墙头上来了。想那二三月大风季节，恐怕这学校一夜之间就被埋在沙梁之下了……亲爱的小芳，你就让我到这里来创造那两项纪录吗？

“真不堪设想！”我自言自语说着，便离开了这个学校。

我来到商店门口，又等了二十多分钟，才终于买到了一斤酱油。返回农场时的十里路上，我仍然没有碰见一个行人。

唉，沙漠里的道路也是寂寞的……

不论怎样，小芳是为我准备了一顿味道鲜美的饺子。她把一碗粉汤饺子调好后，自己先尝一尝味道怎样，才双手递到我手里——按我们这里的风俗，只有自己的爱人才尝自己男人碗里的饭。她这种亲切的感情，使我忍不住鼻根发酸……

晚上，小芳细心地帮助我收拾好东西，让我早点休息，自己就过客房那边去了。我躺在床上，怎么也睡不着，就拿出一本《拜伦抒情诗选》看，我眼睛模糊得连一个字也辨不清。

大大小小的蚊子、飞蛾和一些不知名的虫子，雨点般散落在书上和身体的裸露部分。窗户纸和屋顶的天花板也沾满了蚊虫，像下雨似的沙沙作响。

我不时发出一连串的叹息……

有人敲门。我穿上外衣去开门。是小芳。

“蚊子太多，让我给你想想办法。”她说。

她让我到屋外去，然后拉灭了屋里的灯。她点了一盏煤油灯放在门外面，又在煤油灯旁放了一脸盆水。

蚊子和飞蛾都纷纷从屋里的黑暗中飞出来，向煤油灯罩上扑去，然后又落在了脸盆的水里。

我们搬了椅子坐在院子里，都没有一点睡意。

我们努力搜寻着拉一些家常话。更多的时间都是默默地相对而坐。我们就这样坐着，一直到深夜。偶尔有农场的工人穿着短裤出来上厕所，惊异而迷惑地看一会儿我们。

我们就这样坐着，一直到天亮……

吃完早点，小芳送我到公社的汽车站。

……当汽车开动以后，我看见她撵着车跑了几步，然后便绝望地站住，把头扭到了一边。

我的心都要碎了。我含着泪水向她拼命招手。别了，我亲爱的人！我爱你，但我还是要离开你。我将深切地盼望着你有一天会来到我的身边。但我又知道这是不可能的。我知道你也盼望我来到你的身边生活，但这对我来说，也是多么困难……别了，我亲爱的人！

别了！别了！别了……

二十

（郑小芳）

我不知道我是怎样从汽车站回到农场的……

我怎么也想不到，他还是走了。

他也许再不会来这里了。他爱我，但并不爱我所坚持的生活道路。既然是这样，我们怎么可能再在一块生活呢？当他刚出现在我面前时，我似乎心花怒放地以为，他终于又和我并肩走在了一条路上。我甚至想对他大声朗诵我们曾共同喜欢过的伟大的惠特曼的诗句：请和我同行吧，和我同行，你将永远不会感到疲倦……

但是我错了。他只是来看看我。他在我和大城市之间依然选择了后者。可是，薛峰，既然是这样，你为什么又要来这里呢？你把艰苦和伤心留给我，然后你走了……一种痛苦的情绪不时地涌上我的心间。是的，像任何别的女人一样，我希望按自己的思想去进行崇高的劳动和创造，但也希望在爱情上能得到幸福和满足。可是，生活往往不能如人心愿——你得到一些东西，也许就会失去另外一些东西。

可是想来想去，不管多么痛苦，该失去的也只能失去。人总不能为了得到某种感情上的满足就背叛生活的原则。

对于我来说，现在并不是一无所有。我有我热爱的事业，这足以使我的精神感到充实。无论如何，我不可能再离开这里了。这里有我的花棒，我的桑树苗，我的蚕……

几天以后，我突然在一天之内同时接到薛峰的两封信。

第一封信写道：“芳：亲爱的人！我最后一次央求你，到我身边来吧！否则我就无法活下去了！你的峰写于火车站候车室里。”第二封信写道：“芳：亲爱的人！刚把信塞进邮筒，我就又后悔了！我知道你不会答应我的呼唤。那么，我央求你，给我一点时间吧，让我好好想想。我说不定会很快回到你身边来的。你应该相信我，我要是再回到你那里，就永远也不会离开你了。我现在的脑子像火烧一般疼！亲人，你答应我吧！等着我！等着我吧！！你的峰写于火车站候车室。”……我把两封信放在桌子上，默默地坐了一会。

此刻，我似乎看见远方那个小火车站的候车室里，他怎样像一个神经错乱的人一样，转圈圈走着，并且一支接一支地拼命吸烟……我理解他的痛苦，我也知道他那矛盾的灵魂，在进行怎样一种严酷的搏斗！也许他能战胜自己，重新勇敢而高尚地直面人生。也许他仍然不能悔悟，继续在原来的生活轨迹上走着……但不论怎样，我亲爱的人，我还是要对你说：我答应你，我等着你，我盼望你回到我的身边来。要知道，我虽然离开你，但我一直爱着你，想念你，并且在梦中常常和你相会……回来吧！我亲爱的人！我等着你……

* 原载《文学家》1984 年第 1 期。

我和五叔的六次相遇

开头

我和五叔，实际相遇不止六次。

五叔姓张，名志高，是我姑夫的弟弟，算个刚能沾点边的亲戚。

姑夫家的村子离我们村十几里路，同在大马河川。川里一条简易公路从县城一直通到川掌。我们村和姑夫家的村子都在公路边上。

小时候，我常跟妈妈到姑夫家走亲戚。不过，那时可没有公路，我们是沿着大马河边那条凹凸不平的石头小路去张家堡的。

那时，我就认识了张志高。他在姑夫的弟兄们中间排行第五，我就叫他五叔。

当时，我记得五叔常穿一身破破烂烂的黄军装，腰里束一根旧皮带，皮带的断裂处用麻绳缀着，他个子高大，虽然年轻，串脸胡已经初具规模。那时乡里人大都是光头，为了凉快和省得梳洗，一般不留发。但五叔却别具一格，像城里人那样留着分头，不过平时都被尘土锈得像肮脏的毡片一样；只是赶集上会，才到河里洗刷一番，用一把破木梳对着镜子细心地把头发一分为二，中间就亮出一条白缝来。

五叔力气很大，爱说爱笑爱唱，还爱拨弄个乐器什么的。在地里，在庄稼场上，常和人比赛摔跤，村里几乎没有他的对手。

我听姑夫家村里的人说，五叔当过兵，只因为部队要调到南方去，他听传说那里天气热得要命，那里的人说话也和外国人一样难听，所以就打报告复员回家来了。据说他要是不回来，怕早已升成了军官。

五叔不识字，但听说在军队上已经入了党，光这一点就不能不使人对他肃然起敬。那时候，农村的党员大部分都是些老汉，像他这么年轻就“在党”，真不简单！

五叔出山劳动，常把一根梅笛别在腰里的那根烂皮带上，休息时就吹上几声。有时背上背东西，那根梅笛就插在衣领里面，像个什么标志似的。

一般来说，农村像他这种人，往往逛了几天门外，有点见识，就不太爱劳动，吹拉弹唱，游东逛西，夜里说不定翻墙拨门，钻到了别人家媳妇的被窝里。

可五叔没有这些毛病。他爱劳动，也爱给村里的人帮忙干活。逢个集体事，他总是跑前跑后为大伙张罗，因此村里人都喜欢他。也许正因为这些原因，后来大家才拥戴他当了张家堡大队的党支书。

小时候，每次到姑夫家，我总爱跟五叔厮混在一起。那时候，五叔还没有成家，光棍一条，因此他对孩子们的态度不像有家的大人那样傲慢。我有时跟他去种地，或者跟他去砍柴，许多次吃过他从悬崖上为我摘来的木瓜。我记得我们还一同合伙偷过邻村一位老头的西瓜。我们在月光照耀下的一个河槽里吃完偷来的西瓜后，五叔突然内疚地说不该白吃人家的东西。他摸了摸口袋，似乎在找钱，但看来没带钱，就引着我到他的自留地掰了十几穗嫩玉米，又转回到邻村老头的西瓜地里，偷偷放在摘掉西瓜的那几棵瓜蔓下。这件事一直长久地保持在我的记忆里。

而我记得最清楚的是，每当傍晚我们回到家里的时候，五叔就抱起他那把心爱的土三弦，坐在他门前一堆烂柴烂草中间，叮叮咣咣地弹个不停，一直弹到太阳落在西面我们村子的那些大山的背后。每当这时，我就和他喂养的那条老黄狗一同卧在他身边，静悄悄地听他那醉心的弹拨声……

时光与童年的生活一起飞快地流逝了。离开那时光到现在转眼就是三十年。小时候的有些人和事已经逐渐被日后纷繁杂乱的生活经历所模糊了。

以后我长成大人，考上了大学，毕业后又分在省报当记者。由于我采访工业部门，常在城里转，加之成了家，回故乡的次数不多了。即使回去，也因为忙，很少能再到姑夫家走亲戚。至于张志高——我的五叔，我早年就听父亲说他当了张家堡大队的书记，不过我很多年也再没见他的面；在我的记忆中，他是属于那些已经被淡忘了的一个早远年间的熟人而已。

但是，在前几年里，由于种种原因，我却有机会好几回和我早远年间的这个熟人相遇。几次相遇，都可以说非同一般，而五叔的变化也给我留下了极深的印象。

现在就让我把这几次和五叔相遇的情况，不按先后顺序记录在下面。这些东西也许太平淡了，构不成什么小说，但我总觉得里边还是有些意思的。

第六次相遇

大概是前年冬天吧，我正在家里为报纸赶写一篇报道。

大约是早晨九点钟，听见有人不住气地敲我的门。敲门声看来不是询问能不能进来，而是非要进来不可。

我厌烦的事情又发生了，只好把笔扔在稿纸上，前去开门。在这个过程中，敲门声一直不断，而且相当没有规矩，我生气极了。

门一打开，我看见站在我面前的是一个生人。

来人年纪不大，约摸十八九岁，脸上汗淋淋的，一对黑眼珠灵活地转动着，张开嘴只管对我畏怯地笑着。从他那身半新半旧的制服和手里那个落满尘土的大黑人造革皮包，一看便知道这是我家乡那里来的人。我一时想不起来他是谁。

“你是刘叔叔？”

“是。”我说。听他说话的确是家乡口音。

“我是张家堡的。”他说。

“谁家的娃娃？”我问。

“我父亲叫张志高。你认识……”

“噢……”我这下才看出他脸上有一些我所熟悉的特点。是的，他简直就是我童年认识的张志高。

我把五叔的后人让进家门，给他冲了一杯茶，把糖盒放在他面前。他拘束地接过茶杯，坐在椅子上，端着那杯茶，也不喝。

“你来省里有什么事吗？”我直截了当地问他。

小伙子的脸一下子变得通红，嗫嚅着说：“我父亲在这里被拘留了。我来看他。”

“什么？”我惊讶地从椅子上站起来，“为什么？”我问他。

“为倒贩粮票。”

“现在在哪里？”

“新城区公安局。”

“你见他没有？”

“没……走时我妈吩咐我，让我来找你……”

我坐在椅子上，脑子像乱麻一般没有了头绪。

我透过水蒙蒙的窗玻璃，望着外面冬日灰暗的天空，开始盘算我该怎样对待这件事。

我知道五婶叫儿子找我来的意思是什么。记者在我们家乡人的眼里也是一种不小的“官”，甚至我父母亲都这么认为。这些年，凡是家乡来省城办事的人，包括县上我所认识的那些半生不熟的干部也都来找我，让我给他们走这样那样的“后门”。他们来，当然都不空手，总要给我带些家乡的土特产；我自己自然也要给他们管饭。我爱人为这些事早已经叫苦连天了，和我吵了好几次架。我自己心里也相当烦。但没有办法，乡里乡亲，远路风尘来到你门上，能把人家赶出去吗？这不是说我已经“修”了，看不起家乡来的人；也不是小气得不愿给他们管饭。关键是这些事太耗费人的精力了。我的家快成了个办事处，有的人甚至把这里变成他们在省里办公事和做买卖的碰头地点，并且不时让我给他们“走后门”。其实我在这方面并不开窍，只能帮他们找找旅社，买买车票而已。

现在，五叔的儿子又找上门来，肯定是要让我想点办法把他爸领出来。这真是开玩笑！我怎么敢去触犯神圣的法律呢？

“你父亲还当大队书记吗？”我随便问五叔的儿子。

“当着哩。”他说，手里仍然拘束地端着那杯一口也没喝的茶水。

“你住下了没？”我又问他。

“住下了，在建华旅社，离你们这里不远。”

我考虑了一下，对他说：“我现在忙着要写一篇稿子，你先回去，等我把稿子写完再说。”

小伙子立刻站起来，脸上显出一副感激人的表情，就机灵地过去拿起了那个黑色人造革皮包。

我也机敏地意识到，我又面临那老一套了，赶忙先发制人，过去捉住他的手，不让他把那些我已经熟悉而厌烦的礼物给我留下。我知道这些人虽然不识字，也没经见过世面，但懂得一条经典性的格言：你吃了我的，就得给我说个什么！

结果，五叔的儿子用劳动锻炼出来的力气，打架一般把我一巴掌推到了墙角里，我没站稳，把地上的痰盂也踢翻了。小伙子趁我收拾痰盂之机，麻利地拉开了黑皮包的拉链。他怕我腾出手又来拒挡他，竟然把那一包红枣、瓜子和没有剥壳的落花生“哗”一下全倒在了我的办公桌上。我是个爱干净的人，见那沾灰带土的礼物把一张干净的办公桌弄得一塌糊涂，连稿纸、笔记本和钢笔也被埋了，于是又绝望地扑过去，结果又被客人一巴掌把我推到了原来站的地方。这种送礼的方式真诚到了野蛮的程度。我虽然又气又急，但还不能发作，只好忍气吞声接受了这份恼人的馈赠。

五叔的儿子看我失去了拒绝的信心，就满意地一溜烟跑了。

我沮丧地站在屋墙角里半天不能动弹。我为五叔悲哀，也为我自己悲哀。

我怀着痛苦的心情来到阳台上，接连抽了几支烟。

现在的问题是，我去不去拘留所看五叔呢？

想来想去，不管能不能见到他，我总应该去一次。这不是说五叔的儿子给我办公桌上倒了一堆土特产；也不是说我有什么办法能把他从拘留所领出来；而是说，他毕竟是我的乡亲，并且是我姑夫的弟弟，而且小时候他曾给过我那样的爱抚；我也曾怀着那样愉快的心情，和他的老黄狗一起卧在他的身边，听他弹奏过那叮叮咣咣的土三弦……

第二天早晨，我连早点也没吃，就起身去新城区拘留所看我的五叔。

刚下过一场雪，街上乱糟糟的。有的地方雪已经化成水，有的地方又结成了冰。自行车和行人的洪流簇拥着电车和汽车，在严寒笼罩的大街上流淌，迎面过来的行人，嘴里都喷着白雾。

我在这庞大而纷乱的旋流中走着，由不得想起了家乡冬日的早晨。在这样的日子里，故乡的山野已是一片荒凉。斑驳的积雪反射着阳光；寒风打着唿哨吹过冰封的河道和清冷的村巷。四野里全是一片寂静，只能偶尔听见一两声鸦的啼叫。庄稼已经收割，禾场上也没有多少堆积了，但人们仍然在田野里操劳着。拉粪，打柴，编筐，修理坏了的农具，给大牲口铡草……今年虽然结束了，但赶紧要为明年的一切劳务。天地是寒冷的，但生活仍然热气腾腾。这就是我熟悉的故乡。现在我要去看望的那个人正是从这一块土地上来的，他现在本来也应该在那里，像其他人一样为明年的活计而操劳，可是现在却被拘留在了省城里。而更令人不解的是，党的一个基层组织的领导人竟然出来搞这种把戏。但是，问题还不仅仅在此。问题在于：为什么让这样一个人来领导一个党的基层组织呢？在这之前，我已经几次和五叔相遇，我早觉得他已经再不能担当这个职务了，可是他仍然一直是张家堡大队的党支书……

我踩着乱糟糟的人行道走着，脑子里也乱糟糟地想着。

我来到一家副食门市部买了一些点心，心情就像去医院看望一个得病的亲朋好友，沉痛地来到新城区的拘留所。

我在拘留所办了一些必须要办的手续后，一位预审科的干部接待了我。

这位干部告诉我说，我要查问的这个人问题基本查清，属于倒贩粮票，但数量不大，已经和本人所在地的领导机关联系过了，不久就可以让他们来人把他领回去。

我问能不能见一见他。

这位干部说，按现在的规定，轻微犯罪者主要案情查清后，亲属在工作人员在场的情况下，可以见面，不过要协助工作人员做犯罪者的转化教育工作。

我说我虽然算不上是他的什么亲属，但我一定会帮助做工作的。

这位干部让我坐在这儿等着，他就出去了。

不一会儿，公安干部领着五叔进来了。

我先吃了一惊：我一下子竟然认不出五叔来了。他脸色灰白，头发胡子毛楂楂的，背驼了下去，个码也好像低了许多。两只原来咄咄逼人的眼睛，现在毫无光气地深陷在眼窝里。那本来挺壮实的身板，一下子就好像瘦了许多圈，显得衣裤异常地宽大而不合身。一个在家乡土地上有权有威的强人，此刻已经没有一点分量了。

五叔一见是我，嘴唇子剧烈地哆嗦着，恓惶得眼泪在毛胡楂子脸上淌个不停。他眼睛不时胆怯地瞄着公安干部，那张能说会道的嘴巴竟然像驴蹄子踢了一般，拙讷得一个字都吐不出来了。

我对五叔说："你要好好把问题交代清楚，不要隐瞒任何一点什么，争取从宽处理，党的政策……"

没等我说完，五叔忙接住说："坦白从宽，抗拒从严……"

五叔对政策是熟悉的。我也再没什么好说的，只是重复刚才的意思。五叔也一再表示他一定好好交代问题，知罪伏法。

规定的谈话时间到了以后，工作人员就把五叔领走了。临出门时，五叔回过头悲哀地望了我一眼，使我的心忍不住像针扎了一般痛楚。是的，不论怎样，他现在沦落到这般地步是一种极大的不幸。五叔啊，你怎么从我记忆中那个纯朴热情的青年走到今天这一步呢？

我怀着一种难以言传的沉重心情出了拘留所，又来到了拥挤热闹的大街上。

电车、汽车、自行车和行人组成的洪流仍然在这宽阔的大道上流淌着，像一条永远汹涌澎湃的河流。是的，生活的河流永远激荡，但也总会有一些船只搁浅。

太阳已经从东边那一片灰蓬蓬的建筑群中升起来，把那淡淡的橘红色的光芒洒在积雪融化了的水迹斑斑的街道上。空气里已经流荡着一种微微的、潮湿的暖气，甚至能嗅到远方田野和山谷中飘来的泥土和草的气息。

我在拥挤的人群中匆忙地走着，纷乱的人群和车辆，那一排排落光了叶子的中国槐的褐黑色枝丫逐渐变成模糊的一片，而五叔那张长着毛楂楂胡须的面孔却在眼前清晰地晃动着。

我很快想起了我上一次和他相遇的情景……

第四次相遇

那年秋天，我被报社派往我家乡所在地区采访农村生产责任制的情况。

我的第一站首先要直接去地区有关部门了解情况，然后再做重点采访。因此，长途公共汽车虽然要路过我们县，但我也不能回家去看望我的年迈的双亲。我只能路过我们县城停一下，而我们村离县城还有二十多华里路。

从内心上说，我是急切地想回我们村子看看的。看望老人这是不必说的，更主要的是想看一看家乡的变化。听弟弟来信说，责任制后，家里一年打的粮就够几年吃，钱也比前多年宽裕多了。

这些情况，虽然我没有回家，但已经感觉到了。以前每次接到家信，我总是愁眉苦脸：不用看信，就知道不是让我给他们寄钱就是买粮。而这两年家里来信除不要我的钱和粮，反而还问我要不要什么。我为此常常在心里激动不已。

我深知我的家乡那贫困的历史。黄土高原，在那块贫瘠的土地上，拥挤着稠密的人口。打开每一部县志、府志，都记载着令人毛骨悚然的饥饿史。解放以后，这里也一直是全国最贫困的地区之一，几乎每年都要吃大量的救济粮……现在，这一页历史是怎样翻过去的呢？而新的农业政策在我的家乡又展现了什么样的面貌呢？我以前一直采访工业，就是因为家乡这些不断传来的福音使我决心要求改行采访农业的……

这次虽然我不能回我们村，但开往地区的公共汽车几乎要穿过我们县的全境，我起码可以走马观花一下。并且按常规旅客要在我们县城吃午饭，我可以在那个亲切而熟悉的小山城呆一两个小时，说不定还能碰上几个熟人呢。

汽车进入我们县境后，在山峦夹峙的川道里行驶。我把脸紧贴在车窗上，透过玻璃，观望着一闪而过的秋天的原野。

大川道里，再不像往年一样，几乎是一色的庄稼。现在，大地就像五彩织锦似的斑斓。各类作物一块一块互相连接而又独成一家，每个劳动者在土地上的创造个性都表现得淋漓尽致。也有个把地块庄稼长得不怎样。你可以知道它的主人必定不是个勤劳人，而就是这样的人，前多年却在集体的大锅里捞走和别人一样的一份。

有的庄稼已经割倒并且上了村头的禾场。赤膊的庄稼人把那金黄色的颗粒一锨锨扬向蔚蓝色的天空。碎雨似的五谷落下来，落在粮堆中打滚嬉闹的孩子们的身上。远处的山坬上传来悠扬的信天游。道路旁，可以看见农妇们挑着送饭罐，悠悠闪闪地走着。田野里，羊、牛、驴、马，成群结队的很少，往往是三五七八，分别由一些孩子和老人放牧。没有什么人闲呆着。生活和劳动是平静的，但又充满了一种紧张的节奏。土地和人，一切积极性似乎都调动起来了。这真是不可思议。谁能想到我们的农村一下子就从一种群蚁式的生活方式变成了眼前这种状态呢？新的政策被大多数人如此迅速而乐意地接受了下来，这说明过去的一切已经多么令人厌烦。当然，这新政策刚开始不久，并不尽善尽美，但它是受人欢迎的，这在我们家乡这样贫困的山区尤其表现了它的感召力……

我怀着一种极其兴奋的心情在县城下了车。像往常一样，旅客要在这里吃午饭了。

这就是家乡的汽车站。一切都没有变，只是增加了数不清的摊贩。卖土特产的乡里人和卖熟食的城里人立刻把下车的旅客包围了，纷纷用花言巧语兜售他们的东西。往日记忆中的汽车站是清冷的，现在却成了一个闹哄哄的世界。

我暂时还不想吃什么，就摆脱了这些热心的纠缠者，来到候车室。

我看见候车室的一个角落里正围着一群人在吵架。这些人操着外乡口音，农民形体上穿罩着一些廉价的城市服装。凭经验我判断那是无定河流域的石匠。他们用手艺和苦力纵横漂流在高原的城镇乡村，承包修建各式各样的窑洞和楼房。

似乎是一群人在围攻一个人。被围攻者我看不清脸面。但耳朵逮住的一两句话听起来像是本地人，而且口音相当熟悉。

本来我对这类常见的争吵不感兴趣。但一种恻隐之心使我忍不住想看看那个一定很狼狈的被围攻者是个什么人。

我走过去一看，吃了一惊：原来这个人是我的五叔张志高。

五叔似乎在同一时间也看见了我。他立刻用胳膊肘豁开和他吵嘴的人，过来热情地和我握住了手。他喊叫说："啊呀，我的侄儿！你这大记者回来了！"这话几乎不是对我表示欢迎，而是故意说给和他吵架的那些人听。

那些刚才还怒目圆睁、摩拳擦掌的石匠们立刻好奇地打量着我，一个个面有虚色，像突然面对一个什么大人物似的。他们当然也不敢再和"大记者"的叔叔吵架了。

而五叔却立刻转守为攻，对那些人喊叫说："怎么？你们还吃人呀？我张志高什么时候亏过人？嗯？你们到大马河川打问我的人品去！"他转过头唤着我的小名说："君娃，你才下的车？今儿个回不回村？东西带不了的话，我和你一块回！"

我对五叔说，我这次不能回家了，吃完饭就得上车走。

五叔听说是这样，便一把扯住我的袖口，说："走走走，我带你去食堂。咱叔侄两个好好喝几口！"

他说完拉着我就走。那些和他吵架的石匠们只好悻悻地站在一边，目送着我们出了候车室。

在去食堂的路上，我问五叔：“这些人和你吵什么呢？”

“哼！说我给他们少开了工钱。”

“什么工钱？”

“我给县上副食公司承包修窑洞，这些匠人都是这工程上的。工完了，他们嫌我给开的工钱少了，扬言说不给他们增加，就要捶我！哼！”

“你怎么出来包工了？”我惊讶地问他。

“唉……不包工怎办？农业社烂包了！”他脸上露出一种相当不愉快的表情。

我知道他说的是责任制。

“你还是大队书记吗？”

“当然是。不过，现在这书记连个屁都不顶！”

我一时不知该说什么。

我们进了车站旁边的国营食堂。

五叔打架一般推开我，到售票口上买了饭菜。我只好在旁边的小柜上买了几盘小菜和一瓶白酒。

我和五叔在国营食堂一张脏桌子旁坐下来(几乎没一张干净桌子)。

一连碰了三次杯，五叔的脸就红钢钢的了。他问我这次回来又准备“记录”些什么。我向他简单地说了我的任务。五叔立刻激动地说：“你们记者权大着哩！能不能给中央反映一下，咱社会主义的大集体完全烂包了！”

“怎是烂包了呢？五叔，党在农村的新政策刚开始实行，你是党员，又是大队书记，有责任贯彻执行党的政策。你现在这思想可不太对……”我有点严肃地对他说。

“哼！就因为我是党员，因此我不愿走资本主义道路！”他振振有词地说。

这已经相当可笑了。我知道我是一时说服不了他的。

我于是转了个话题问他："我姑夫家现在光景怎样？"

"怎样？发财了！光自留地的旱烟和包心菜就能收入一千块！至于粮食，都没处搁了。现在这政策对自私人有利嘛！前几年他到处砸我的洋炮，说我把张家堡弄穷了。这阵轮上他张狂了！"

他竟然攻击起他的亲哥哥来了。

我们沉默了一会儿，各自端着酒杯抿着。

这时间，我突然想起了他们村的另一个人。那人名字似乎叫张宽，现在大概有三十五六岁了吧。他是一个孤儿，父母死后，给他撂下了一河滩账。

但小伙子会擀毡，就出去耍手艺挣钱还账。结果，他被五叔揪回来在社员大会上批判了一通，说他走资本主义道路。那次批判会我碰巧在他们村。记得那个老实后生在批判会上痛哭流涕，说他还不了账，三十来岁还是光棍一条，娶不下媳妇……记得当时我听了他那些话，难受极了。但当时正割"资本主义尾巴"，我们报纸上每天报道的也就是这些，所以我只能把这些难受咽回到肚子里。记得当时五叔相当厉害，两只大眼睛咄咄逼人，指着鼻子骂张宽忘了本，走资本主义道路……

张宽现在怎样了呢？

我于是问已经醉意十足的五叔："你们村那个张宽现在怎样？"

"张宽？"五叔瞪起一双醉眼，说，"现在放开马跑了！擀毡挣的钱口袋里都装不下，往银行里存哩！上两个月刚结了婚，娶了高家村死了的老地主刘国璋的孙女。这小子全忘本了，他爸旧社会就是给刘国璋扛长工的！他现在美得唱道情哩！"五叔气愤地把一大杯酒一口就灌了下去。

我自己却感到了一种说不出的欣慰。

为了不再刺激五叔，我就随便问他家现在的情况怎样——我知道他的光景一直是很殷实的。

不料，这下却更刺激了他。

他拳头在桌子上捣了一下，嘴里气愤地溅着白沫子，叫道："我的家烂包了！你知道，我的大儿子高中毕业，好不容易在县上副食公司找了个合同工营生，现在也被清退回去了。而今地一分开，都得自家种。儿子吃不下苦，整天在外面瞎逛。我也没心思种那些地。粮没粮，钱没钱，就跑出来包工了。刚包了一工，就赔了，匠人们打发不走，向我要钱……刚才车站上你已经看见了。唉，硬是这政策把我给害了！前多年，我张志高是什么光景，现在哩？我这个一辈子说人的人，活成个人下人了！好君娃哩，咱当了几十年领导，可现在……"他痛心地倒勾下了脑袋。

我知道这都不是醉话。

桌子上的饭菜已经快光了。我看了看表，已经快到开车时间，就起身向五叔告别。

他站起来，和我一同出了食堂门。

分手时，他说："……我就不送你了，那把龟子孙还在车站上哩……你要是再回家，一定到张家堡来，你姑和你姑夫常念叨你哩！"

他像脱产干部那样老练地和我握了握手，就向街那头走了。由于酒的作用，他的步履有点踉跄，但还不至于栽倒。

他走出去一段后，又回过头对我喊叫说："君娃，你可要写材料向上面反映咱农村的情况……"

我知道他要我反映什么情况，便笑了笑对他喊："你放心，我会反映的！"但他是不知道我要反映什么的。

他走了，他此刻要走到什么地方去呢？……

过了一会儿，我便又坐在了飞驰的长途汽车上。车窗外依然是那样令人愉快的山光水色和田园景象。

我坐在车上，想着刚才我和五叔的谈话，同时也想起了我和他的另外一次相遇……

第二次相遇

那正是刚开始实行责任制的时候。当时，我因为母亲有病，请假回来看望她。

正好省报驻这个地区的记者也要到我们县了解一下责任制推广的情况，就和我一起来了。

我陪他到县委宣传部说明了来意。宣传部的同志说："你们城关公社正开大队书记会，专门讨论落实责任制的问题。你们要是有兴趣，可先去听听。"

我的同行当然很乐意去。他问我去不去。

我本来没有采访任务，但我关心这方面的情况，也想去听一听。对于家在农村的干部来说，别说农业政策要发生这么大变化，就是刮风下雨也是关心的。

我们即刻就来到城关公社。书记、主任热情而惶恐地把我们领进会议室。

会议室里已经坐满了人。会还没有开始，大队书记们都在抽烟，喝水，拉闲话。

当书记给大家介绍了我们俩时，人们都立刻精神振作起来。

我很快发现了我们村的支书老侯。他也看见了我，挤过来对我说，我母亲的病不要紧，已经缓过来了。

"哈呀！这不是君娃吗？"一个人在我背后喊叫说。

我转过身，原来是五叔张志高。

他抽着黑棒卷烟，脸上虽有了不少皱纹，但看起来蛮有精神，他笑哈哈地握住了我的手。

“你这次又记录什么来啦？咱们公社工作做得实在好，各方面都比他们其他公社强！咱公社赵书记，还有马主任，先进事迹可多哩，报纸上应该好好宣扬一下！”他转过脸对赵书记和马主任看了看，又笑了笑。

那两个领导赶忙谦虚地对我们说：“工作没做好，请记者同志多批评！不要光说我们的成绩……”

这简直扯到哪儿去了。我们并不是来采访他们的什么先进事迹，而只是想了解一下落实责任制存在的问题。这本来已经给公社领导说明了的，但他们却固执地认为我们就是来报道他们的“先进事迹”。

会议开始后，公社赵书记简短说了几句，就让大家谈。他说县委强调公社要尽快讨论实行责任制的问题。

沉默了足有十来分钟。

我们大队支书老侯终于先开了腔：“我看这政策是好政策。我们大队没麻达，我们很快就搞呀。当然，这里面具体问题很多，搞起来得仔细一些……没了。”

赵书记点点头，说：“各种意见都可以往出倒。谁再说？”

五叔咳嗽了一声，说：“我说！”

他一对大眼睛环顾了一下四周，点燃黑棒烟吸了一口，说：“我看这政策有问题哩……这样一来，不就单干了吗？这比刘少奇的三自一包还厉害！这明明是资本主义道路嘛！我怎么也想不通，给地富子弟平反，这些人现在翘尾巴，看不起咱贫下中农，现在又要单干，分成一家一户，我们这些大队书记再领导谁！不是成了光杆司令了吗？反正我们张家堡大队不实行责任制，我们要坚持走社会主义道路。就是这话！”他转过头对我和我的同行说：“这记者同志也在场哩！你们记者权大，给中央反映一下我们贫下中农的心声！”

五叔说完，看了看赵书记和马主任。

赵书记对他点点头，然后又望着大家说："各种意见都可以往出倒。谁再说？"

"我说。"一个与五叔年龄差不多的汉子坐在小凳上，一边抽纸烟，一边开口说，"……也没什么新意见。我同意志高的看法。我们高家村也不准备分。最起码现在分不成。"

我认出这是高家村的支书高明楼，绰号叫"大能人"，和五叔一样在大马河川有点名气。听说他俩都是公社党委委员。

这两位书记发完言，其他大队书记都不言语了。

我现在多少看出了点眉目：公社领导和五叔、明楼的意见差不多，对实行责任制有抵触情绪，因此其他想实行责任制的大队书记也就不好发言了。

会议开得相当沉闷。因为没人发言，只好散了会。

散会后，我就和我的同行分了手。他要到另外的公社去了解情况，我准备回家看望母亲。

我走出公社大门后，五叔突然跟了出来，对我说："今天城里有集，说不定你姑夫到城里赶集来了。我领你到街上转一转，看能不能碰见他。"

我答应了五叔。因为这次没有时间去姑夫家，能在集上见见面也好。

我跟五叔来到了闹哄哄的街道上。一路走过去，五叔不断和他的熟人打招呼——这些人大部分是县上的干部。我真惊讶一个不识字的农民竟然能认识这么多在县上有身份的人。

在街上逛了一圈，也没碰上我姑夫。

五叔对我说："咱干脆再到菜市上转一转。你姑夫跟集常不空手，说不定又拿把菜卖哩。我哥这人私心重，整天谋光景。虽说是个党员，前多年连会都不常参加，还常瞅空子砸我的洋炮哩！"

看来他们弟兄之间关系不太好。但我不能同意五叔对我姑夫的攻击。我姑夫是个务实的庄稼人，土改和合作化时，都是村里的积极分子。他一辈子反感那些花里胡哨的事。至于谋光景，这又有什么可指责的呢？一个庄稼人谋光景这是天经地义的事。我知道，姑夫尽管谋光景，但前多年的光景可实在不太好。粮没粮，钱没钱，尽是熬煎。大儿子算是成了家，已经分开过日子了。还有一个儿子连媳妇都没订下。而今农村娶个媳妇，少说也得七八百元钱。父子两个在队里拼命劳动一年，也分不了几个钱。姑夫和姑姑的头发早在前几年就愁白了。

我真不理解五叔为什么不能体谅他哥的难处。五叔家的人口也不少，难道这几年他的光景就好过？

我这样盘算着，便跟五叔来到了菜市场。

眼下正是夏末秋初，市场上的蔬菜看来还不少。集体的菜都是架子车拉着。私人的就可怜了，只是筐子里担一点——这是自留地的收获。乡下人就靠这点菜卖几个钱，才能把油盐酱醋买回去。

五叔领着我在菜市上串了一阵，也没找见我姑夫，却碰见了他们村卖菜的。菜是大队集体的，由一个我不太熟悉的老汉在卖。五叔问那老汉见没见我姑夫赶集，那老汉也说不清楚。

“干脆，”五叔对那老汉说，“你到其他处再给我看看去，菜让我照料着卖一阵。你如果见了我哥，就说侯家坪他侄子君娃在这里等他，让他来见一面。”

那老汉惊讶地对我说：“啊呀，你就是侯家坪那后生？常听你五叔说，你在省里当大官着哩！”

我只好对他笑了笑。

那老汉走后，我就在菜车旁和五叔闲聊了起来。

这时，有个干部模样的人来买菜。五叔对那人热情地招呼道：“刘主任，你要甚菜？”

“想买几个茄子。”那人说。

五叔从菜车里拣了七八个好点的茄子，扔在了刘主任的菜篮里。

“称一称……”那人不认真地说。

“称甚哩！你拿去吃就是了。几个烂茄子值几个钱！”五叔慷慨地说。

“……最近门市部进了一批山西柳林瓷器，质量实在好。你要的话，来……”刘主任没掏钱，撂下几句话就扬长而去了。

这把戏实在叫人看着不顺眼。我假装去看别的菜摊，稍稍躲开了点五叔。

但是我不时看见有干部家属去五叔那里“买菜”。干部们一般都不掏钱，家属们一般象征性掏点钱。这些人看来都和五叔惯熟了，以前明显都已经吃过他的甜头，他们也都给他吃过甜头。

我才想起五叔从大街上走过时，为什么有那么多干部给他打招呼。我同时也想到这么多年来为什么他很少出山，却比他哥——我的姑夫——光景好。这就是秘诀。当大家在一块吃大锅饭的时候，有些人可以从锅底捞稠的吃，而另一些人只能喝清汤。

不一会儿，那个寻我姑夫的老汉转回来了。但我姑夫没来——他显然没来赶集。

我于是过去对五叔说：“我去买些点心，给我姑和我姑夫捎回去。你给他们说，这回我时间紧，不能去看望他们，下回回来一定去。”

五叔说：“既然是这样，那我带你去买。我大儿子就在副食门市上，你可以认认他。我那儿子是个窝囊货，以后说不定还要麻烦你帮扶哩！”

五叔很快领我来到副食门市部，他儿子一口一个哥地称呼我。我买了几斤点心，还想买两包好点的烟，但门市上没有。五叔的儿子很快跑到后面的库房里，给我拿了整整一条“牡丹”牌香烟。

我把点心和烟交给五叔，就向他道了别，然后去县委宣传部借自行车，准备回家。

当我从县委宣传部推着自行车来到街口的时候，突然看见五叔正站在前面的一个街角上，手里提一大包菜，笑嘻嘻地招呼我。

他走过来，对我说："这包菜你带回去吃。你们大城市人爱吃菜。我知道你们村菜缺！"

我怎样推让都不行。五叔打架一般推开我，把那包菜绑在了我的自行车后架上。

我看不行了，就掏出钱给他。他一下子生气了，说："哈呀，你这娃娃怎这么见外！"

我说："菜是队里的……"

"我把钱出了。这是我送你的！"他大声喊着说。

我只好苦笑着接受了他的馈赠，并且按世俗的一套对他说："五叔，以后有什么要我帮助的，你就言传一声。"

"没什么……听说副食公司的胡经理是你中学的同学？"

"是。"我说。

"方便的话，你以后见了胡经理露个话，如果公司有转正指标，让他考虑一下我那小子，他已经当了三年合同工了……"

一种说不出的滋味顿时漫上了我的心头。

我现在才明白，五叔从公社里出来缠上我，一直绕了这么大个弯，在最后一刹那才把圈套套在了我的脖子上。他的手腕之高明，多么叫人惊叹——这就是多年不正常的社会生活所培养出来的一些农村的政治家！

五叔又一次和我热烈而长久地握了手，这才告别了。

我怀着难以名状的心情离开了县城……

第三次相遇

同年冬天，在一件公事办完后，我顺路又回了一趟家。

此时，我们村和整个黄土高原的任何村庄一样，都正处于一种纷纭的变革之中。

在全省范围内，山区比平原更早地开始实行农业责任制。党以巨大的魄力检讨了我们几十年的农业政策，开始了一种新鲜而鼓舞人心的改革。山区的农民首先热烈地响应了这个改革。这是因为，多年群蚁式生产方式给他们所带来的贫困生活状况，比之平原地区来说，也许更要严重。所以改变这种“大锅饭”状况对他们来说已经是一件迫不及待的事。当然，他们在以前做梦也不会想到生活会发生如此重大的变化。一切都是新鲜而陌生的。正因为这个原因，一开始的各种问题或者干脆说某种程度的混乱是不可避免的。在这样的时候，党在农村的基层组织和它的负责人，对这个历史性的变化采取什么样的态度和行动，就成了一件极其重要的事。

我回到村里后，看到我们村的党支部和老书记一直是认真而细心地进行这项庄严的工作的。土地的分配和其他生产资料的分配，每个劳力和每个家庭将要获得的收益与他们所要对国家、集体以及社会其他方面承担的义务、责任，都是明确而合理的。一切都在原则中进行。分而不乱,有条不紊。我去问了支书老侯一些情况。他不识字，也谈不出什么高论，只是对我说：“责任制嘛，那就要负责任！”

不用说，我父母和弟弟都极其兴奋，他们谋算明年将要在自己耕种的土地上进行怎样一种创举了。

我父亲甚至对我说：“前几年，我一直发愁，你弟弟要是结婚成家，非你帮扶不可，指望我父子俩在队里那点红利钱是不顶事的。现在好了，我们明年拼一年命，说不定就能把你弟弟结婚的彩礼打闹好，这就用不着连累你了。你的工资也不高，要养家糊口的……”

父亲的话使我深受感动。这不只是说我被他那种深厚的爱我的感情所感动，而是感到，生活给父亲这样的人带来了一种希望：在土地上自由创造的希望；想用劳动换来巨大收获而满足自己劳动者尊严的希望！我意识到，我现在虽然是一个在大城市工作的干部，但这穷乡僻壤生活变化的光芒，也投照在了我的身上。

这次回家来，我想得一定去看看姑姑和姑夫。他们听说我回来了，已经捎了几次话让我去。父母亲也一再催促我到张家堡走一趟。他们说姑夫和姑姑人都老了，也说不准我什么时候再回来，就不一定能见到他们了。

我于是拿着我自己的礼物和妈妈按乡俗为我准备的礼物，起身去姑姑家。

我没有走简易公路，而选择了大马河边的那一条崎岖不平的石头小路，向张家堡走去。小时候，我就是跟母亲从这条路上去姑姑家的，而且每一次都曾那样激动过我的心。那时候，对于一个乡村的孩子来说，生活大部分都局限于自己的村子和自己的家。到外村去走亲戚，那简直就像要出国一样新鲜而有趣……这一切离开我已经是那么遥远了。山路崎岖，山路蜿蜒，大地古老而宁静，一切依然和过去差不多。现在，我知道，在这古老而宁静的土地上，生活将要发生一些前所未有的变化……

姑姑和姑夫含着喜悦的泪水迎接我的到来。我看见，岁月已经使他们的脸刻满了皱纹，显得非常苍老了。

“啊呀，要实行责任制了，这真是一件大事！做梦也没想到！”姑夫一见面就和我谈这件事。他的心情看来兴奋而不安。“你是公家人，你知道这是一时的政策，还是……”他问我。

“我想不会是一时的。”我肯定地说。

“我不信你的话！”姑姑说。

“就是的！”姑夫附和姑姑的意见。

这种疑虑是可以理解的。我们村的人见面也是首先和我讨论这个问题。我尽量将自己所了解和理解的中央政策给他们讲，让他们放心。但他们还是将信将疑。

这是多年来不正常的社会生活所造成的。眼前这些人的疑虑需要时间和实际生活的发展来打消。目前只能让他们在欣喜中保持他们的某种疑虑吧，党会用实际来证明自己改革的决心，并以此取得千百万劳动者真挚的信任。

“你们村现在怎样了？”姑夫问我。

我把我们村的情况给他说了说。

姑夫立刻感慨地说：“老侯那人我知道，是个老党员，人可靠，是个好把式！他能领导好哩！”

“你们村搞得怎样了？”我问姑夫。

“我们村？唉……”他叹了一口气，“共产党的好经叫你五叔常给念歪了。可那些歪经他倒念得蛮顺口！”

“怎么回事？”

“快分烂包了！完全像土改一样。不过，地主不是过去的刘国璋，是生产队了！”姑夫痛心地摇了摇他雪白的头。

“政策不是很明确吗？”

“你五叔有你五叔的政策！他常制定土政策哩！”姑夫忧郁地一笑。

姑姑已经把饭端上来了，这方面的谈话就此中断。

我一边吃着香喷喷的臊子面，一边想起我和五叔的上次相遇。他曾那么强烈地反对责任制，但现在他也挡不住了。他在张家堡可以一手遮天，但他的巴掌毕竟太小了，遮不住中国的天。在社会变革的巨大潮流中，他和高家村的高明楼那些人是渺小的。好，他们现在也搞责任制了。不过，从姑夫的话中可以感到，他们有他们的一套。

吃完饭，来了一个青年人。

这位青年人愁眉苦脸地对姑夫说：“张大叔！你看这怎么办呀？我志高叔全给我分了些三等地！”

“为什么？”姑夫瞪着眼问。

“他说不为什么，就给我分坏地，还骂我富农的孙子翘狗尾巴哩……”小伙子的眼泪都涌出来了。

姑夫气得白胡子直颤，说：“而今党的政策明明的嘛！志高怎能这样胡来哩！”

“大叔，你能不能给他说说？”

“你回去，我说！”

小伙子说了一串感谢话，走了。

五叔的“土政策”我立刻领略了一件，这的确太不像话了。

姑夫对我苦笑了一下，说让我先自己呆一会儿，他要去喂猪了——姑姑这两天胳膊疼，提不起猪食桶。

已经是傍晚了。我一个人在窑里转着看了一看。摆设还和我以前来时一样，没有增添任何一点什么。岁月除去使老两口渐渐衰老外，没有带来什么特别的大喜大福。而且，我的表弟和我亲弟弟一般大小，已经到娶媳妇的年龄了，这又给两个老人增添了许多忧愁。他们怎么能拿得出上千元彩礼呢？

按说，大表哥分家后，姑夫家三口人，两个出众的庄稼人，加上姑姑的勤劳，这个家庭完全可以富裕而殷实。可是结果每年都几乎连肚子都吃不饱。如果他们是些二流子，那活该，可他们是怎样的庄稼人啊！一年四季，恨不得用脑袋去耕耘土地。为了多挣点工分，两个男劳力连个集都不敢去上，量盐买油，都是姑姑颠着小脚到城里去的。

我想，只要实行了责任制，姑姑家和我们家一样，他们的劳动完全可以创造出比现在多好多倍的价值来。

就在我这样乱盘算的时候，门被掀开了。

我以为是姑夫。一看，原来是五叔！

“哈呀，我中午就听说你来了，当时忙得没顾上来看你。这回你可要多住几天！”五叔进门后就嚷嚷着说。

“不能多住，明天就走。”我给五叔递上一根纸烟。

他接过烟，在煤油灯上吸着，然后感叹地说：“世事变化可真大呀！上次咱们见面到现在刚刚半年，就一下子乱套了！我那时听说要单干，就像听故事一样，以为那是胡扯哩，可现在就实行开了！”

“这是责任制，不叫单干。”我纠正他说。

“名词不一样了,可还不是单干哩！”五叔不以为然地把嘴一撇。

这时我想起上次见面，五叔曾要我给副食公司我的那个同学“做点工作”，让他儿子转正哩。可我却一直没有“做工作”。现在我赶忙先对他说：“五叔，你上次吩咐的那件事，我还没给我的同学说哩……”

“不麻烦你了，我看屁事也不顶！现在这政策硬了，恐怕迟早都得回来。”五叔先知先觉地预言了儿子的结局。“不过，混了几天公家饭，娶了个没出钱的媳妇，这也划得来了！”他又补充说。

“你们村也开始实行责任制了吗？”我问五叔。

“不开始行吗？上面口气很硬，咱个平头老百姓怎抗得住？君娃，你好好在咱农村记录一下，你是记者，权大！好好给上面反映一下，农村烂包了，资本主义完全复辟了！”他痛心疾首地说。

他仍然是他的老认识。对于这个“坚持社会主义道路的人”，我觉得他现在已经相当可笑了。

还没等我说什么，姑夫进来了。

姑夫把猪食桶往脚地上一放，开口就问五叔：“你怎给前村的治亮光分三等地？”

“怎？”五叔瞪起眼，“富农的孙子他挑啥哩？现时虽说不让讲成分了，但他就要和贫下中农平起平坐了吗？”

“现在共产党哪一条说要给富农出身的人分三等地？他爷是富农，他也是富农吗？”姑夫也瞪起了眼。

“好哥哩！你向来是个没立场的人！按你这样说，把原来他家的地都再分给他家！那都是一等地！你旧社会给治亮他爷揽工，你现在再给治亮揽工去！”五叔挖苦地说。

“放你的臭屁！”姑夫以当哥的身份对五叔破口了，“你再这样胡弄，快倒霉了！不信你等着看！”姑夫吼叫着说。

五叔因为姑夫当着我的面骂他，气得脸通红。但他可不能对他哥破口，只好悻悻地站起来，准备告辞了。

“你明天就把属于治亮的一等地给人家分了！你现在不给人家，将来也不得过去。你屙下的要你吃！”姑夫毫不客气地对准备起身的五叔说。

五叔看了看我，脸更红了，他转过头对他哥求饶似的说：“我就是错了，你好好说嘛，我改就是了。动不动就骂我，我成你的儿了！”

他说完，匆匆和我握了握手，就怏怏不快地走了。

五叔一走，我就忍不住笑了。

姑夫也笑了，说：“对这种人，就得骂！这几年，不是我时不时敲打一下他，这张家堡早叫他弄成个赤土滩坪了……”

这时候，我姑突然慌慌张张跑进来，说：“饲养院里打开架了！”

“为什么？”姑夫问。

“为分东西……”姑姑说。

“咱看看去。”姑夫对我说。

我于是跟着姑夫来到了张家堡前村的饲养院里。

一进院子，我们就看见了一个极其混乱的场面。

人们纷纷拥挤在棚圈里拉牲口——听说是按抓纸蛋分开的。因此，运气好的在笑，运气不好的在叫，在咒骂。有一个老汉竟然蹲在一个角落里放开声哭着。

另外的地方，集体的东西都按五叔制定的土政策在分。分不清楚的就抢，就夺，接着就吵、就骂、就打架，甚至一根牛缰绳都要剁成几截……一旦失去了原则和正确的引导，农民的自私性立刻就表现出来。有些东西哪怕变成废物，也要砸烂，一人均等地分上那么一块或一片。不能用就不能用！反正我用不成，也不能叫你用得成！

我作为一个国家干部，对这种状况已经不能熟视无睹了，因为我看见有些人竟然把队里的手扶拖拉机都大卸八块，像分猪肉一样，一人一块扛走了。他们说拖拉机上的钢好，拿回去能打造老镢头。

我立刻让姑夫去叫五叔。我自己开始规劝打架的人和破坏东西的人。但这些人根本就不把我放在眼里。他们说书记让这样分，你管得着吗？

姑夫气急败坏地回来了。他说没找见我五叔。

正好我表弟赶来了，他匆匆地问候了我一声，然后着急地对我姑夫说："爸！我五爸把队里的公窑都平价卖给私人了……"

"那你是干啥的？亏你还是个团书记哩！你羞先人哩！明天等着看吧，半村人都会叫公安局用法绳捆了去！"姑夫气愤地指教儿子说。

"我五爸说单干了，还要公窑干什么！他现在正领着队干部分公路边的树哩！"

"天老子呀！这家伙不要命了！公路边上的树怎敢分嘛！虽说是队里栽的，可公路是公家的嘛！你等着看吧，树一分开，一两天就被连根刨了！这还了得！是这，你腿快，赶快去公社叫个干部来。最好是来个领导！"姑夫命令我表弟说。

"我的面子怎能把公社领导请来……"表弟嘟囔着说了一句。

"你就说，张家堡分东西打死了几个人，看他们来不来！快去！到你五叔家把他的自行车骑上，叫公社的人连夜上来！"

表弟撒开腿跑了……

两个钟头以后，公社书记就亲自跑来了。他也显然对张家堡这个局面生气极了，把五叔狠狠批评了一顿。公社书记让社员都把东西先交回来，破坏了的生产工具，谁破坏了谁赔钱。他宣布：张家堡大队的责任制先缓后搞，公社要专门派工作组来协助进行……

五叔当时给公社书记作了检讨，说他水平低，没把事情弄好；说他也是“为了执行党的路线”，想把这场运动搞得轰轰烈烈……

这个骚乱的夜晚就这样平息了下来。

我躺在姑夫家的土炕上却怎么也睡不着。我想，如果我是公社书记的话，今晚上我就会把五叔的书记职务撤了。可是……他将仍然是张家堡的领导人。

我想起他说的“把这场运动搞得轰轰烈烈”的话，他把什么事都看成了运动。他实际上也就是前多年各种各样的“轰轰烈烈的运动”培养的一种干部，他患了一种“运动”病。

于是，我又想起了上一回我和五叔相遇的情景——那是我自童年见罢他后第一次遇见他，又是在那么一个特殊的场所，因此留下的印象很深……

第一次相遇

这是一个混乱的年月。

江青在全国推广小靳庄经验，要肚子都填不饱的农民赛诗，赛歌，赛唱样板戏。这个政治游戏一时风行全国农村。赛不赛诗，唱不唱样板戏,学不学小靳庄经验,拿当时最流行的话说,就是一个“路线问题”。许多县为了“紧跟形势”，纷纷派出专人去天津的小靳庄参观学习。参观大寨，参观小靳庄，在当时已成为一种相当时髦的行为。有些穷得一个劳动日只值几分钱的队，也要拿出一笔经费让他们的大队书记去朝拜这两个圣地。

学习小靳庄的活动一开始，报纸的报道照例要立刻在版面上反映出来，而且无疑应该是这一时期报道的重点。总编辑召开了紧急会议，让各部立即下去采访。我们家乡所在地区属于革命老区，在这些政治运动中照例被列为重点报道地区。我也被临时抽到了这一报道班子，和一群记者来到我们地区。

到地区革委会政工组了解了一些一般情况，这个记者组就分头下到了各县。

我和另一名记者来到了我们县。据地区政工组负责人讲，我们县这方面的工作是全地区的“样板”。

县政工组得知我们是来采访这方面活动的，当天下午就在县礼堂举行了县级各单位学习小靳庄赛诗会。在这个闹哄哄的赛诗会上，一群一群的人轮流上台，又唱又叫。有一个县革委会的副主任也自告奋勇上台念了他自己胡诌的一首“诗”。县政工组长竟然和他老婆一块上台唱样板戏，他扮李玉和，他老婆扮个李铁梅，当他老婆叫他“爹”时，台下的人笑得几乎发了疯。

我坐在“贵宾席”上，痛苦得如坐针毡。一切都目不忍睹。实际上，这一切都是专为我们两个人安排的。尊贵的人啊，已经被糟蹋成这个样子了！

我的同行却是个响当当的“革命派”。他在这样的场所里十分活跃。他拿出记者的派头，举着带闪光灯的照相机，在台上台下忙得不亦乐乎。我尽管反感所有这一切，但只能把一切烦恼埋在心头。我是个渺小的人物，没勇气公然去反抗这类东西；我只是还没有丧失正常人的感觉罢了。

当天晚上，我在县副食公司工作的一个同学请我到他家吃饭。他是我中学的同学，我们一直是很要好的朋友，他现在已是副食公司革委会的副主任了。

在饭桌上，我的同学首先攻击了我一番：“你们这些人，真是些厚脸皮的吹鼓手。今天可以骂自己的昨天，明天又可以骂自己的今天，自己经常打自己的嘴巴，可连脸都不红一下。这就是你们！请你别生气，你知道我是个直筒子。比如说你来采访这狗屁小靳庄经验吧，县上前几天就听说了，命令各单位停工停产搞这玩艺。连我们的门市部都被迫关了门，群众连酱油醋都买不上。中国人现在都成猴了，什么丑都得出。幼稚、荒唐、愚蠢、疯狂！”他愤怒地喊叫说，已经不能自已了。

我对他谈了我内心的痛苦。他说他理解我；说就是他自己，人家让关门停止营业也得照办。是的，人们现在谁也主宰不了自己的命运，对于正直人来说，只是不要让自己的心也黑了。

这天晚上，我们谈得很多，两个人几乎都喝醉了。深夜，他送我去县招待所。我们两个人互相搀扶着，东倒西歪地走过昏暗的街巷。一路上，由于酒醉勾起了许多伤心事，我们竟然都抽抽搭搭哭了起来。我们记起了小时候，我们戴着红领巾，就在这些熟悉的街巷里手拉手走过，天地一片阳光灿烂，我们的心灵愉快而纯净。当时我们曾发誓长大后要为祖国的建设事业创造不平凡的业绩。现在我们已到年富力强之时，生活却变得这样令人失望。我们不得不清醒地走在人生的歧途上，白白地糟蹋掉自己最宝贵的年华！

回到旅社以后，我的同行正伏案疾书，他兴奋地对我说："今天这个赛诗会真让人感动。我已经写好一篇报道，你看一看，明天就可以发回到报社去。你们县政治思想方面的工作的确是先进……"

我往床上一躺，对他说："我不看了，喝了点酒，头疼，你就按你的写吧。不过，你可不知道，我们县这几年吃国家返销粮也是全地区第一！"

我的同行停住笔，惊讶地看着我。我知道他并不惊讶我们县吃返销粮是全地区第一，而是惊讶我怎能说出这样的话。

由他去想吧，如果他有兴趣，回去还可以打个小报告。至于我，现在已经瞌睡了。我要借着酒劲，短暂地忘记一下自己的烦恼。

我很快就什么也不知道了。

第二天早晨，县政工组长来到我们住的地方，说今天带我们去参加一下农村的赛诗会。他告诉我们说，这个队是全县学习小靳庄的先进单位。

我因为是本县人，就不由得问："是哪个队？"政工组长说："就是你们城关公社的，张家堡大队，离你们村不远。赛诗会完了，小车还可以把你顺路送回家。"

我的头"嗡"地响了一声。

张家堡，不就是我姑家的村子吗？除过我们村，那就是我最熟悉的地方了。小时候，我曾在那里度过许多美妙的日子。前多年回了几次家，总想着要去看看姑夫和姑姑，结果总是七事八事的没去成。想不到这次竟然是因为这样的机缘使我能有机会重访久别的张家堡。

上午九点左右，县上的小车把我们直接送到张家堡大队的小学校。

从吉普车上下来，第一个迎接我们的就是五叔张志高。他穿一身干净的蓝制服，脸上的胡楂刮剃得干干净净，满脸喜气洋洋，就像农村过红白事的主事人迎接宾朋好友一样迎接了我们。

五叔长久地握着我的手，摇着，说着："哈呀，君娃而今出息成个大人物了，这是咱整个大马河川的光荣！小时候我就看出你将来不得了……想不到你今天亲自来了，请你好好检查指导我们的工作！本来你五叔没把工作做好，可县上硬给我带面子，要在咱这里开现场会，还有你们大记者都记录来了，哈呀，真是……"

自童年以后，我好多年都没见五叔了。他看来还不显老，红光满面的，穿罩和头发的式样有点像脱产干部。

我们拉扯了一顿客气话后，县政工组长给我和我的同行介绍说："张志高同志是张家堡大队的书记，抓政治思想工作的一把好手，每次运动都是县上的先进。这次学习小靳庄，他们行动快，工作搞得很出色……”

“不行！不行！”五叔兴奋地笑着，说：“请县上领导和报纸的同志多批评！多指导！”

这时候，整个学校院子里都挤满了庄稼人和小学生。教室门前已经搭起了一个台子，台子下面，一长溜学生娃的课桌上都蒙着一些门帘和床单一类的东西，上面放着暖水瓶和茶缸、香烟。

张家堡许多上年纪的人小时候都认识我，现在纷纷过来，又拘束又亲切地挤前来和我说话。

我的心情很不好，但强装笑脸和众人应酬。

我问五叔：“我姑和我姑夫来了没？”

我心里希望他们不要来！

五叔说：“你姑来了，她今天还要上台念诗哩！你姑夫没来，说病了。我知道他装病。他虽说是个党员，这几年革命性差得太离谱了！”

我此刻对五叔非常反感。由于我的身份，我不能流露什么。

我对五叔说：“你帮我找一下我姑。”

五叔打发周围几个年轻人去找，说他还忙着哩。他匆匆和我握了手，到人群前扯嗓子吆喝去了。

姑姑被表弟引来见我了。老人家双手拉着我的手，泪水直淌，一句话也说不出来。

我对姑姑说：“你年纪这么大了，来这里干什么？你老人家快回去！”

“唉……不敢嘛！说这是中央的命令。你姑夫是个犟板筋，顶着不来。我总得来嘛。你弟弟是村里的团支书，我怕给娃娃造罪……”

表弟站在旁边一句话也不说，只是低倾着头。

“你可不知情，听说你们上面的人要来，村里的人已经七八天不出山劳动了，地锄不开，今年下来吃什么呀……你不是外人，姑姑敢说这反动话哩……”姑姑用手擦着眼角的泪水，难受地说。

“那你们不能不搞这赛诗会吗？”我对表弟说。

姑姑和表弟都一下子吃惊地望着我。

我一下子意识到，我说了一句出边的话。他们怎能不为我的话而吃惊呢？我不正是来采访他们队的“先进事迹”吗？我怎么能在此时此地说出这样的话呢？

我一时很难对他们说清楚我的心情，只好沉默地面对他们惊讶的神色。

“硬是你五叔胡成精哩！这多年一股劲这运动那运动，弄得村里人粮没粮，钱没钱，就是挣下一公窑奖状！奖状能吃吗？唉，世事越闹人越糊涂了……”

“妈！你不要说了……”表弟胆怯地望了我一眼。

这时候，五叔在台子上吼叫着让人安静下来，说赛诗会就要开始了。

县政工组长过来招呼让我到“主席台”前去就坐。

姑姑只好对我说：“会完了一定到姑姑家去，你姑夫常想得念叨你哩……”

我说我一定要去的。

我和姑姑、表弟道了别，就跟随政工组长来到“主席台”前坐下来。

五叔开始在台上讲话了。想不到他这几年锻炼出这么好的口才。他从世界革命说到中国革命，从省上说到县上，又从县上说到张家堡；向众乡党说明评法批儒和学习小靳庄的伟大意义，并且还背了几句“圪塔纲领”（《哥达纲领》）里的话，他说学习小靳庄经验要掀起一个轰轰烈烈的群众运动。接着他臭骂了一通两千年前的死人孔老二，然后宣布“三赛”会开始。他说第一个节目由他自己来演出。

这家伙竟然从后台拿出一把土三弦，叮叮咣咣地弹起来，嘴里念念有词道："我的三弦就是机关枪，对准孔老二的黑心肠……"

这叮叮咣咣的三弦声又把我带回到童年的记忆中。我记起了那年月间的五叔……一个年轻而纯朴的庄稼汉，坐在门前的草堆里，弹着三弦，唱着信天游；我和他的老黄狗就卧在他身边，沉醉在那迷人的歌声里……

现在，我又听见了那土三弦的弹拨声。但是，时过境迁，这一切已变了模样。三弦已经成了"机关枪"，成了五叔的一种政治武器。

我的同行为五叔的表演兴奋得又鼓掌，又照相。县上和公社来的干部也都纷纷为五叔鼓掌、称赞。五叔更有点得意了，几十岁的人，竟然摇头晃脑起来。

我为此真想哭一鼻子。五叔，你为什么成了这个样子？是谁让你成为这个样子的？

五叔的"节目"完了后，学生娃们上去唱样板戏；学生娃们唱完后，台上竟然上去了一群白发老婆婆，她们豁牙漏气，在五叔的指导下，背诵几句小学教师为她们胡诌的顺口溜。她们怎么也念不到一块，一个个老皱脸臊得通红。我痛苦地看见，姑姑也站在里边！

这一切已经有点残酷了。我低下头，用双手捂住眼睛，心中涌满了悲哀和愤怒！此刻，这些老人们就像羔羊一般被搁在了这个可诅咒的祭坛上，而我却要在这么近的地方目睹这一切！

我不知道这一场闹剧是什么时候收场的。

我勉强和我的兴奋的同行分了手，然后就和表弟搀扶着姑姑回了他们家。

姑夫又惊又喜地迎接了我。他当然连一点病也没有。

我仍然对刚才的一幕感到痛苦，对姑夫说："你们村怎么胡闹哩？"

"你也是这么看的？"姑夫又惊讶又激动地叫道。他拍了拍我的肩膀说："君娃还是君娃，唉，好君娃哩，咱农村完了！没光景了！不能活了！而今党里头有人作孽哩！你五叔跟上疯子扬黄尘，把张家堡完全弄倒塌了！地连一遍都没锄，草长得比庄稼都高，整天不劳动就弄这些瞎事！我真想把你五叔的腿打断，把这龟子孙的嘴拿针缝了，再叫他王八蛋跳叫！”

“你可千万不敢闯乱子……”姑姑害怕地央告姑夫。

我把一些点心和两块布料从提包里掏出来，放在炕上，对姑夫和姑姑说，我因为明天要返回县上，在这坐一下就准备回我们家去看看。

姑夫和姑姑非要我留下吃一顿饭不行，他们说吃了饭也能赶回去。

我不能拒绝他们的心意，于是就留下来。

我和姑夫在这孔窑里说话，姑姑到另一孔窑洞去给我做饭。

过了好一阵，我和姑夫突然听见隔壁窑里我姑姑的哭啼声。尽管声音不大，但我们两个都听见了，我和姑夫慌得不知出了什么事，赶忙跑了过去。

我们过去一看，见锅里正冒着热气，我姑手里拿着笊篱，伏在锅台上泣不成声！

我和姑夫都问她出了什么事。

姑姑抬起头，伤心地哭着说：“我给咱君娃包了几个高粱面饺子，都烂在锅里捞不出一个新的来了，成了一锅糊子……我娃常也不回来……”她哭得更伤心了。

我也哭了。

姑夫叹了一口气，说：“高粱面怎能包成饺子哩，你应该做成面片……甭哭了，君娃又不是外人……”他的声音也哽咽了，转过头对我说：“这几年正好没粮嘛，白面、豆面都没……你看姑夫活成个什么人了……”他一下子蹲在灶火圪塄里，双手抱住了白发苍苍的头。

我扶起姑姑，对她说：“你千万不要这样，你一辈子都亲我疼我，我小时候都不知吃了你们家多少好东西。我就是在你们这里喝上一口凉水也是甜的……”

说完后，我自己捞了一碗高粱面和土豆丝糊汤大口大口吃起来，并对姑夫和姑姑说："白米白面我都吃够了，这饭正对我的胃口！"

姑夫和姑姑看见我这样，都惨淡地笑了。

吃罢这顿伤心饭，我便告别了二老，起身回家看望我父母亲。

当我出了张家堡村口时，五叔张志高突然撵来了。他手里拿着一卷材料，在村口堵住我说："君娃，这是我叫队里的会计赶写的，上面记录了我们队学习小靳庄的先进经验，你们报纸写文章好参考，你拿着，我就不专门给你们往城里送了……"

我厌恶地对他说："这次我不管这事，你还是送到城里去吧……"

当我走在田间小路上，思绪便像洪水一般开始泛滥。一切都是这样叫人难受。乡亲们连饭都吃不上，却让他们停工停产去唱歌跳舞。五叔，你也是个农民，难道你的眼睛瞎了吗？你就看不出这一切有多么荒唐吗？

可是我自己又有什么权力谴责五叔呢？我也是农民的子弟，竟然千里迢迢赶回来，要把他们如此惨痛的悲剧当做喜剧来写……我发誓这次我连一个字也不会写的！

一路上，姑姑流泪的脸和五叔喜气洋洋的脸交替在我眼前晃动着。我在心里呼唤：把这一页惨痛的历史尽快翻过去吧，让姑夫和姑姑们的脸上露出笑容，而让五叔们脸上的笑容黯淡下来……

第五次相遇

又是一个夏天了。

我搭上西去的列车，去F市采访。火一般的太阳照耀着车窗外无边的原野，大地已经变成了一片绿色的海洋，车厢里极其闷热，旅客们一个个汗流浃背。按节气，已经到一年中最炎热的时候了。

社会生活同时也处在一种热烈的气氛中。尤其是幅员辽阔的农村，显出了历史上少有的激动。山区的生产责任制已经搞了两年了，实际成果说服了怀疑论者。那里大规模生产方式的改变，极大地刺激了农民的生产积极性，初步改善了极度贫困的生产状况，使他们有吃有穿了。当然，冒尖户是少数，眼下并不像某些文艺作品所宣扬的那样，农民个个都已经进了天堂，动不动就把高档商品买回了家。我们的农民难道还不清楚吗？他们过去在某种程度上已穷到了骨头里，新政策的优越性不可能一下子就把所有的人都变成大富翁。对于大多数农民来说，解决了温饱问题，这就是一个了不起的胜利。另外，一切都还刚刚开头，许许多多的新问题和新矛盾接踵而来，需要迅速而有力地给予解决。但党的某些基层组织和它的负责人本身在认识方面都不同程度地存在着一些严重的问题，因而，使得许多新矛盾无法得到妥帖地解决。毫无疑问，我国整个农村的进步有待于一个长期不断改革的过程。但是，最初的这一步已经显示了一种令人鼓舞的景象，这是任何眼睛没瞎的人都能看得见的。

平原地区也在仿效山区的榜样，开始大规模地实行生产责任制了。省委第一书记已经在答省报记者问中，号召平原地区迅速落实生产责任制。但是，F 市所在地区在这方面一直抵抗着，长期按兵不动。为此，省委已经把那里的主要领导人调离了。新建不久的新市委班子坚决执行省委的指示，F 市和全地区的农村已经处于一种急骤变革的状态中。我正是赶去采访和调查这一地区的农村形势的。

我坐在飞驰的列车上，听着铿锵的车轮声，感受着一种强烈的时代变革的气息。我记起了一本长篇小说的名字：《在田野上，前进！》，那是写另一个时期中国农村的大变化的。现在，我们也可以兴奋地呼喊：在田野上，前进！

我在 F 市下了火车，通过检票口，来到了候车室。

已经是晚上了，我想很快先找个住处，于是就小心地通过睡在地上的横七竖八的旅客，向外面走去。

到候车室门口的时候，我一下子呆住了。我看见了一张熟悉的面孔。

这不是张志高吗？

是的，这的确是五叔，他现在赤膊露体躺在候车室大门口的一个角落里，头枕着自己的两只鞋。打着很响的呼噜在睡觉。他看来疲惫不堪，头沉重地歪在一边，身上和头上布满了汗水珠子，身子下面的水泥地板似乎都湿了一片。他的长裤管挽在大腿以上，上身只穿我们家乡农村的那种红裹肚，两条腿摞在一起，侧身倒地，就像家乡农人们在山野里睡觉一样。

五叔，你到这里来干什么呢？为什么你一个人流落在这陌生的异乡，受这份洋罪呢？

我犹豫地站在这个酣睡的乡亲面前，不知该不该叫醒他。

我想叫醒他，问明他的一切。我又不忍心叫醒他，他看来太疲倦了，睡得那么死沉，说不定好长时间没睡一个好觉了。我躬下身，看见他抽动的嘴角和紧蹙的眉头间，似乎隐约地流露出心灵深处某种阴郁的迹象。此刻，他也许在梦中回到了我们亲爱的大马河川，回到了那个鸡叫狗吠的村落……

不论怎样，我眼下无法想象五叔为什么睡在这里。

我犹豫了一会儿，叹了口气，先出了候车室。我想还是让他在这个肮脏的地方再睡一会儿，等我找好住处再来叫他吧。今晚，我要让他和我住在一起。他大概是不想掏住宿费才在那里凑合的。

我在F市委招待所包了一个两张床位的房间，把东西放好，连脸也没擦一把，就又急匆匆地来到了火车站。

五叔仍然睡在候车室的门口，似乎连动也没动一下。

我在他旁边蹲下，轻声唤他："五叔！五叔！"

他一动也不动。

我又一边叫他，一边用手掀他汗淋淋的身体。

他慢慢地睁开眼，似乎竭力要弄清楚他在什么地方，而眼前又发生了什么事。

在一刹那间，他认出了我。

五叔一下坐起来，叫了一声：“君娃？”

我对他点点头。

他先害臊地两把将衣服裹在赤身裸体上，把枕在头下的两只鞋穿在脚上，说：“做梦也想不到在这里碰见你……”他的眼里似乎闪动着泪水，亲热地用汗涔涔的手抓住了我的手。他显然相当激动，像在外国碰见我一样。

我在他身边的一块半截砖头上坐下来，问他：“你在这儿干啥哩？”

他不知为什么，脸一下子通红，说：“唉，跑一点小生意……”

“给集体还是给你？”

“集体？还有集体吗？集体早散伙了！单干了！资本主义了！”他顷刻间变得恼怒了。

这个顽固的人，他仍然是他那老一套！

“那你跑出来，地怎种呀？”我问他。

“我没心思走资本主义道路！地让我那个二流子小子胡弄着，我出来跑点生意。新政策不是号召让做生意吗？”他有点嘲弄地说。

“你做什么生意哩？”

“零七碎八……”

他显然不想说他干什么。我不愿再打问了。这是属于别人的私事，再问也许不合适。可是我隐约地觉得，这个“坚持走社会主义道路”的人，他的“生意”有点非社会主义的味道。但我不是公安局的，无权追究这些，何况他是我的五叔。

“你又到什么地方记录去呀？”他问我。

我告诉他，我就到这个地方来的，再不走了。

我问他到什么地方去，他说他明天一早就坐火车去省城呀。

我马上对他说，我已经包好了一间房子，也有床位，让他今晚跟我去住。

“我怕误了火车的钟点。”他说。

“不怕，招待所离火车站不远，几分钟就到了，误不了车。咱们住在一块，还可以拉拉家常话。”

他同意了，拿起了身边那个落满尘土的黑人造革皮包，和我一同出了候车室。

我把他先领到火车站附近的一个食堂里，要了些菜、馍、啤酒和汽水。

五叔喝不惯啤酒，说像些马尿。我就又给他买了几两白酒。

几杯酒下肚，他就有点醉意了，瞪着一双微微发红的眼睛，对我说：“你是个记者，好好把咱农村的情况记录下来，给中央和胡耀邦总书记反映上去！就说资本主义完全复辟了！”

我又记起了上次在我们县车站附近食堂里的情景，那时他在饭桌上就说这些话，现在还在说。我同时也想起了多年前在学校院子里的赛诗会，想起了他在公社会议室的发言和菜市场的表演，也想起了大队饲养院里的那次骚乱……我又看看此刻桌子对面那双醉意蒙眬的眼睛，感到心情沉重而痛苦。不正常的时代造就了这样一种不正常的人，而且还是党的一个基层组织的领导干部。这样的人本应该早被撤换下来了，可他仍然占据着领导地位。我们的改革首先正是应该针对这样一些人的，而不幸的是，眼下有些地方往往正是由这样一些人在领导着我们的改革。比如说 F 市吧，前几年正是由几个对抗中央政策的人在领导着一个几百万人口的地区。这些人当然要比五叔高明多了。他们采取的是在口头上拥护新政策，而在实际工作中顽固对抗的方法，他们在会议上一口一个要坚决贯彻中央精神，而在私下里，在和老婆睡觉的时候，在和心腹们下棋打扑克牌的时候，却用一种嘲弄的口气讥讽所有的改革。我国新时期社会改革的最大困难就在这里。

吃罢饭，我搀扶着五叔，来到市招待所的房间里。

五叔脱掉外衣，躺在凉席上，一口一口地长叹气，对我说："唉，君娃，你五叔现在活得不像个人了……"

我不知该说什么。

他直愣愣地望着房顶的天花板，叹着气说："以前，我张志高是个什么世事？常是站在人面前的人嘛！工作常是先进，给张家堡挣了一墙的奖状和锦旗。公社和县上的领导谁不看重我张志高？参观大寨，到地区和省里开先进会，哪一回能少了我张志高？想当年，常是坐'主席台'的人嘛！可是而今呢？却像个要饭吃的一样，流落到了这等地步！……哎，你不知道，以前我参观开会路过这些地方，都像上宾一样住在带澡堂子的宾馆里，可如今躺在候车室的地板上，连条狗都不如……"

他说完，一下子翻身趴在凉席上，竟然呜呜咽咽地哭起来了。

我慌忙劝解他，但他一句话也不说，只是呜咽着。

这哭声强烈地震撼了我的心。

我无法安慰他，也说不出来什么同情话，于是就从房间里走出来。让五叔一个人在房子里静静地哭一会儿吧！我无法同情他，但我怜悯他。直到现在，他还不明白他的悲剧。是的，这不仅是他的悲剧，也是一个时代的悲剧。正是一个悲剧的时代造成了这样一个悲剧性的人物。实际上，在我们的生活中，有多少个五叔一样的人物啊！历史往往就是这样：一个悲剧性的时代结束了，但那些悲剧性的人物并没有结束自己的悲剧。

我在招待所的院子里长久地徘徊着。

此刻，沸腾了一天的F市安静了下来。城市的灯火先后熄灭了一些，夜空中的星星却更繁密，更明亮了。晚风习习地从远方的山峡中吹过来，驱散了城市上空的热气，使人感到一种说不出的爽快。

等我回到房间后，看见五叔不知在什么时候已经睡着了。

我默默地坐在床沿上，点燃一支烟，静静地看着熟睡的五叔。我固执地在他的留有泪迹的脸上，寻找我在童年时所熟悉的一些特征。

我长久地看着睡梦中的五叔，两滴泪水不知什么时候已经涌出了我的眼睛，从烫热的脸颊上滑落了下来；耳边似乎隐约地又传来了那久远年间的叮叮咣咣的土三弦声……

结束

我去拘留所看罢五叔二十多天后的一个早晨，五叔突然来到了我的家里。

他神色有些沮丧，但因为从拘留所放出来又有些高兴。他的身体和精力明显地衰弱了，甚至显出了某种老态；多时没刮剃的胡楂乱蓬蓬地在皱纹脸上围了一大圈。

我高兴地问他："放出来了？"

他百感交集地用手指头揩去眼角的两颗泪珠，说："放出来了。判了个免于刑事处分……"

我和我爱人立刻忙着给他炒了许多菜，招待他吃饭。我们都留他在我们家多歇息几天。

五叔说他不准备住了，已经买好了明天回老家的长途汽车票。

当天晚上，他就在我们家住了一夜。

第二天早晨，我送他去长途汽车站。一路上，他不说其他，只是反复地感叹说："唉，真丢人！以后我再怎领导张家堡大队的工作呀……"

得了吧，五叔！你怎么还能领导张家堡的工作呢？你自己首先应该回到土地上老老实实地劳动，用汗水好好洗刷一下你自己，你身上积起来的污垢已经太多了。

我怀着一种极其悲哀的心情，一直目送着他的背影消失在长途汽车站检票口的后面。

当我转身走上宽阔的街道时，曙色已经染红了东方的地平线，城市从睡梦中醒来，到处都是沸腾的声响——新的一天又开始了。

我走在上早班的人流里，心头猛地打起了一个热浪——因为我从五叔们的衰败中，看见中国正挺起朝气蓬勃的胸膛走向未来！

* 原载《钟山》1984 年第 5 期。

生活咏叹调

（三题）

小镇上

吉普车在咸榆公路上奔驰着。车窗外闪过冬日苍茫的天际，玄黄色的山峦，以及悬崖上垂挂着的奶白色的冰凌……

军人微微前倾着身子，透过车玻璃扫视着黄土高原广漠的田野，两只眼睛闪闪发光。因为种种原因，他二十年没回故乡了。走时是兵，现在已是一个现代化炮兵师的政委。这多年，他一直生活在祖国绿莽莽的西南边陲，但梦里却常常是一片黄颜色……现在他又终于看见了这亲爱的土地。黄色永远是温暖的色调。他此刻的心暖烘烘的。

故乡，你好，我回来了。我就是那个小时候吊着鼻涕的狗娃——大马河川卧牛沟高老大的五小子……

“再有八十里路就到家了……”他对军分区派来送他的小车司机说，两只眼睛仍然贪婪地扫视着车窗外的一切、一切……一切似乎是那么熟悉，又是那么陌生了……

前面出现了一座小镇。其实和一个大的村庄差不多，只不过多了一条简陋的街面而已。

他猛一怔。

我为什么一怔？他似乎在问自己。

你一定记起了什么？

噢，是的！

他让司机把吉普车停在镇子对面的公路边上。他说他要到镇子上走一趟，让小伙子等一下。

他下了车，走过那座小小的、古老的弓形石桥，来到了镇子上。

他先静静地立在街口，望着这地方，似乎在默默地向它致敬。小镇，这是我。二十多年了，你一定不会认出我是谁。但我并没有忘记你，只不过那一切都属于过去了。

他把军大衣往紧裹了裹，迈着军人矫健的步伐穿过街面，向那个他一眼就认出来的地方走去。

这是一座小学校。

他悄悄地立在校门口，胆怯地向里面瞄了一眼，脸上立刻不由自主地显出一种敬畏的神色，就像当年他第一次站在这里一样。

是的，二十几年前，你来这里时，还是个孩子。穿着一身破破烂烂的衣服，背着一卷缀补疤的铺盖，从僻远闭塞的大山里走到公路线上，躲避汽车像躲避怪物一样。当你站在这校门口的时候，就像穿越过撒哈拉大沙漠的一个来自原始部落里的虔诚的穆斯林，站在耶路撒冷的圣殿前……唉，那时这学校其实是多么简陋！大门哪有这么排场？只不过是一个土豁子罢了。围墙也是土的，上面缀满了不安生的手脚所留下的坑坑洼洼。现在呢？看看，这大门和围墙都是一色青砖砌起，多气派！

你记得在这里整整上过两年学——五年级和六年级。当时父母有病，家里连你一共八个孩子。你是勉强支撑着来这里的。衣服破得遮不住羞丑；一顿只能喝一碗稀糊糊高粱汤；身上常常连一分钱也没有……

一阵电铃声。

电铃？不是钟声吗？

他笑了，朝校园里望了望。过去那些破破烂烂的窑洞不见了，眼前是一排排砖瓦盖成的大教室。那棵老槐树还在，只不过更老了。吊在它上面的那口大铁钟不见了。但他依稀还听见那“当！当！”的声音，就像一个老年人用沙哑的嗓门从遥远的过去向他亲切问候。

学生娃娃们从各个教室里拥出来，汇聚在了大操场上。操场立刻变成了一个欢乐的、喧闹的海洋。

他咧开嘴巴笑着，呆呆地望了一会儿这些穿戴得漂漂亮亮的孩子们，然后用手指头揩了揩眼角，就离开了校门口。

他然后又开始绕着学校的围墙走。一边走，一边仔细地在墙根下瞅着，似乎在寻找什么。他的心在怦怦地跳着。

还在吗？那个我曾像小狗一样爬过的下水洞！

说真的，无论是当兵前还是当兵后，他都爬过或钻过各式各样的洞——土洞、桥洞、涵洞、石头洞……但没有一个洞能留在记忆里——有什么必要记住这些呢？但这里的那个下水洞他却没有能忘记。

他一边走，一边像侦察兵似的搜索着那个已属于遥远记忆中的遗迹。他刚才在车上那猛地一怔，正是想起了这个洞。他现在停车来到这里，多半也是为了看看这个地方的。在外人看来，这也许有些可笑。但有些个人的内心隐秘是不需要外人理解的。

他走着走着，一下子呆住了。

一点也不错，这就是那个洞，那个在下雨天把校园操场上的积水排在墙外的肮脏的下水洞。二十年过去了，尽管当年低矮的土围墙改换成砖砌的高墙，但这个洞几乎还原样地保存着，似乎专门等着他今天来重访。

刹那间，那热闹的锣鼓声、丝弦声、秦腔……又在你的耳边骤然间响起来。大概是秋天，很可能是八月十五，校园的大操场上正唱戏。这是小镇上一年中最盛大的节日。学生们全都放假，而且不准在唱戏的时候留在校园内，以便把这里变成剧场，因为镇子上再也找不到这么一块平坦地方了。当然还可以进去，但得买票。

校门的土豁子成了“剧院”的入场处，被剧团掏钱雇来的本镇的一些彪形大汉把守着。土墙里面也有同样的大汉们来回巡视，以防不良之徒越墙而过。

同学们都看戏去了，就你一个人踯躅在街头。你没有那三毛钱去买一张票。身上只有一毛钱，还是一张菜票。那锣鼓和丝弦的喧闹，那笑语哗然的人声，那激昂慷慨的戏文，撩拨着你的心。你看不见这一切。如果你当时是大人，你也许能忍受。可你才十一二岁，像所有和你同龄的孩子一样神往那个热闹非凡的场所……

突然，你一下子记起了那个下水洞。悄悄地从那洞中钻进去，不就到操场上了吗?

唉，我当时曾怀着怎样恐惧的心情，从眼前这个洞里爬进去的呀！洞里又黑又脏，手上似乎都糊了狗屎，臭烘烘的。但不管怎样，我已经无论如何不可能再退回去了。

灾难在我从洞那边一伸出头就降临了。一只蒲扇般的大手一下子扣在了我头上。我脑子“轰”的一声，觉得整个世界都陷入到一片黑暗之中。当我挣扎着企图像泥鳅一般溜掉时，那另一只大手已经揪住了我的一只耳朵。

就这样，我被那无情的手从洞子里拉出来，拉在了人山人海的操场上。我立即认出，揪我耳朵的人是镇子上肉铺里的焦二，腰圆膀阔，满脸栽着圪针般的硬须。据说他可以把刚开膛的猪板油生吃三斤。

“你这个混场的贼溜子……”焦二一边揪着我的耳朵拉着我走，一边兴奋地嚷嚷着，似乎像一个求功心切的勇士终于活捉了一个俘虏。

我的耳朵疼得就像要掉下来似的，但还不敢吭声，更不敢哭。我只是小声地央告着，让他不要把我交到学校。但焦二大声喊叫说非要把我交给校长本人不可！

一切都完了！我将在同学们中间变成一个声名狼藉的人，而说不定学校还会把我开除的。天啊，我怎有脸回到我的村子？怎有脸见全家人和全村人的面？

我被这无情的手揪扯着耳朵，走过一长溜吆喝声四起的小吃摊。

“焦二，你又造什么孽呀！你把这娃娃的耳朵都快揪下来了！”一个妇女的声音。

“这小子不买票，从水洞子里钻进来。哼，叫我给逮住了！”

“手放开！”

“怎？”焦二叫了一声，手立即松开了，因为他手里被硬塞进了一个烫热的菜包子。

焦二笑了，顾不得其他，烫得两只手来回倒腾着那个包子，嘴“扑扑”地吹着，甚至给包子上唾了一下。

他开始吧咂着嘴吃起了包子，似乎一下子忘记了我。

一只温热的手在我的头上摩挲了一下。

“你怎不买票钻水洞子呢？”卖菜包子的大嫂声音充满了无限的怜悯。

在朦胧的蒸汽中，我看见了一张慈祥的脸。

“我……没有钱。”

“你是镇子上谁家的娃娃？”

“我不是镇子上的。我是乡里来的。”

“哪个村子的？”

“卧牛沟的。”

“念书娃娃？”

“嗯。我就是这学校的。”

“唉，看多恓惶！裤子都露着肉……”

一只热腾腾的包子递到了我面前。我不接但被硬塞到了手里。接着，又是那只温热的、母性的手在我头上轻轻地摩挲了一下。泪水顿时像浓雾一般模糊了我的眼睛……

他用模糊的泪眼出神地望着这个二十多年前蒙难的地方，耳边依然响着焦二和卖菜包子大嫂的声音——

“不要给学校交，你把娃娃放了！”

“哈呀，人家剧团出钱雇我焦二，我怎能不给人家尽职尽心哩！”

“屁！甭吆喝了！生猪油把你的心糊成个猪心了！给！我不信这热包子还塞不住你个猪嘴巴！”

“哈哈哈，猪嘴碰上个狗獠牙，焦二碰上个母夜叉……”焦二吃着包子，回过头说，“你这小子还站着干什么？去吧……”

羞耻、悔恨、感激、甜蜜……这种种情感涌上了你的胸腔，涌上了你的喉眼。你手里捧着那一个热腾腾的菜包子，转身就跑开了。

你哪再有心思去看戏呢？你从那个土豁子里跑出来，又重新踯躅在了街头上。你不知该到哪里去。你觉得你有许多话想给世人说，但又不知你想说什么。总之，你真想亲吻这破烂街道上的一切呀……

政委解开军大衣的纽扣，抬起头，望着无边的黄色的山峦，发出一声长长的叹息。哦，我的故乡，我的小镇，我的下水洞，我的焦二大叔，我的卖菜包子的大嫂，我的逝去的童年……我对你们所有的一切都怀着多么深切的眷恋和热爱！就是焦二大叔那只揪过我耳朵的手，现在对我来说，也像卖菜包子大嫂的手一样温暖。大嫂，你再用你那温热的手摸一摸我的头发吧。焦二大叔，此刻我也多么想再让你用你的手揪一揪我的耳朵，好让我再一次感受一下故乡那热辣辣的惩罚……

他下意识地用手摸了摸自己的耳朵，然后向那个下水洞投去最后的一瞥，就转身走向街道。

“菜包子哎——”前面传来一声悠长的女孩子的喊叫声。

他的眼前蓦地闪现出一张慈祥的妇女的脸。

他快步走向前去，来到一个卖零吃的摊子前。这里热闹非凡，吆喝声四起。有卖凉粉的，有卖油糕的，有卖粽子的，有卖扁食的……卖包子的呢？

他终于发现了她。这是一个脸像山丹丹花一般好看的姑娘。他问：“多少钱一个？”

姑娘立刻热情地招呼道：“七分钱一个，不要粮票，喷香！你要几个？”

“你妈妈是干啥的？”他竟然这样问她。

姑娘一愣。她说：“我妈是邮电所的干部，我是待业青年……你认识我妈？”

“噢……不认识。我买四个。”他为自己的唐突而不好意思地摇了摇头。

他拿着四个热腾腾的菜包子，重新穿过那座古老的弓形小石桥，返回到了公路上。

司机身子伏在方向盘上，已经睡着了。

他敏捷地上了车，用胳膊肘轻轻碰醒了小伙子，给他手里塞了两个菜包子，说：“很香，你吃吧，吃完了咱再走……”

司机说他不饿，把包子塞进挎包里，就立即踩动了离合器。

吉普车重新又奔驰在咸榆公路上。车窗外依然闪过冬日那苍茫的天际，玄黄色的山峦，以及悬崖上垂挂着的奶白色的冰凌——这凝固了的激情！

杏树下

四月，白粉粉的杏花已经谢了。躲藏在绿叶间的毛茸茸的青杏羞怯地望着这个陌生的中年人。

他立在这杏树下，静静地垂着两条胳膊，不言不语地看着这株粗壮的果树。故乡山野的风带着春天的温暖，轻轻抚摸他夹杂几根白发的头，抚摸他的脸颊，抚摸他的心。

杏树，你应该认识我。尽管我们分别有许多岁月，但我可从来都没有忘记过你。当我夹着讲义，站在林业学院的讲台上讲述那些杨树、柳树、松树……的时候，我就想起了你，杏树；想起了她，小萍；想起了我们小时候。不过，那时你很小，我们也很小……

是的，他那时才十一岁，在村里的小学校上三年级。她也只有十四岁，因为上学晚，念四年级。

本来他们并不相识。一家在村东，一家在村西，庄子太大，除过正月闹红火偶尔见一面，平时谁也不见谁。虽说同住一村，可孩子们的世界总是那么小。就是上了学，两个年级不说，她比他大，还是个女生。他们从来没说过一句话。在这种年龄，男孩和女孩的界线是很严格的，他们往往都生活在各自的天地里，互不交往，互不侵犯。

但是，我敢肯定地说，我和小萍这样生疏，还不仅仅是这些原因。那时，学校也有全体一致的活动和游戏，不分年级，不分大小，不分男女……我和她的这种生疏是由两个家庭的生活状况所决定的。

那时我们家五六口人，就父亲一个人劳动，日子过得叮当响。不用说，我是这学校穿戴最破烂的学生。可小萍呢？虽说她母亲也在农村，可她父亲是县城里的医生，家里就她一个宝贝蛋，经常穿戴得像一位小公主。她无疑是学校最尊贵的学生。

他们是两个极端。他当时虽然只有十一岁，但已经懂得为自己的寒酸而害臊了，因此专意躲避那些穿戴体面的同学，尤其是躲避小萍。在他看来，她大概时刻都在笑话他。别人也躲避他，就是那些家境不怎好的同学也尽量不和他为伍，以便证明比他高一等。他常常孤孤单单一个人……

世界上最可怕的是孤独，特别是孩子的孤独。孤独的大人可以在自己的内心创造一个世界，以寻求安慰，而一个孤独的孩子，当外界和他隔膜的时候，心灵中就只有一片又苦又咸的碱水了。

可是，就在那天，就在这棵杏树下，发生了那样的事……

我清楚地记得，那同样是四月的一天，春风就像今天这样抚摸你的锁锁头，抚摸你的粗糙的小脸蛋，抚摸你忧伤的心。你靠在这棵杏树干上，看同学们在玩“找朋友”的游戏。这就算乡下学校一年一度的春游吧，老师带着全校的同学，来到山野里，尽情地玩呀，唱呀，跳呀，喊呀……

找呀找呀找呀找，
找到一个好朋友，
敬个礼，握握手，
你是我的好朋友，再见！

同学们玩得多快乐呀，可是当时我脊背靠在这树干上动也不敢动。谁也不知道我为什么不去玩。我也无法说出我不去玩的原因。

老师走过来，惊讶地问我：“你为什么不玩呢？”

“我……肚子疼。”

“疼得厉害吗？”

“不，不厉害……”

“那你现在回家去。”

“不，不，等一会儿再……”

我此刻不能离开。我只是脊背紧贴树干站着。这棵杏树对我来说像救命的恩人一样。

一直到大家要回学校的时候，我还就那样站着。

集合的哨声响了，同学们都排成了二路纵队。

我仍然没动。

老师又走过来，有点生气地说：“你怎不走？”

“我……”

老师发火了：“你为什么还站着？”

我无话可答。

同学们都将目光投向我，喊喊喳喳地议论着。

“你回不回？”老师喊叫说。

“我现在不回……”

“为什么？”

我“哇”一声哭了。

同学们“轰”一声笑了。

听见老师说：“王小萍，你留着，一会儿把他带回来……”

小萍是大学生，又很体面，也懂事，老师常派她做一些在学生看来很重要的“工作”。

老师带着同学们走了，而把小萍留下来。她的任务看来好像是收容一个掉队的伤兵。

杏树下，只剩下我和她。

“你怎啦？”她问。

我不敢看她，也不回答。

她走近我，大胆地用手在我的汗淋淋的额头上摸了摸，大概是看我发不发烧。

我感到额头像被烧红的烙铁烫了一下。

我扭过头，不看她，说："我没病。"

"你不是说你肚子疼？"

"不疼。"

"那怎啦？有什么你给我说，好吗？"她的口气像大姐姐一样。

我犹豫了一下说："那你不能给别人说。"

"我肯定不说。"

"要是说了呢？"

"那就是小狗。"

"……我的裤子……破了。"

"哪儿破了？"

"在后边……"

"唉，倒说你不玩呢，让我看看。"

"不。"

"怕什么哩！我带着针线。我给你缝。"

"不。"

她不管我同意不同意，已经从口袋里掏出一个小小的荷包，开始笨拙地往针眼里穿线。我立刻紧张得像医生要给我打针一样。

"转过来！"她命令我说。

我不动。

她过来，用手使劲把我掀转身。我一下子伏在杏树干上哭了。

小萍一句话也不说，开始给我缝屁股后面破了的裤子，针时不时扎在我的屁股蛋上，我疼得喊叫起来，她却在后面咯咯地笑着，说："快完了……"

鼓弄了很长时间，她才说她缝完了。我用手在后面摸了摸，已经不露肉了。

她像没事似的抬头望了望树上的青杏说：“毛杏子最好吃了，酸酸的……现在咱们回吧？”她对我说。

“我先不回去，你走……”

她冲我笑了笑，就走了。走出不远，她又回过头叮咛：“你快回来！”

她走了，消失在山下的小土路上。

我抬起头，望了望绿叶间那一颗颗毛茸茸的青杏子。

尽管我不太会上树，但我还是挣扎着往这棵杏树上爬去。

我勉强上去，刚摘了一颗杏子，由于脚没站稳，一下子从树上摔下来了。

我跌倒在地上，听见屁股后面“嘶”的一声。天啊，刚刚缝住的裤子又一次破了！

泪水再一次盈满了我的双眼。这次使我伤心的是，我无法把手中的这颗杏子送到小萍手里了。正是为了报答她，我才冒险上树的。现在我总算摘了一颗杏子，但付出了裤子再一次被扯破的代价……

我在地上呆呆地坐了一会儿，决定非把这颗杏子送给她不可。

我于是硬着头皮从山里下来，磨蹭着来到学校下边的小河边。

我看见同学们正在院子里大扫除。我不敢上去。

我突然看见小萍到院畔上来倒垃圾。她也看见了我，喊：“你快回来！”

我没动。

她站了一会儿，看我这样子，就从小路上转下来了。

她站在我面前，问：“你怎不回去？”

“给！”我把那颗杏子递到她面前。尽管这杏子已被我的汗手弄得又脏又黑，小萍还是惊喜地一把夺过去，扔在了自己的嘴巴里。

她一边吃，一边说："真好吃，酸酸的……咱们回……"

"我回家呀……"

"现在还没放学呢！"

"我的裤子又扯烂了……"我说完，掉转头就跑，并且没忘了用一只手过去遮住我的不幸的屁股蛋……

从那以后，我和小萍之间就渐渐产生了一种不协调的友谊——一个富足人家的女儿和一个穷人家孩子的友谊。直到现在我也说不清这一切，只是感到这一切对我来说是多么宝贵。

她以后在学校经常找我玩，使旁的学生感到"眼红"。她甚至带我去过他们的家。我当时没学过更多的形容词，只学过一个"金碧辉煌"，我就用这个词来形容他们的家。她母亲是个非常厚道的人，曾经给我缝过一身崭新的咔叽衣服。在我把这身新衣服穿回家以后，我父母亲都以为我是在外面偷的。一个开口就骂，一个出手就打。当我掉着眼泪说明实情后，我父母亲也大受感动，嘴里喃喃地念叨说：老王一家人真是些善人，可就是没生养下男娃。他们这样修行积德，老天爷一定会让这家人添个男丁。当时我也曾祷告过老天爷，就像我父母亲说的那样，让小萍她妈再给她生个弟弟，可后来也没有生。现在想起来这有多么可笑……

一年以后，小萍突然离开了村子。不是她一个人，而是全家都搬走了。听说她父亲报名去支援西藏，到一个叫日喀则的地方去工作了。

从此，我再也没有见到她。我后来上高中二年级时，听说她考上了北京医学院。在这以后，我也考上了西北农学院，专攻林业专业，后来又留了校，当了讲师；以后又当上了副教授……

副教授立在这杏树下，望着绿叶间那毛茸茸的青杏，两滴泪珠不知不觉从眼角里滑了出来。为了那逝去的愉快和忧伤，为了那又酸又甜的回忆，他微笑着哭了。此刻，他似乎又听见了那欢乐的、稚气的歌唱：

找呀找呀找呀找，
找到一个好朋友，
敬个礼，握握手，
你是我的好朋友，再见……

再见，小萍。实际上，我也许再也不会见到你了，但我永远记着你——我少年时期的伙伴！你知道吗？我现在就立在这棵我们曾共同喜爱的杏树下——你为我补过破裤子的地方，向你致以遥远的祝福。我相信，不论我们走向何方，我们生命的根和这杏树一样，都深扎在这块亲爱的黄土地上。这里使我们懂得生活是多么美好，从而也使我们对生活抱有永不衰竭的热情，永远朝气蓬勃地迈步在人生的旅途上……

他用手绢沾了沾眼睛，然后像小时候一样，笨拙地攀上了这棵杏树。他摘了一颗青杏，又从树上溜下来。

他把这杏子扔进嘴里，细细地品尝那股酸酸的滋味，然后便告别了这杏树，走下山来。四月的风轻轻抚摸他夹杂几根白发的头，抚摸他留着泪迹的脸颊，抚摸他那颗孩子一样的心……

医院里

马老头就要出院了。他穿起了那身平平展展的呢衣呢裤，像个要去参加什么盛典的首长。其实他只是市上一个小单位看门房的极其平常的老头。以前他是个工人，后来退休了，闲得呆不住，就找了个看大门的差事。一月前，他脸上突然起了个瘤子。原来以为是恶性的，紧张了一阵子。后来到医院一检查，发现是良性的，老头的心才平实了一些。不过，医生说要动手术。动就动吧，听说这是小手术，用不了多长时间就好了。

这不，现在已经好了。

这位穿戴得像首长一样的看门房老头，这时正向同室的病友们作告别。他高兴，大家也为他高兴。他和众人一起又说又笑，平日寂静的病房一时起了一点小小的愉快的波澜。那位在靠窗户边为一个重病号喂药的年轻漂亮的女护士，也宽容地没有制止这种显然不合规程的行为。要是平时，她会严肃地对大家说："请同志们不要大声喧哗……"她现在甚至还扭过头来，微微笑着看了一眼衣冠楚楚的马老头。

这时候，老马的儿子小马正在床边收拾他父亲的东西。小伙子穿一件洗白的米色风雨衣，显得健壮而潇洒。他一声不吭，只是有条有理地把他父亲的零七碎八归拢到两个提包和一个大网兜里。

他父亲和别人又说又笑地道完别，就回到他的病床前，惊讶地对儿子说："你已经都收拾好了？"

"嗯。"

"我的镜子装进去了没？"

"镜子？"儿子困惑地看着父亲。他并不知道父亲每天都拿这宝贝小圆镜看自己动过手术的容貌。

马老头自己从枕头下面摸出了那个小圆镜。儿子正要拿过来装进提包里，他父亲却举起这小圆镜，又一次认真地从不同的角度照了一会儿自己的尊容，然后叹了一口气，说："唉，留下了一片疤……"

"总比一个瘤子好看。再说，你又不去当电影演员。"他儿子说。

病室的人“轰”一声笑了。马老头也不好意思摇摇头笑了。

那个刚给病人喂完药的女护士，惊异地回过头来，用一双闪闪发光的眼睛瞥了一眼那个诙谐的青年。

老马父子对于室内一切作了一次最后的审视，然后就要动身走了。但小马却对着那两个大提包和一个大网兜发愁地说：“自行车最多能带两件……”

在他这样说的时候，那位女护士走过来，说：“你可以把网兜放到我这儿，完了你再来取。”

小马于是就把那网兜交给了她。女护士提着就走了。

这父子俩随后也就举手一边给病室的人打招呼，一边倒退着出了房门，走了。

这一切极其平常。

但也有一点小小的不解之处，不妨在这里提一提：老马的那个大网兜本来也可以放在这病房，然后他儿子再来取也可以。老马和他同病室的人已相处多时，难道他们还能偷了他的东西不成？这一点那位女护士也应当知道，所以她根本不必把那个网兜提到她那里去。可以肯定地说，所有的人都没有意识到这个小小的生活的疑点，似乎这一切都再自然不过了。即使一个古代拜占庭的智者，恐怕也不会留意到这种日常的琐事还包含着什么重要的内容。

这个小故事就在这一瞬间开始了。

我为什么把这个网兜提到这里来呢？她站在护士办公室的门口，也愣住了。

她竭力想弄清楚在这一瞬间发生的事——准确地说是她的心理状态。

说起来也真有点奇怪。就是因为那小伙子对他父亲说过那么一句诙谐的话，就惹得她动了某种难言之心。这进而又立刻在内心里产生了一种莫名其妙的愿望：想和这个陌生人说话，想和他认识，想和他交往，想和他……我这样是怎么啦？正常还是反常应该还是不应该？对还是不对？她不停地问自己。

她一时也说不清楚她自己。总之，虽然她根本不认识他，甚至连他的脸也没敢仔细瞧瞧，不知怎的，就好像非常清楚他，知道他是一个什么样气质的人。这真有点奇怪。奇怪吗？

她想：也许有人认为我是一个轻浮的人。随便怎样去评价我吧，从我内心上说，我对生活是严肃的……

她提着这个网兜，在护士办公室的门口犹豫了片刻，就又退出来，径直向三楼她的宿舍走去。

她进了自己的宿舍，不知为什么把那网兜里的东西一件件掏出来，分别放在了几个地方。这实际上是她的一种下意识的行为，却又似乎包含了一种精心的盘算：这样，在那小伙子来取东西时，就不可能一把提着就走了。她也许可以利用重新收拾这些东西的机会，和他谈几句话，至于她把人家的东西掏出来四散在她的房间里会引起他的什么看法，她也不管了。相反，她正希望他一眼就看出她的动机。

做完她觉得应该做的一切之后，她从楼上下来，重新来到护士值班室。她拉了把椅子坐在门口，随手捡起一本医学杂志“看”起来。

他推着自行车进了医院，去取那个网兜。

他一路上行色匆匆。他并不在本市工作，因为父亲出院，他才赶回来为他办理这些零碎事的。按说，他今天下午就应该回单位去。算来算去，只剩六七个钟头了。在这期间，他应该把所有应该办的事都办好。父亲虽然性格乐观，但终究已一大把岁数，况且就他一个人过日子。

他把车子在医院的大院里存好，径直向住院部走去。脚步在匆忙中带着一种敏捷和矫健。

他进了楼道，看见那位女护士正在值班室门口专心地看杂志。她显然没有看见他走进来。

他正要打招呼，那位女护士却说："噢，你来了……"

她怎么看见我来了？她的脸明明被杂志遮着……

"麻烦你了……"他走到她面前，很客气地说。

"别客气。"她合住那本杂志，起身进了值班室。

他跟进去，准备去拿那个网兜。

她把杂志放在桌子上，转过身却说："网兜在我宿舍里，你跟我去取一下。"她说完就在前头走了。

他只好跟在她后边，穿过楼道，然后又顺着楼梯口拾级而上。

在上到第二层的时候，他突然想：她为什么不把那个网兜放在一楼的值班室，而放在楼上她的宿舍呢？是医院有规定？这不大可能。那么……

已经到她房门口了。她开了门，热情地招呼他进了宿舍。

进了宿舍以后，她指着桌前的一把椅子，说："你先坐坐，我给你收拾一下……"

收拾？他发现他网兜里的东西东一件西一件散落在她房间的各处。

她开始一件一件往网兜里收拾。

他坐下来，莫名其妙地想：为什么这样？难道需要这样？

他的思绪顿时像一堆麻一样乱。

他进而发现，桌子上搁两个茶杯，而且里面都放好了茶叶，但没有倒水。看出这是一个精心的待客准备。待客？是他吗？这真有点叫人摸不着头脑……

她突然放下正在收拾的网兜，转过身叫道："噢，看我！让你干坐着！叫我给你倒水！"她麻利地提过暖水瓶来，给两个茶杯里都注满了开水，眼睛也不看他，只是说："你不忙吧？"

“嗯……”

他不知如何是好。

她脸有点红，面对面坐在了另一把椅子上，端起茶杯抿了一口，同时也劝他说：“你喝点水吧……”

他不由自主地端起了茶杯。一种温馨的、别扭的气氛，登时使他敏感地意识到他已经面临一个什么样的境地了。现在立刻离开这里也许太粗暴了，而稀里糊涂坐在这里又是……没个合适的形容词……

生活，生活，常常这么地难为人！

“你在哪儿工作呢？”

“煤矿。”

“煤矿？”

“噢。”

“远吗？”

“离这儿二百里路。”

“搞技术还是搞行政？”

“在掌子面挖煤。”

“我不信。”

“为什么？”

“你根本不像个工人。”

“那工人是个什么样子呢？”

“嗯……反正你不像！”

“人们习惯认为工人都是一些粗壮的、粗鲁的、粗糙的人。尤其是煤矿工人，在人们的印象中，好像都是些没有开化的野蛮人，喝酒，说粗话，打架……”

“嘀嘀……你真会说话。我可并不那么认为。我只是觉得你不像个工人，更不要说像个煤矿工人了。”

“这说明你并不真正了解工人。”

“也许是的。”

“我一直就是煤矿的井下工。”

“听说煤矿上男的多女的少？”

“是的。”

“听说煤矿工人成家很困难？”

“是的。”

“现在许多女的都很世俗，认为只有找大学生或有身份的人才能有幸福。其实，照我看，一个家庭美满与否，根本不在于你找个什么职业和职位的人。当然，这是一个复杂的问题，正如托尔斯泰所说，幸福的家庭都是幸福的……”

“不幸的家庭各有各的不幸……”

“噢，你读过《安娜·卡列尼娜》？你们还读文学书？”

“工人怎么连书都不读了呢？就说我们同代人吧，其实矿工中许多人读的书并不比社会上其他行业的青年人少。他们虽然大部分时间生活在地下，但他们的内心世界并不狭小。甚至我敢说，在外人不太知晓的这个世界里，有许多极其优秀的人……这我无法给你更详尽地解释……”

“那么你喜欢《安娜·卡列尼娜》中的哪个人物？”

“比较而言，我喜欢列文。”

“我喜欢吉提……你那样斜着身子坐不舒服……”

“对不起，我的腰有点毛病。”

“怎么？”

“前不久在井下受了点伤。”

“噢，井下一定很危险？”

“是的。经常有负伤的，也有死的。”

“那你不准备调一下工作吗？”

“不。尽管那里很苦，并且有死的危险，但我已习惯我的工作。当然更主要的是，我也热爱我的工作。”

“……我没有猜错你。你是一个不太平凡的人。”

“谢谢你。实际上我再平凡不过了。”

“我这不是一般意义上认为你是个英雄或模范。”

“我知道这一点。”

“允许我说句玩笑话，像你这样的煤矿工人，是不愁成不了家的……真的，会有人……”

“是的，我很幸福。我的女朋友虽然出身干部家庭，她本人也在地面上当干部，但她对我的感情始终如一……”

她木然地坐了片刻，然后急速地站了起来，去收拾刚才已经快要收拾好的网兜。

他也站起来，将深沉的目光投向墙上的一张大幅彩色照片。照片的景色很单纯，只有无边的大海和无边的蓝天。水和天在遥远的地平线上交融成一片淡淡的乳白色……

她很快就收拾好了网兜，似乎又想了一下，然后在自己的桌子抽屉里翻了一阵。她拿出一个小纸盒，塞在那个网兜里，然后就郑重地把这一嘟噜东西递给他。

他瞅了一眼那个小纸盒，说：“这是？……”

“这是新出的一种特效跌打丸，对你的腰伤肯定管用。”

“太谢谢你了。”

“别客气……我送送你。”她愉快地说。

他没有拒绝。

他们相跟着下了楼梯，穿过楼道，穿过院子，一直到医院的大门口。

两个相互间不知道姓名的青年像老熟人一样亲切地道了别，然后转过身各走各的路了……

* 原载《长安》1984 年第 7 期。

一生中最高兴的一天

事情得从一台收录机说起。

我在地区中师毕业后，回到我们县城的一所小学教书，除过教书，还捎带着保管学校唯一的一台收录机。

放寒假时，学校为了安全，让我把这宝贝带回家去保管。我非常乐意接受这个任务。我是个单身汉，家又在农村，有这台收录机做伴，一个假期就不会再感到寂寞了。

不用说，山区农村现在也是相当富裕了，但收录机这样较为高档的商品还不多见。不是说没人能买得起。对于大多数农民来说，这东西价钱昂贵，却没有什么实用价值。花那么多钱买这么个“戏匣子”还不如买几头肥猪。

可是我把这台收录机带回家后，村里人又感到特别新奇：因为据说这家伙不光能唱歌，还能把声音也“收”进去呢。于是，一到晚上，少不了有许多人拥到我们家来围着它热闹一番。他们百听不厌的节目是韩起祥说书。其中最热心的听众就是我父亲。父亲虽然年近六十，一个字也不识，但对什么稀罕事总是极其关心。有时甚至关心到了国外，比如经常向我打听阿尔巴尼亚的情况。对于这台收录机，他当然惊叹不已。尽管有线广播听了好多年，只是有一点他直到现在还是理解不了：为什么这个小匣匣，里面就能“藏”下那么多人？

转眼到了大年三十。这是农村一年一度最盛大的节日。除夕之夜，欢乐的气氛笼罩着我们的村庄。家家窗前点上了灯笼，院子的地上铺满了炸得粉碎的红红绿绿的炮皮。在那些贴着窗花和对联的土窑洞里，一家人围坐在一起吃“八碗”。说是八碗，实际上主要是把各种形状和式样的肥肉块子装在八个碗中。农村人虽然富了，但吃肉还没有到城里人剔肥拣瘦的程度。他们的肠胃仍然需要油水。好,那就尽情地吃吧。拣肥的吃,放开肚量吃吧。而今这样好的年头，又是自己喂的猪，不吃做什么！

父亲吃了一老碗肥肉（足有一斤半），用袄袖子抹了抹嘴，然后就心满意足地拿起旱烟锅，盘腿坐在黑羊毛毡上，自个儿笑眯眯地抽起了烟。此刻，外面已经是一片爆竹连天了。全家人先后放下了碗筷。弟妹们迫不及待地跑到邻家找小伙伴们放炮去了，母亲颠着小脚到隔壁窑洞准备明早上的饺子馅。一刹那，屋子里就剩下了我和父亲。一片欢乐而愉快的宁静。

父亲舒服地吐纳着烟雾，对我说：“把你那个唱歌匣匣拿出来，咱今晚上好好听一听。”他安逸地仰靠在铺盖卷上，一副养尊处优的架势。他的享乐的神态使我高兴。是的，这几年家里的光景一年比一年好，他此刻应该这样度过这个令人高兴的夜晚。

我赶忙取出收录机，放他老人家爱听的韩起祥说书。父亲半闭着眼睛，一边听，一边用手悠闲地捋着下巴上的一撮黄山羊胡子。韩起祥的一口陕北土话，在他听来大概就好像是百灵鸟在叫唤。每当听到绝妙之处，就忍不住张开没门牙的嘴嘻嘻地笑个不停，活像一个老太太。我于是下意识地望了一眼墙壁上奶奶的照片。此刻他真像我已经去世的奶奶。奶奶的相片下，是父母亲的合影。从相片上看，那时父母亲并不怎显老，可现在也已经像奶奶那般老了。我想，也许过不了几年，那张合影也会成为遗照。这个联想太不吉利。我在心里祝愿二老身体健康，万寿无疆。我记得，奶奶的相片是父亲在她老人家生前张罗着照的。父母亲的相片是我在前几年张罗着为他们照的。自从照相流行以来，乡下人最看重的一件事，就是给年迈的双亲照张相片，然后放大，挂在墙上，以做永久的纪念。在乡下，不论走到哪家，都能在墙壁上看见几位老人的相片。他们穿戴整齐，两只粗糙的劳动者的手，规规矩矩放在自己的膝盖上，温厚地注视着他们生活了一辈子的家和仍在这个家生活着的他们的儿女子孙……

这时候，韩起祥的书正说到了热闹处，急切的嗓音和繁密的三弦呱哒板声响成一片，好像一把铲子正在烧红的铁锅里飞快地搅动着爆炒的豆子。我父亲的情绪也高涨到了极点，他竟然也用漏气的陕北土话，跟着老韩嚷嚷起来，手舞足蹈，又说又唱。他已经把这段书听了许多遍，几乎可以背诵如流。

我被父亲逗得哈哈大笑，并且觉得眼眶里热辣辣的。父亲，你尽情地高兴吧。你应该高兴。你和像你一样年老的庄稼人，能逢迎上而今这样的好世事，真是太幸运了。

看着父亲得意忘形地又说又唱，我突然冒出了一个新鲜的念头：我为什么不用这台收录机录下父亲的一段声音呢？这样在他故世以后，我们这些后辈人就不仅能从相片上看见他的容貌，而且也能在收录机里听见他的声音哩。是的，这现代化的设备能够留下伟人的声音，庄稼人的声音也是可以留下的。

等韩起祥一说完，我就对父亲说："爸，干脆让我把你的声音也录下来。"

"我的声音？"

"嗯。"

"能录下来呢？"

“能。”

我换了一盒空磁带，按了一下键钮，对他说：“不信你试试。你现在先随便说一句什么话。”

他突然惊慌起来，连连摆着手，说：“我不会说！我不会说！”

我很快卡住机关，然后放给他听。录音机里传出了他的声音：“我不会说！我不会说！”

父亲吃惊地叫起来：“这不是我的声音吗？”

“就是你的声音。就这样，你随便说什么都行。让我把你的声音录下来，以后就是你不在人世了，我们这些后人还常能听见你说话哩！”

“搁的年代长了，声音怕要跑光了……”

“跑不了！这盒磁带不好了，还能录在另外的磁带上。”

父亲显然对这事发生了极大的兴趣。他跃跃欲试，但又有点不好意思，格外紧张地把腰板往直挺了挺，像要进行什么隆重仪式似的，两只手把头上的毡帽扶端正，庄严地咳嗽了一声。他突然像小孩子一样红着脸问我：“我说什么哩？”

我忍不住笑了，对他说：“你随便说什么都行。比如说你这一生中最高兴的一天……”

一生中最高兴的一天？哈呀，这怎说哩……好，叫我想一想。噢，对了，要说最高兴的一天，那当然是我和你妈成亲的那……你看我！说些甚！噢，对了，我记起了一宗事。好，那我就说这宗事……

那天，也正像今天一样，过年哩……我这样说你看行不行！行！好，那我就再给咱往下说……

提起那年头，真叫人没法说。冬天的时候，公社把各大队抽来的民工都集中到寺佛村，像兵一样分成班、排、连，白天大干，晚上夜战，连轴转到了年底，还不放假。到过年的前一天，公社书记来宣布说，要过革命化春节，过年不放假了。大家一听都炸了。大年三十早晨，所有的民工都跑了个精光。嘿嘿，我起先还不敢跑，后来见众人都跑开了，我也就跑回来了。

不知你还记得不？那天早上我跑回家时，你们母子几个围一块烂被子，坐在炕上哭鼻子哩。看了这情景，你不知道我心里有多难受！哭什么哩？哭恓惶哩。那年头，全村人在一个锅里搅稠稀，大家都穷得丁当响，过年要甚没甚。咱家里就更不能提了。旁人家歪好都还割了几斤肉，咱们家我没回来，连一点肉皮皮都没有。你大概记得，那年头私人不准养猪。集体养的猪又不能杀，要交给公家。那时候嘛，队里能有多少粮喂猪？养几头猪，卖给公家，公家再给发点肉票，到一家头上，也就那么几斤。咱家的几斤肉票早让你舅拿去给儿子办喜事去了。唉，再说，就是有肉票，你们母子手里也没一分钱呀！

当时，我折转身就往县城跑。我没敢在你们面前哭，可在路上我哭了好几回。为什么哭哩？还不是心疼你妈和你们几个娃娃嘛！这就要过年呀，连点肉都吃不上。我恨我。一个男人，就这么无能啊！我当时想，我今天出去就是抢也要抢回几斤肉来。

进了县城，已经到了中午。我赶忙跑到了肉食门市部。一看，门关得死死的。唉，明天过年，人家早下班了。

这下可没指望了。我长叹了一口气，抱住头蹲在了门市部前面的石台子上，真想放开声哭一场。

蹲了半天，心想，哭顶个屁。干脆，让我到后门上看有没有人。

我来到后门上，门也关着，不过听见里面有人咳嗽。我站着，不敢捣门。为甚？怕。怕什么？当时也说不清。过了一会儿，我突然冒出了个好主意。哼，别看你老子是个笨老百姓，到紧火时，脑瓜子还聪敏着哩。我想，如果我说我是县委书记的亲戚，他门市上的人还敢不卖给我肉吗？那时候咱县上的书记叫什么名字来着？冯国斌？对，就叫个冯国斌。可当时我不知道他的大号，只知道冯书记姓冯。好，我而今就是冯书记的亲戚了。

就这样，我硬着头皮敲开了肉食门市部的后门。门先是开了一条缝，露出一颗胖头。还没等胖头开口，我就忙开口说，我是县上冯书记的亲戚。胖头问什么事，我对他说，冯书记让你们给我割几斤肉。

哈，不用说，胖头起先根本不相信我是冯书记的亲戚。他打量了我半天。后来大概又有点相信了。共产党里的大干部大都不是穷人出身吗？他们也许少不了会有几个穷亲戚的。胖干部也就不说什么，把门打开，让我进去了。

他把我直接领到肉库里。哈呀，我一下子呆了。我看见肉库里码着一人多高的猪肉，都是最肥的。这胖干部问我要几斤，我慌忙从怀里掏出了全部的钱——一共四块。我问他一斤多少价钱，他说一斤八毛钱。我说，那就割五斤吧。不过，我当时心里暗暗叫苦：我原来只想割上二斤肉，够你们母子几个吃一顿就行了。我不准备吃，因为我今年在民工的大灶上吃过两顿肉，可你们母子一年几乎没喝一口肉腥汤哩。我想余下两块多钱，给你妈买一块羊肚子毛巾——她头上那块毛巾已经包了两年，又脏又烂；再给你们几个娃娃买些鞭炮。吃肉放炮，这才算过年呀。可眼下我想，一个县委书记的亲戚走一回后门，怎能只割二斤肉呢？我就只好咬咬牙把这四块钱都破费了。我虽然这样大手地把四块钱都花了，但那个胖干部却明显地嘲笑冯书记的这个穷酸亲戚的。他当然没说，我是从他脸上看出来的。

但不管怎样，我总算割到了肉，而且是一块多么肥的刀口肉啊！

我走到街上，高兴得真不知道如何是好。我想我把这块肥肉提回家，你妈，你们几个娃娃，看见会有多高兴啊！咱们将要过一个富年啰！

我正在街上往过走，一个叫花子拦住了我的路。我一看，这不是叫花子，原来是高家村的高五，和我一块当民工的。他老婆有病，又有八个孩子，光景比咱家还烂包。他本人已经熬累得只剩下了一把干骨头。

高五穿一身开花棉袄，腰里束一根烂麻绳，当街挡住我，问我在什么地方割了这么一块好肉，我没敢给他实说。我怕他知道了窍道，也去冒充县委书记的亲戚。这还了得？叫公安局查出来，恐怕要坐班房哩！我就给他撒谎说，我的肉是从一个外地人手里买的。高五忙问我，那个外地人现在在什么地方？我说人家早走了。高五一脸哭相对我说，前几天公家卖肉的时候，他手里一分钱也没。直到今早上才向别人央告着借了几个钱，可现在又连一点肉也买不到了。他说大人怎样也可以，不吃肉也搁不到年这边，可娃娃们不行呀，大哭小叫的……他瞅了一眼我手里提的这块肉，可怜巴巴地说，能不能给他分一点呢？说实话，我可怜他，但又舍不得把这么肥的肉给他分。我对他说这肉是高价买的。他忙问我多少钱一斤，我随口说一块六毛钱一斤。不料高五说一块六就一块六，你给我分上二斤！

我的心眼开始活动了，心想，当初我也就只想买二斤肉，现在还不如给他分上二斤呢。实际上，你娃娃知道不，我当时想，要是一斤一块六卖给高五，我就一斤肉白挣八毛钱哩！拿这钱，我就可以给你妈和你们几个娃娃买点过年的礼物了。这买卖当然是合算的。我迟疑了一下，对他说，那好，咱两个一劈两半。可怜的高五一脸愁相马上换了笑脸。

就这样，高五拿了二斤半肉，把四块钱塞到我手里，笑呵呵地走了，倒好像是他占了我的便宜。好，我来时拿四块钱，现在还是四块钱，可手里却提了二斤半一条子肥肉。这肉等于是我在路上白捡的。好运气！

我马上到铺子里给你妈买了一条新毛巾，给你们几个娃娃买了几串鞭炮。还剩了七毛钱，又给你们几个馋嘴买了几十颗洋糖……

我一路小跑往家里赶。一路跑，一路咧开嘴笑。嘿嘿，我自个儿都听见我笑出了声。如果不是一天没吃饭，肚子饿得直叫唤，说不定还会高兴得唱它一段小曲哩……你不是叫我说我一生中最高兴的一天？真的，这辈子没有哪一天比这一天再高兴不过了。高兴什么哩？高兴你妈和你们几个娃娃过这个年总算能吃一顿肉了。而且你妈也有了新头巾，你们几个娃娃也能放鞭炮，吃洋糖了……

我“啪”一下关住了收录机，什么话也没说，丢下父亲，心情沉重地一个人来到了院子里。此刻，晴朗的夜空星光灿烂，和村中各家窗前摇曳的灯笼相辉映，一片富丽景象。远处传来密集的锣鼓点和丝弦声，夹杂着孩子们欢乐的笑闹声。村庄正沉浸在节日的气氛中。远远近近的爆竹声此起彼伏，空气里弥漫着和平的硝烟。此刻这一切给我的心灵带来无限温馨的慰藉……

图书在版编目（CIP）数据

一生中最高兴的一天 / 路遥著．-- 北京：北京十月文艺出版社，2019.12
（路遥全集：典藏版．中短篇小说卷）
ISBN 978-7-5302-2009-2

Ⅰ．①一… Ⅱ．①路… Ⅲ．①中篇小说－小说集－中国－当代②短篇小说－小说集－中国－当代 Ⅳ．①I247.7

中国版本图书馆 CIP 数据核字（2019）第 222988 号